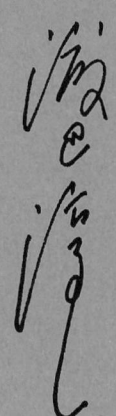

何处是归程

何処へ

渡边淳一 著

沈玲 译

青岛出版集团 | 青岛出版社

目录

第一章　上京 / 001
第二章　愁日 / 038
第三章　摇影 / 078
第四章　乱调 / 112
第五章　混沌 / 190
第六章　寒风 / 244
第七章　转变 / 288
第八章　花云 / 316

第一章 上京

一

傍晚五点过后,裕子终于把搬家后凌乱的房间收拾妥当。四月末的白天渐渐长了起来。斜阳透过房间的阳台照了进来,一直延伸到榻榻米上铺着的地毯边缘。

这是一套两居室的屋子。一进门便是厨房和一间六张榻榻米大的西式房间,再往前是一间由拉门隔开的稍大点的日式卧室,西式房间中勉强放下了一套沙发,裕子坐在上面,正在用刚买来的水壶沏茶。

相木悠介饮着茶,忽然停了下来。

"怎么了?"

裕子以为茶里混进了脏东西,可悠介又喝了起来。

是稍稍有点浓的煎茶。

悠介一边品着茶,一边想着心事。

悠介心里升起了一种强烈的感慨,但又不是喜悦撞击胸膛的那种感觉。硬要说的话,可以说是对自己终于走出这一步感到欣慰,而伴随着这种满足而来的,还有对自己居然走到这一步的淡淡的悔意。安心和不安,混杂着一丝对自己的迷惑,那一瞬间,他就这么端着茶杯坐着。

这是悠介自己也搞不明白的心绪,裕子就更不可能明白了。

裕子原本就不是对这种情绪波动敏感的人。她长着一张瓜子脸,看起来文静大方,但性格却干脆而爽快。

三个月前,当悠介把辞掉札幌的工作然后到东京发展的打算告诉她时,裕子也是这样,想也没想就接受了。

"不错啊,挺好玩的。"

从家人到朋友,悠介周围的人都对此事持反对态度,只有裕子很简单地就同意了。这份简单的支持瓦解了悠介心头所有的犹豫。

"一起去吧。"

悠介邀请裕子,裕子并不怎么心动,反问道:"就你自己去?"

"当然,家留在这儿。"

三十五岁的悠介家里有妻子和一个女儿。裕子知道悠介要把她们留在札幌,显出了放心的样子。

"两个人可以住在一起的话,去也行啊!"

虽然知道裕子对自己抱有好感,但也没想到她会答应得这么痛快。

悠介考虑了一年才作出的决定,就这样被认可了。

从外表上看,女人做事情犹犹豫豫的,但那只是在买东西或选择穿什么衣服的时候,在面临人生的重大决定时,她们比你想象中要大胆果断。当然,她们在作决定之前也会陷入深深的苦恼,但一旦决定了就不会再反悔。与此相比,男人在买东西等事情上富于决断力,但一关系到事业或生活方面,却迟迟难以决断,即使决定了也总是有些疑虑。尤其是像悠介这样的情况,必须要舍弃工作了十年的大学医院医生的职位,另外,对自己三十五岁就取得的讲师这一相对来讲比较好的地位,悠介也还有一丝留恋。

舍弃那样的地位到东京发展究竟有没有价值呢?如果只是为了写小说,不也可以在札幌一边做医生一边写吗?

家人、前辈和朋友都这么说,悠介更犹豫了。

此时裕子肯定的答复,对悠介来讲不啻一种坚强的依靠。

"最近写了些东西,在大学里也有些不好待了。"

半年前,也就是昭和四十三年(一九六八年)八月,悠介所在的大学做了日本第一例心脏移植手术,引起了一些争论。

悠介通过调查认定这是一次不恰当的手术,并发表了批评文章。此事引起了部分医生的反感,悠介因此陷入了难堪的境地。虽说学校内部也有人对这次手术持批评态度,但只是背地里偷偷地说,这和公开发表文章进行批评显然是不同的。这里面固然有悠介的幼稚,但也说明了大学并不是个好待的地方。

想着想着,悠介对在大学工作这件事本身也厌烦起来。

就这样道个歉老老实实地待着也未尝不可,但是何不利用这个机会去东京发展呢?犹豫不定的悠介想:"我现在已经三十五岁了,再不去东京的话,恐怕就没什么机会了。"

悠介在做医生的同时写小说已有四年了。这期间,悠介曾有两次成为东京文学奖的很有实力的候补者,但还是因为欠点火候,都落选了,因此遭受了不小的打击。

也许从这里迈出一步,到东京那样充满刺激的地方,真正投入地去写小说会更好吧。

"但是到了东京,光靠写小说能维持生活吗?"

裕子看似悠闲的一问,却触到了悠介心中最尖锐的地方。

说实话,这也是悠介最担心的地方。

"维持基本的生活,我想总是可以的……"

虽然东京的出版社时而有约稿,但也不是每个月都有,况且就算写了也不一定能刊登,若碰到刊载延期或取消,立刻就没有了收入。

"我想暂时找点临时医生的工作做做看。"

"会有吗?"

裕子笑了。悠介想,以此挣点生活费还不成问题吧。

虽说如此,但每天都打工的话,去东京就没什么意义了。

"我想隔天,或者每周有两天去工作。"

悠介原本是这样想的,这多少有些乐观。

后来,悠介趁着一次去东京的机会到御茶水的医师会馆看了招聘广告。大体上都是要求全日制的,一周只工作两三天的几乎没有,偶尔有也是内科方面的,外科根本就没有。

想想也是。外科有手术,如果星期一做了手术,休息两天,星期四再去上班的话,患者会感到不安,纵是被说成"无理弃置"也无可辩驳。

悠介的专业是整形外科,只有全日制的招聘信息。

没办法,悠介只好给寻求外科医生的医院依次打电话,说明自己无论如何想要隔一天工作一次,最后终于被位于两国附近一个叫山根医院的地方接收了。

第二天,悠介循着地图找到那里。那是一所中等规模的医院,除了作为外科医生的院长外,还有一个内科医生和一个外科医生,但院长热衷于做政治家,对外科的工作并不上心,聘请悠介似乎就是为了填补这个空缺。

工资是按日支付的,并不是很高,但在医院的后面有院长经营的出租公寓,可以免费借给他一套两居室住。这样的话,即使书稿卖不出去,似乎也能维持一段日子。悠介立刻决定来这里就职,可心底还是有些堵得慌。

"最终还是做了私人医院的医生啊……"

医生的地位因医院的不同而有微妙的差异。最有权威的是大学医院,其次是一流的官立、公立医院,接着是小的公立医院,然后才是私人医院。虽然收入的高低很多时候是与这个顺序相反的。

像悠介这样,曾经在大学医院任职,现在却去了私人医院,多少有点自贬身份的感觉,可裕子并不理解这种心情。

"有什么不好的,还带房子,在东京租金多贵呀!"

"那个医院只要隔天去一次就可维持我们俩的生活了。"

"但是还要给你妻子寄钱啊!"

裕子有着难得的体贴,连悠介妻子的事也一并跟着操心。

"我把退职金留给她们了,没关系的。"

妻子虽然留在家里,但悠介辞职的时候得到了一些钱,所以生活应该不成问题。

"到了东京,我也会工作啊!"

"仍然去干宴会俱乐部的活?"

"那倒不是,想工作的话很多都可以干的嘛。"

裕子以前经营过为晚会、聚餐等活动提供女服务员的宴会俱乐部,并且自己也曾经作为一名服务员去工作。

悠介最早认识裕子也是两年前在定山溪温泉举行毕业十周年晚会时,裕子作为服务人员出现的时候。

当时裕子穿着和服,美妙的姿态和略显突出的下唇娇艳异常。

五十人左右的酒席上,有十几个服务员,裕子来倒酒时,悠介开玩笑地说:"好一张让人想亲的嘴啊!"

裕子笑着躲开了。酒席进行到最热闹的时候,灯突然熄灭,色情电影开始了。

这是干事费了一番周折弄来的货真价实的色情片,大家都在屏息观看时,悠介似乎嘟囔了一句:"这种东西真没劲,有什么好看的。"

悠介并不记得自己当时那么说过,这是裕子后来告诉他的。

说实话,之前悠介早就看过好几部色情片,已厌倦了那种千篇一律的画面。而且大家一起鸦雀无声地观看色情片的样子,让他觉得有点不自在,所以半逞能地说了那么一句,不过这一句话似乎就起了作用。

"大家都在看片子,只有你侧着身子独自喝酒。那时的你真的好帅哦!"

后来裕子说起自己被悠介吸引的理由时,是这么说的。她还打趣地问:"你那么做是为了引起我的注意吧?"

当然,悠介并没有那样的心思。虽然喜欢裕子,但用那样的手段来征服裕子,他没想过。之所以说"没意思",是因为在此之前曾看过色情片,同时也隐含着对认真观看的朋友们实在是纯情的感叹。不管怎么说,悠介和裕子因那次聚会相识,不到三个月,两人便发生了性关系。

两个人的关系进展比较顺利,但裕子另外还有男人。虽说宴会俱乐部并不需要多少资金,但裕子以二十几岁的年纪就成为经营者还是有点不可思议——那是因为有个男人给她出钱。

裕子毫不犹豫地承认了:"不过现在我和他不太好。"话虽这么说,但那个男人真的能轻易放手吗?能为风俗业出钱,很可能跟黑社会有关系,搞不好会遇到麻烦。

悠介虽说有些不安,但还是继续着和裕子的交往。

这次决定去东京,最大的理由当然是因为难以继续在大学医院立足,同时悠介也想借这个机会试着当个作家。此外,也不可否认还有着想和裕子一起逃跑、一起生活的向往,以及一生中想要做一件荒唐事的冒险心理。

地毯边缘的斜阳已经延伸到了桌子底下,悠介一边看着这光影,一边小声地自言自语。

"终于来了啊……"

裕子微微一笑:"有什么奇怪的吗?"

"因为,我们两个人来到了这儿。"

的确,即便是一个月之前,悠介都没有想过会来到东京和裕子一起生活。

不过,现在两个人正亲密地靠在一起喝茶。沙发和橱柜是从裕子家里搬来的,摆在卧室里的桌子和椅子是悠介的东西。两人将各自搬来的家具和物品放在一起,房间里竟呈现出一道亮丽的风景。

"总算安顿下来了。"

虽然壁橱前还散乱着需要整理的衣服,大件的家具也只是简单地摆放着。

"再喝点吗?"

"好……"

悠介怀着满足又后悔、安心又不安的复杂心情点了点头。

晚上,悠介和裕子一起出去吃饭。

并不是不能在新家中准备晚饭,只是刚搬来,屋子还没收拾好,碗筷、油盐酱醋等也没有备齐,再加上裕子确实有点累了。

与其说是出去吃饭,不如说是初来乍到想出去走走吧。

两人沿着电车轨道往两国方向散步。途中,有家叫"奴鳍"的寿司店,挂着漂亮的布帘。

"欢迎光临!"

悠介被大声的欢迎声吓了一跳,停下了脚步。两人被热情的服务员推进了店,在靠近门口的一张空桌旁坐了下来。

"吧台那儿也空着呢。"

"就坐这儿吧,挺好的。"

在东京第一次进寿司店,悠介还不太愿意直接坐到吧台那儿。

悠介要了啤酒和上等的寿司卷。

"那么……"

这样的场合该说些什么呢?要说"恭喜",还有很多担心的地方;要说"加油",也有些牵强。

悠介有些不知所措。裕子端起酒杯,轻轻地和悠介举起却又停在那儿的酒杯碰了一下:"辛苦了!"

不错,这句话最恰当了。搬家让两个人都累了。

就着腌章鱼的小菜,两人喝了点啤酒。一会儿,寿司卷便端了上来。

金枪鱼、比目鱼、鲍鱼和北海道的一样,但鲷鱼和略带黄色的鸟蛤没怎么吃过,而在北海道的寿司卷中经常会放入的北极贝和鲑鱼却没有看到。

"怎么样……"

"嗯,还可以。"

裕子点点头,悠介却不怎么赞同。金枪鱼、鲷鱼的味道有点重,鸟尾蛤却过于清淡,乌贼的身子太厚,咬不动。

"这个和北海道的不一样啊。"

"这个叫商乌贼吧。"

"那个也是,在北海道的话,只能叫盐渍鲑鱼子了。"

鱼子酱做得有点咸,海胆也太过清爽,缺少圆润的口感。

"真是不怎么样啊。"

原本以为东京是寿司这种日本料理的发源地,但尝过之后发觉好像并非如此。当然,也不能因为偶尔一家不好吃而否定东京所有的寿司店。

不过,悠介已然相信北海道的寿司更好吃了,心中有种胜利的感觉。要说孩子气吧是有点,来到大东京的悠介确实有点争强好胜。

"明天开始要去医院了吧?"裕子转移了话题。

"九点去就可以了,很近。"

医院只隔着条马路,走过去花不了两三分钟。

"好像住在医院里似的。"

"住得这么近,和值班没什么两样了。"

也并非一定要值班,不过万一住院的病人有事的话,不去也不行。

"好像有个护士住在我们楼上呢。"

这栋公寓楼是个四层建筑,悠介和裕子住在三楼最边上的一间,四楼住着在同家医院工作的护士和办事员。

"怪不得刚才搬行李的时候有人在看我们。"

裕子一边夹起比目鱼一边说。

"医院里的人知道我们俩住在一起吧?"

说实话,悠介还没有把与裕子同居的事告诉院长,虽然是不得不说的事,但和妻子以外的女人住在一起这样的事总觉得有些难以启齿。

现在两人住在院长经营的公寓里,而且还有护士进进出出,大家知道此事也只是时间问题吧。

"过些日子,我会说的……"

裕子比悠介小七岁,两人在一起并不像一对夫妻,明眼人一看就知道。总之,都不用正式向院长和护士介绍,很容易就让人知道他们不寻常的关系。

本来,悠介并没有想故意隐瞒和别的女人同居一事,但既然已经辞了职,成为一个自由人,就不想连自己的私生活也要去在意别人的眼光。

幸好,裕子不在乎别人会说闲话。

"反正我不去医院就好了。"

裕子喝完了杯中的啤酒继续问:"你不在家的时候,我可以接电话吗?"

悠介刚想点头,但又没这么做。在东京的编辑和朋友们知道他们俩同居的话倒是没什么关系,但家人肯定认为自己是一个人生活,万一裕子接到了妻子打来的电话,那还不吵得天翻地覆呀。

也许,在悠介说出要去东京发展的时候,妻子就有了这样的猜测吧。

光靠写小说的生活还不安定,孩子又要上学,悠介编了一大堆理由,才说服妻子让自己单身上京。但从洗衣做饭到穿衣打扮,悠介个人根本搞不定,没有人比妻子更清楚悠介的懒汉作风了。

这样的男人独自去东京,背后肯定有个女人。

妻子到底有没有想到这一层另当别论,可自己千万不能粗心大意。

妻子既然答应了自己的要求,可能有她作为正室妻子的自信吧,也可能是觉得再反对也没用,只好放弃了,不管怎么样,妻子做好了被悠介背叛的心理准备,这是肯定的事。

但现在,悠介要感谢妻子对自己的宽容。虽然,他并不想对妻子太过关心。

三十五岁,舍弃大学医院的工作上京从事写作,对于悠介的一生来说,无疑是一次孤注一掷的重大决断。

从今往后,果真能靠写作生存下去吗?

对于未来,考虑得越多越感到不安,所以悠介决定不再想这些了。

无论如何,这一两年是决定胜负的关键。

在这种关键时刻,即使想照顾妻子和家庭也没有办法做好。

说起来,对于文学来讲,家庭的幸福其实是万恶的根源。幸福又安定的家庭会让人觉得心情舒畅,满足于现状,从而失去了战斗力,失去了前进的热情。现在牺牲一下妻子和家庭,就可以在自己的道路上突飞猛进、勇往直前了。

悠介有点在逞强。不,悠介是在借此鼓励自己。

"两个人住在一起嘛,当然可以接电话了。"

"那我可以说'我是相木'喽?"

"可以是可以,如果是找你的电话怎么办?"

"我父母知道我和你住在一起,没关系的啦。"

悠介有点尴尬,正色道:"自古以来,作家身边都是有女人的。"

"所以啦,你不是想成为作家吗?"

好不容易才作出的决定,被这么低俗地理解,真是让悠介头疼。

"过去这一年,我非常苦恼。成为作家的目标还没有实现,如果错过现在,就没有机会了,但我还是一直在逃避现实,得过且过,迟迟下不了决心。"

"在我认识你的时候,就听你说过了。你真的没想过会辞职吗?"

"我也算是一个有用的社会人才吧,在单位受压迫或是被降职,有可能会索性辞职,但如果不是到很糟糕的地步,也是很难下得了这个决心的。"

很难得,裕子理解地点点头。

"我辞去大学医院工作的时候,父母都哭了。"

"那你妻子呢?"

"起初她很惊讶,但后来并没有反对。"

妻子的态度从一开始就很冷淡,是沉着镇定,还是不感兴趣?又或是觉得这只是丈夫的信口开河呢?

"也许你不跟她说更轻松点。"

"父母居然说:'好不容易走到了这一步,为什么还要去干招徕客人的行当呢?'"

"写小说是风俗业?"

"我也不怎么明白。也许他们觉得收入不稳定,又常常要工作到半夜,和干风俗业没什么两样吧。"

"那写小说到底有多少收入啊?"

突然被裕子这么一问,悠介要考虑一下。

"写一篇六十页左右的短篇小说,如果能刊载的话,稿费大概在一页一千日元,一共六万块吧。"

"哇,这么多啊!"

裕子瞪大了眼睛。但就算写六十页的短篇小说,再怎么顺利也要花上十来天,而且也不一定能发表,也不一定每个月都会有约稿。在裕子面前,悠介不想说这么无情的现实。

"来到东京可以和编辑们混个脸熟,这样约稿也会多一些。"

"那真是太好了。"

"但并不是每个月都可以写啊,也没有奖金和津贴。万一生病不能写的话,那就是事业的终结。所以自由职业面临的形势是很严峻的。"

"没关系,我也会工作啊,你不用担心。"

"工作?干什么?"

"我在银座有个认识的朋友,明天去找找他。"

"是在晚上工作吗?"

"不错,和你一样,风俗业,呵呵!"

裕子以前经营过宴会俱乐部,而且自己也作为一名服务员工作过,所以并不介意在夜总会或是酒吧之类的地方打工。

好不容易跟自己来到东京,却要让她到银座这样的地方抛头露面,似乎有点不尽情义。

"就我们两人生活的话没问题的。"

"好了,老老实实地待在家里我也会觉得无聊啊,而且我也很想去看看银座嘛。"

不管悠介有什么样的考虑,裕子仍坚持自己的意思。

"京都可真是有意思啊。"

邻桌的客人起身离开,随即又来了两个人。男的和悠介差不多年纪,而女的要稍稍年长一些。两人似乎对这家店很熟,一边走进来,一边谈论着在京都看到的迟开的软条樱花的话题。

悠介听着他们的谈话,又想起自己身在东京下町一家寿司店的事实。

"再过些日子,北海道的樱花也要开了啊。"

往年,札幌的樱花都会在五月中旬完全盛开。想起这个,裕子也点点头。

"那儿还挺冷的吧,气候和这儿差一个月呢。"

"是啊,就是到了四月底的黄金周,有时候还会下雪。"

现在,北海道的山野还是一片枯黄,山间也残留着皑皑白雪。记得去年黄金周的时候,和裕子一起去附近的支笏湖玩,风吹过湖面,异常寒冷,冻得两人没敢去湖面上泛舟。

"好远啊……"

悠介小声念叨,不经意地想起"私奔"一词。

说来说去,两人就是从北海道逃来东京的一对情侣啊。

虽说并没有和父母断绝关系,也没有陷于不义不孝之中,但在这么大的东京街头一起落寞地吃着寿司,就像是一对私奔的情侣。

"走吧。"

裕子站了起来。

"谢谢光临!"

还是那洪亮的声音将两人送出了店。迎面吹来阵阵妖艳的风。

路的左边有一片黑压压的小树林,这一带静悄悄的,仿佛在黑夜中沉睡。

这是一个公园,里面有座地震纪念馆,纪念在关东大地震中遇难的人们。

沿着这个纪念馆公园一直往前走,在拐角处往左,便能看到横跨隅田川的藏前大桥,而悠介的公寓就在这个拐角处往右隔着一个街区的地方。

和出门前的情形一样,厨房里堆放着未整理的碗筷,各式衣物零乱地散落在橱柜前。

裕子开始收拾,悠介走进卧室,在桌子前坐了下来。

这是一张西式桌子,悠介开始觉得和式方桌比较好,但还是在用惯的桌子上写作比较顺畅,所以托妻子从老家寄了过来。明天开始就要在这儿开始工作了。先写一篇S杂志约的短篇,同时也得着手写一部已经收集好资料的长篇小说。

从今往后,每天都要坐在这儿写作了。换句话说,这儿就是创作的舞台,这儿就是生活的支柱。

悠介靠在椅子上点燃了一支烟。

桌子的左边就是阳台，现在是晚上，所以什么也看不见。到了白天，就会有大片的阳光照射进来。从阳台望出去，可以看到下町低矮的平房、远处一栋栋的高楼和那云层低垂笼罩的天空。

下午的时候，悠介发现阳台外一栋建筑的屋顶上安装着一只鸡形风向仪，因为离得远，所以显得有些小，只能看见黄色的翅膀和红色的鸡冠，但在有点脏的楼房上它是那么耀眼，迎着风，张开翅膀，昂首挺胸。

写累的时候或是写不出的时候，就可以看着这只鸡形风向仪消磨时间了。

悠介一边想着一边喷着烟圈，裕子端着茶壶走了进来。

"泡杯咖啡吗？"

"不用了。"

裕子扫了一眼桌上："不是没在写什么嘛。"

确实，桌子上摆着雪白的稿纸和2B铅笔，没动过。

"不是这么容易就能写出来的。"

以往写作悠介都是一个人待在房间里，现在开始裕子会常在身边了。

"我在旁边是不是妨碍到你了？"

"没有这回事，不过在我写作的时候还是把拉门拉上吧。"

客厅和日式卧室之间用拉门隔着。

"我来关上试试。"

裕子拉上拉门，顿显安静，不过房间突然变小了，好像有点喘不过气来。

"这样客厅也变小了吧。"

"没关系，挺好的，更方便看电视了。"

裕子的话让人听了很开心。两居室的屋子，要拿出一间专门当书房,确实有点显小了。

"我不写的时候就把拉门打开。"

"不用介意。以后,晚上我也不一定在家了。"

"喂,你真的要去银座工作?"

"那样你也能好好地写小说了呀。"

裕子说的是没错,但她晚上出去工作,还是让人不放心。

"银座那种地方,有很多坏人的。"

"你在担心我吧?"

"那当然……"

"亲爱的,你也有体贴的一面嘛,哈哈!"

裕子跟他开玩笑,悠介争辩道:"你呀,还不是冒冒失失的。"

"什么呀?"

"被抢的那件事情啊。"

裕子的脸突然变得阴沉起来——三个月前,两人曾被强盗袭击过。

那还是在来东京之前的事儿了。一月末的北海道寒冷刺骨。深夜,两人从爱情旅馆里出来,小路黑黝黝的,突然,前方冒出来三个男人。

中间那个稍稍有些驼背的男子一把抓住悠介的左手,想抢手表。这是一个刚刚二十出头的毛头小伙子,脸白得不可思议。

悠介见状并不害怕,看出对方没有护住背部的破绽,假装老实地交出手表,突然一个反擒拿手,抡起拳头直接向男子的背部攻去。

虽然敌人都是年轻人,但悠介也不过三十五岁,对自己的腿还是有信心的。而且拐过前方的路口,顺着电车通道往前跑,不远处就有个派出所。

"快逃!"

叫上裕子,悠介撒腿就跑。三个男人马上追了上来。傍晚的时候下了点雪,路有点滑,两条腿犹如喝醉酒般不听使唤,但悠介还是拼命地往前跑着。

拐过路口,不远处的电车通道亮着路灯。对方好像放弃了追赶,没有了笃笃的脚步声。悠介停了下来,大声地喘了口气,回头一看,小路的那头传来了裕子的尖叫声。

"哎呀——"

是在哭泣,还是在哀求?悠介倏地想到了裕子被对方抓住的样子。

悠介想折回去救裕子,但自己一个人也打不过对方,而且那个驼背的男子怀中好像还揣着一把菜刀。虽然担心裕子,但还是先去附近的派出所请求警察的帮助比较好吧。悠介正在犹豫,只见微弱的月光下,积雪的道路上跑来一个女子。

"悠介!"

张开着双手,大衣也敞着,没错,就是裕子。

"这儿,我在这儿!"

悠介招了招手,向上气不接下气的裕子飞奔过去。

"怎么啦?"

裕子摇摇晃晃地跌在悠介的怀中。

"没事吧?"

裕子的心慢慢平静了下来,依然靠在悠介的怀里,突然好像想起来什么似的小声说:"我的皮包被他们抢走了。"

裕子的手里确实没有了皮包。

"那你没伤着吧?"

"这儿被碰了一下……"

裕子摸了摸肚子的一侧,好像没什么大碍。

"我拼命地护着我的皮包,可还是被他们抢走了,呜呜……"

裕子哭诉着,右手还死死拽着她那皮包的拎带。悠介差点笑出声来。

"不就一个皮包嘛,给他们就是了。"

"可里面有钱哪。"

的确金钱非常重要,不过裕子那敢于斗争的精神真是值得称赞。

"你没事就好。"

"扣子也没有了。"

裕子大衣上的扣子被扯掉了两颗,线头搭在那儿。

"不管怎么样,我们先去派出所报案吧。"

"这个也带去吗?"

裕子拿起皮包的拎带,悠介点点头。

"嗯,这可是重要的证据。"

悠介拉着裕子走在白雪残留的路上,一边回想刚才发生的事情。

"我不是喊了一声'快逃'吗?"

悠介跑出去后,三个男人马上就一起追了上来。悠介想:把他们引过来,这样裕子就可以安全逃脱了。

但裕子好像跟在强盗的后面也追了上来。

"你为什么不往相反的方向跑呢?"

"可你在前头跑啊,所以我就追过来了。"

"但你前面有强盗啊。"

在一个有月光的晚上,一条有积雪的道路上,三个强盗追赶着一名一溜烟儿逃出去的男子,而在后面还有一个追赶强盗的女人。三个强盗见追不上那名男子便停了下来,发现了这位拎着皮包飞奔过来的女人。

"要是被强盗抓住了,大声叫人不就行了?"

真是一场在深夜上演的愚蠢又幽默的武打戏啊。

两人来到派出所,说了事情的来龙去脉。警察也许正闲得慌吧,将情况做了详细的记录。

不用说年轻强盗的相貌和特征问了,就连悠介和裕子的关系以及深夜到过哪里都问了一遍。

悠介有点不快,虽说没有不能讲的话,但被问到这些,心里还是不舒服。做完笔录,走出派出所的时候,漫长的冬夜已经过去,天开始蒙蒙亮了。

两人来到二十四小时营业的咖啡厅,要了热腾腾的牛奶驱驱寒气。悠介又回想起刚才的情景,不禁呵呵笑起来。

"追强盗的女人,真是没有听过啊。"

"我可不是在追强盗,我在追你哩。"

悠介喜欢裕子那傻里傻气的样子。

一旦自己的男人走了,就会不管三七二十一地追上去。只要冷静地判断一下就知道是愚蠢的事也会毫不犹豫地去做,裕子的"一根筋"让人担心啊。

实际上,在邀请她一起来东京的时候,裕子只稍微考虑了一下就同意了。住在哪儿,会过什么样的生活,关于这些需要慎重考虑的问题她都没有询问。信赖别人是好事,但裕子似乎很不擅长更深层次地考虑问题。

这样不会算计又一心一意的女孩非常可爱,同时也令人不安。

银座里出入的男人女人们都饱经世故、老奸巨猾,裕子在那样复杂的地方打工能行吗?

悠介暗忖。可裕子好像已经忘记了强盗抢劫一事,悠闲自得地喝起茶来。

二

很少听到"医生打零工"的事。大多数工作的医生都是月薪制，加班费另算。

但像悠介这样的情况就是在打零工，工资按天结算，工作了多少天，月末就拿多少钱。用这种方法计算工资对自己是很不利的，特别是碰上生病或长时间休息的情况。但相反，有私事的时候也很容易请假。换句话说，这是一种临时雇佣，和雇主的关系很单纯。

悠介来东京，是为了当作家。在成名之前，一般人都不会认同，但悠介经常以作家自居。不，是决定以这样的心情来过每一天了。

不用说，一周去医院三次，只不过是为了维持当前的生活，是为了能让小说写下去的手段。

之前在札幌的时候，基本上都是在做医生的工作，写小说只占了一小部分的时间。而今，主次颠倒过来，主要工作是写小说，而医生的工作只是一份兼职了。

不管谁说什么闲话，自己就是一名作家。

因为有这种想法，所以悠介对这种打零工的工作，对与医院方单纯的雇佣关系还是挺满意的。如果奢求更多的月薪，那么来自医院方的要求也会更多，这样医生的工作就又会繁重起来了。

当然，这并不是说对医院的工作敷衍了事，即使是份兼职，悠介也不会对眼前的病人放任不管的。

山根医院的上班时间是上午九点到下午五点。因为和公寓只隔着一条马路，所以提前五分钟走就来得及。

医院是一个四层的钢筋混凝土建筑。一楼是挂号处，还有门诊、药房、检查室和手术室，最里面是个食堂；二楼是院长室和几间医生护士的办公室,剩下的是病房;三楼四楼也都是病房,住院病人的床位有六十张。山根医院在向岛还有分院,作为下町的一家私人医院,这样的规模已经很大了。

院长是个五十开外的外科医生,比起自己的医院,他好像更关心政治,听说要去参加下届的众议员选举。

也许以前还有其他医生吧,在诊察科目指南的招牌上还写有儿科、整形外科、妇产科,这些科目比较常见,不用说了,甚至还写有眼科、耳鼻喉科和泌尿科。

只要持有医生资格证书,一个医生看什么科都是没关系的,所以有了一个医生就说能治百病也不算犯法。

但是,这种做法的医院,虽说治疗科目繁多,可就像家难吃的小吃店,什么吃的都有,却什么都味道不好。

招牌上写的指南暂且不提,将内科、外科和整形外科归在一起是个高明的方法,不过,再过分的话就显得贪得无厌了。只靠请个把医生,花点人员工资来经营医院,是肯定不会成功的。

今天是悠介第一天上班的日子。院长带着他向几位医生和护士们介绍了一下,然后让他去二楼会见院长夫人。院长住在离医院半个小时车程的市谷,也许是早上和妻子一道过来的吧。

即便是大医院,院长夫人出现的情况也是不多见的。悠介觉得不可思议,不过,这个谜底很快就被揭开了。

悠介走进了二楼的办公室。这不像是一间医生的办公室,墙上贴满了院长的海报,黑板上详细记录着院长的日程安排,完全像是院长政治活动的中心。当然现在还没到选举的时候,只是竞选的准备阶段,桌上的电话响个不停,显得非常忙碌。

"您好,我是新来工作的相木。"悠介稍稍低了下头。

"辛苦了,请多多关照!"夫人笑嘻嘻地回答道。

院长有些微胖,戴着金丝框架眼镜,一副保守党政治家的模样,不过,他眼神柔和,声音温厚。这样一个人真的能在政界打出一片天地吗?真令人担忧啊。

与之相比,院长夫人则身材高挑,五官端正,四十多岁的年龄,却显得非常年轻,是一位聪明又貌美的女士。

"听说您在札幌的大学医院工作过。"

悠介点点头。

"像您这么优秀的人才,能来我院工作,真是万分荣幸。"

真不愧是院长夫人,说话很漂亮。虽然知道这只是她恭维的话,但也让人听了很舒服。

"请慢用!"办事员端来了咖啡和蛋糕。

院长夫人喝了一口咖啡,接着问:"听说你在写小说啊。"

"啊,只是写着玩。"

当初会见院长的时候,悠介就犹豫是否要把写小说的事说出来,但没有足够的理由,很难说明自己为什么一周只上三天班,所以还是跟院长说了。

"辛苦啊。不过,加油,好好写!"

本来以为院长夫人也会像院长那样,问自己一些关于上班和写小说方面的事,不过并没有,只是聊了聊家常,谈论他们夫妻五年前曾去过札幌的事。

悠介适当地随声附和。没有再被追问写小说的事,悠介觉得安心了许多。

说实话,现在的这种状态,一切都还没有步入正轨,被问及关于写小说方面的诸多问题的话,悠介会觉得困扰和忧虑。

今后是以作家为目标而奋斗,但真的能成功吗?在还没有把握的时候,听到这些称赞、祝贺、期待、加油之类的话反而会觉得难受。

院长夫人也许知道个中原委吧,只确认了一下就没再追问下去。

原来,这家医院是由院长夫人掌控的。悠介一边喝着咖啡一边偷偷地看了看院长夫人那清秀的脸。

整形外科的治疗室在内科与外科的科室之间。

之前没有整形外科方面的专业医生,所以一直由外科的神山医生来治疗。

这种情况经常会出现问题,就是外科的医生会抓着整形外科的患者不放,由自己来诊治。

在地方医院,这种学术领域之争让外科和整形外科的医生反目成仇的事时有发生。

不过,这位神山医生要比悠介大一轮以上的年纪,而且温文尔雅、和气善良,怎么看也不像是那种自私自利的小人,不知道他为什么在这家私人医院当医生,也许是觉得工作开心,薪水也不错吧。

"相木医生,麻烦你了。"不断地有患者被送过来。

当然,悠介这边也完全没有要从外科抢病人的意思,写作才是自己的本职工作,病人少一点反而更好。

两人互相谦让的态度,让工作变得非常轻松。

有病人陆续地前来看病。比较多的是一些腰痛、老年性肩周炎、刀伤、扭伤之类的普通病症,偶尔也会有骨折、脱臼或椎间盘突出的患者,但比起大学医院,这都是一些小伤小病。

起初,悠介很能理解这种情况:毕竟这只是一家下町的私人医院,只有一些小病小痛的患者也是没办法的事。何况看这些小伤小病不花费时间,也不用动手术,比较轻松。可是没过半个月他就觉得厌烦了。

每天都是给那些腰酸腿疼的病人打打针、拿拿药,而且多数的病人都是老人,与其说是来看病的,不如说是来闲聊休息的。好不容易在大学医院待了十年,现在真想做几例长见识又长技术的手术。

作为一名外科医生的血液在偾张、在沸腾,悠介想将自己置于某种紧张的状态之中。

能做手术的话,还能增加医院的收入,院长也应该高兴才对。

但院长并没有这方面的请求,如果悠介单方面要求接一些做手术的病人的话,会有点献媚的嫌疑吧。

再这样下去,在大学医院十年磨炼的技术就要荒废了。

悠介突然意识到自己的思想有错误。

到底是打算继续走医生的道路呢,还是想当作家啊?如果真的是想当作家的话,那么外科技术荒废又有什么关系呢?技术荒废更有利于医生道路的放弃,更有利于自己成就作家的梦想。

但是,在看一些简单门诊病人之余,还想着做手术,这不正是悠介体内还残留着作为外科医生的热情的最好证据吗?

在离开北海道的时候,就已放弃当医生,只考虑怎么当作家了,可现在居然发现自己还是很渴望当医生的。悠介难以面对自己的思绪,向裕子吐露心事:"什么也不用做挺轻松的,可我还是想做手术,像在大学医院的时候那样。"

裕子正在准备晚餐,背对着悠介问道:"这个医院能做手术吗?"

"全身麻醉比较困难,腰椎局部麻醉还是可以的。"

"那有病人吗?"

"有个椎间盘突出,需要手术治疗的。"

"那个病人非得要你来给他动手术吗?"

的确,那个病人并非一定要由悠介来做手术,他可以去别家医院治疗,而且本人也没有一定要做这个手术的意愿。

"那倒不是,但我也可以做啊。"

裕子非常简单地问道："那你的小说怎么办呀？"

S杂志约的短篇小说还没有动笔。

"我不想写了。"

菜煮得差不多了，裕子弯腰关掉了煤气。

"是不是觉得写小说辛苦啊？"

诚然，写小说并不容易。虽然完成时的快感难以形容，但在写作过程中是非常痛苦和孤独的。

"那个……做医生要比写小说轻松点吧。"

被裕子一语击中要害，悠介回答得有些结巴。

其实，与写作相比，医生的工作并不轻松。做一次手术下来，眼睛冒血，双腿发抖，全身是汗。真要当好一个医生，也是非常艰苦的。

当然，同样的手术反复做几次就不会那么难了。虽然每次患者的情况都是不一样的，但只要是有经验的手术，就不会那么不安，而且还能在紧张中享受到成功的快乐。

"既然做医生轻松，那就是想放弃写作啰？"

"不是，也不能这么说。"

"手术也可以做，但你现在是作家，写篇好的小说来给我看看吧。"

裕子的话刺中了悠介心中最软弱的地方。

三

五月中旬，两人来到东京快一个月了，裕子也终于找到了工作。

"明天开始，我要去上班了。"

晚上，吃过晚饭，见悠介并没有写东西的意思，只是呆呆地看着电视，裕子说起自己工作的事情来。

"去哪儿工作啊？"

"银座啊,以前跟你提过的。"

是记得裕子说过要出去工作的事,但突然重提,悠介脸上浮现出困惑的表情。

"夜总会?"

"是啊,店名叫'壶'。虽然地方不大,不过气氛挺好的。"

"已经去看过了?"

"前几天,我去看了一下……"

四五天前,裕子曾在傍晚的时候出去过一趟,说是去见个熟人。

"正式定下来了吗?"

"老板娘好像很中意我,说随时可以去上班。"

悠介去过几回银座的夜总会,都是被编辑们拉着去的,自己倒是没有主动去过。那儿是所谓的文坛酒吧,坐着几位只在照片上看到过的眼熟的作家,自己只能远远地看着他们。不过裕子说的店好像不是那样的地方。

"壶?好像没听过。"

"在并木大街八丁目一座叫'阿鲁克丝'大楼的三楼。不是很引人注意,但有很多贸易公司的客人。"

银座是日本第一红灯区。夜总会鳞次栉比,美女如云。一个刚从北海道出来的女人能干得下去吗?

"第一次在夜总会打工吧?"

"当然是第一次了。"裕子满不在乎。

"那穿什么?"

"暂时先穿和服。"

裕子穿和服的样子非常娇媚,悠介就是这样被裕子迷倒的。

"银座那种地方的客人形形色色,还是当心点为好。"

"会有什么样的客人呢?"

"比如说絮絮叨叨、不停发牢骚的人,也有行为举止特别怪异的人。"

"放心吧,没关系的。"

"和在札幌可不一样。"

"我都已经和老板娘说好了。而且,我不在的晚上,你也能更好地写小说啊。"

"……"

"你一个劲儿地写东西,我在旁边一声不响地待着也觉得很无聊啊。"

悠介并不是不能理解裕子的心情。

"几点打烊?"

"大概从晚上七点营业,到十二点吧。"

"那十二点半就能到家了。"

"是啊,当然有时会晚点也是难免的啦。"

以前,悠介曾在电影还是电视剧里看到有这样的情节:男主角每天都热切地等待在酒吧工作的女主角归来。这个男主角没什么生活能力,靠女人来养家糊口。悠介很同情这个男人,但同时似乎也有着这样的憧憬。

如果裕子出去工作的话,自己不就成了等待银座夜总会女人回家的落魄作家?虽然并非完全是吃软饭的,但也许会被认为是不值得依靠的男人吧。

不过,不是自吹自擂,成为女人的小白脸,也不是什么坏事吧。

悠介在胡思乱想,居然还有点小小的满意。

"那从明晚开始我就一个人在家啦。"

"如果你觉得困了就先睡吧,不用等我。"

"你不要喝太多酒哦。"

"知道啦,你也不要趁我不在出去醉酒不归啊。"

"你还不知道我吗,最多去路口的小酒馆里喝点啤酒。"

"你明天真的要去上班了?"

"怎么啦,突然这么问?"

实际上,悠介对裕子去银座工作还是有点不安。

"没什么,一定得去的话……"

"哎呀,这可也是为了你好哦。"

裕子以恩人自居,微微笑了一下。

五月的中旬,裕子开始去银座的夜总会上班了。悠介的生活也慢慢发生着变化。

去医院上班的日子,悠介八点左右起床,九点之前出门,到了医院后,先去护士站询问一下夜里住院病人的情况,然后去查房。

整形外科的住院病人有十五六个,大多数都是些腰酸腿疼的老人,没什么异样。本来这些小毛病在自己家中休养就可以了,但比起在家里麻烦儿子儿媳,还是住在医院里被照顾要好些。也有无亲无故、没人照顾,生了病只好住到医院来的孤寡老人。当然,大学医院是不会让这样的患者住院的,但私人医院一般都会很高兴地接收。治疗采用打针、挂水、吃药或是电气疗法就可以了,在医生看来,会觉得厌倦,不过这些老人都有医疗保险,不用担心欠费。

换句话说,就是能赚到钱。

悠介在大学医院的时候没有看过类似的病人。大学医院的住院病人一般都是需要手术的患者,而且病情复杂多样,对于医生来说也是非常有价值的。如果只让看一些不需要手术的普通患者,那就是医生的耻辱。听说甚至发生过有个医生不惜和院长吵架而将这样的普通患者赶出医院的事。

悠介现在是不会这样乱来的。即便在医学上没有住院的必要,但患者在精神上觉得住院更有利于自己身体的康复,也应该尊重他们。从社会学角度来讲,这些老人也是一群适合住院的人。

既然自己是一名私人医院的医生,就必须得看这样的患者。

悠介打算摈弃之前的想法了。

十几位病人都没什么变化,治疗方针也基本上不用改变。悠介一边摸着老人们的痛处检查,一边听着他们发牢骚、倒苦水。

和老人们的交流中,悠介真实地体会到自己已经离开大学医院现在是一名私人医院的医生了。

这儿没有紧张的手术,也没有最新的医学实践,有的只是聆听患者的抱怨,充当忠实的听众。悠介觉得自己如身败名裂般,陷入了悲惨的境地。

但这个瞬间,悠介也意识到自己并不是作为医生,而是作为一名作家来东京的。

为了能集中精神写小说,碰上像老人们那样没什么病情变化的患者也是好事,不用花费时间和精力,也不用因操心而过度劳累。

悠介重整旗鼓,跟老人们点点头,时而还讲个笑话。

查房三十分钟结束,九点半去一楼看门诊病人。

门诊的病人也是以神经痛、打伤、划伤之类的小毛病居多,也有因血液循环不正常引起的肩膀肌肉发僵、酸疼的病人。要是在大学医院的话,对这样的病人都是敷衍了事,但这儿是私人医院,所以必须亲切地接待。

患者陆续地来看病,临近中午,终于告一个段落。

午饭和晚饭悠介都去医院的食堂吃。

由于医院有六十床的病人,所以食堂蛮大的,配膳间里忙得像在打仗似的。

悠介等人走得差不多了才过去。点了一份菜,还要了鸡蛋和火腿吃。

下午,还有一些门诊病人,但比上午少多了。有时候也会做些小手术和检查,除此之外,就是看这些老一套的病了。

当然,在没有病人的时候也可以翻翻杂志、看看报纸。

护士们和办事员都知道悠介是从札幌的大学医院来的,至于为什么辞职来这儿就不明白了。表面上看来好像是为了来东京发展,但只是隔天上班又是为了什么呢?他们都对悠介抱有疑虑。

"休息的时候,您都做些什么呀?"被这么问时,悠介一般都回答:"没什么,连着工作觉得没什么劲,呵呵……"

是一个让人明白又不明白的理由。写小说的事总有一天会被他们发现吧。

下午五点,下班后的悠介回到公寓,裕子正在做出门的准备。

店里有集会的时候,裕子会在五点之前出门,一般情况下,她这时候都在穿她的和服。

裕子弓着腰对着镜子,在宽腰带下扎上细腰带,又用力拉了拉紧。

"亲爱的,我走啦。"

五点过半,裕子拿上手提包,又照了照镜子,出门了。

"晚上什么时候回来啊?"悠介问了一句就不作声了。

去问女人回家的时间显得太没出息了,所以裕子回了一句后,悠介只是背对着点点头。门咚地关上了,裕子的脚步声逐渐远去。

一个人了,可以放下心来,却又有点寂寞,悠介被一种奇妙的感觉包围着。

就这样呆呆地看了会儿窗外一排排低矮的平房,又躺在沙发上看了会儿电视,估摸着到了开饭时间,便去医院的食堂吃晚饭。自从裕子出去工作以后,悠介连晚餐也一个人在医院的食堂吃,所以那些打饭的妇人都以为他是独身。

甚至有上年纪的阿姨同情地跟他说:"相木医生,早点找伴吧。"

一边吃饭,一边和这些阿姨闲聊,对于悠介来说是最轻松的时刻。

吃完晚饭,已经七点了,回到公寓,整个屋子都暗了下来。

开了灯,环顾了一下四周,悠介对自己说:"开始战斗!"

可悠介并没有坐下来动笔,他先烧了点水,冲了杯咖啡,然后又看了会儿电视,过了八点,才终于在桌子旁坐了下来。尽管如此,悠介还是又翻了翻最新的报纸和杂志,过了九点才拿起了笔。

写得顺利的话不用说,可悠介一点也写不下去,过了一个小时,他仍端着咖啡杯,盯着空白的稿纸。又过了一个小时,悠介开始担心起裕子。

这个时候裕子正在被男人们包围着,一起热闹地喝酒吧?而且裕子能喝,一定喝得很来劲吧?悠介想到裕子正在喝酒,自己也想喝了。他从厨房下方的柜子里拿出了一瓶一升装的白酒。

三杯下肚,悠介有些醉了,他离开桌子,躺在了沙发上。

看了看钟,已经十一点半了,还有一个小时裕子就要回来了。不知何时,悠介睡着了,朦胧中听到窗外有停车的声音,不一会儿便传来了脚步声,然后是钥匙的开门声。

裕子马上就要进门了,悠介连忙背对着门口,紧闭眼睛,假装熟睡。裕子推门而入,经过沙发旁,径直往卧室走去。

悠介正幻想着裕子轻柔地呼唤自己:"小悠,我回来啦!"然后深情地献上一吻,可是这么浪漫的情景并没有出现。

裕子只是来到梳妆台前,扔掉手提包,拔下发簪,解开了和服上的细腰带。

只有沙沙沙脱和服的声音,接着是一声轻轻的叹气,然后便鸦雀无声了。

裕子脱掉了和服,穿着贴身衬衣。悠介想,这下她该过来了吧,微微转头睁开眼睛,可只看到裕子一屁股坐在地毯上,盘着腿,脱起了袜子。

不去医院上班的日子,悠介是完全自由的。从早上到晚上,整整一天,干什么都可以。

老实说,以前在大学医院工作的时候,总是在规定的时间起床,在规定的时间出门,去规定的方向,实在是非常郁闷。上班路上会遇见同样的人,就连在车站等车的人也都是相同的。

每天都反复做着相同的事情,让悠介期待有一天能往医院方向相反的地方去看一看,甚至还想就这样休息了,什么都不干,那该有多快活啊。

大家在同样的时间朝同一个方向前进的时候,有一个人逆向而行;大家都在拼命工作的时候,有一个人悠闲度假,再没有比这更奢侈的事情了。

现在,这么奢侈的事情就摆在悠介的眼前。

一周三天,加上周日,悠介四天都是自由的。早上不管睡到什么时候,而后来个晨浴,或者赖在床上喝酒,都不会有人来批评这些悠闲自得的举动。

刚开始过这样自由的一天时,悠介觉得有点心慌。

明知一天都休息,可他还是习惯性地一看见时间到点就想要起床了。突然意识到没有这个必要,便又躺了下来,但心里怎么也不能平静。

这种不平静的心情,在白天无所事事的时候,也悄悄潜入了悠介的心里。

如愿以偿得到了属于自己的时间,可是自己却没有充分享受它的从容。

接近十点,悠介起了床。工作到半夜的裕子还在睡觉。

看着裕子甜甜的睡容,悠介不想自己一个人工作,所以索性翻翻杂志,又看了会儿电视,想着等裕子醒了一起吃个午餐,下午还有很多时间可以做事。

知道自己有大把大把的时间,却因为时间过多而心中不安。

午后,悠介站在阳台上呆呆地看着对面楼房顶上的鸡形风向仪,又想起自己来东京当作家的现实。

现在这么空闲的时间应该是用来写小说的。但时间是有了,却不能像从前那样顺畅地写下去了。

悠介慌忙地坐在桌子旁。坐是坐下来了,不等于就能马上写出东西来呀,还必须具备写出东西的热情和专注力。

可能是因为以前都在夜间写作吧,在这么大的太阳下,怎么也写不出来。也许是刚来东京不久,还没有熟悉自由职业的生活吧,等到慢慢地习惯了东京的生活后,笔头也会变得顺畅吧。时间有的是,所以不用慌张。

悠介这样安慰自己。他看看书又看看电视,发了会儿呆又抽了几根烟,就这样打发走了这个无聊的下午。

"作家,好像写不出小说啊。"

裕子的话惊得悠介哑口无言。

确实如裕子所说,来到东京后,悠介还没有写出一篇作品。

每天都有很多时间,却每天都无所事事地虚度光阴。

"状态不是很好。"

悠介并不是像裕子那样一进入店门就可以开始工作的。

"那你过些日子会开始写吧?"

稀里糊涂、无所事事地过日子,是为习惯自由职业生活所做的准备。随着状态的好转,笔头也应该会源源不断地写出好作品来。

但是,到底要过多久才能写出小说? 悠介自己也没有头绪。反正是能写出来的,不过他也没有肯定能写出来的自信。

以前在大学医院的时候,悠介总以为写不出来是因为工作太忙了。早上八点半去病房查房,十点后看门诊病人,下午还有手术或是检查。吃完晚饭,看病的工作终于告一段落之后,还要去地下实验室做科研。这期间,教授也会来询诊,还有报告会之类的学术会议。一旦进了医院,就完全没有休息时间,写作只能在周末或是去外地出差的时候进行。

这么繁忙,所以不能好好地写小说,只要稍微多点闲暇时间,自己一定能写出非常棒的小说来——悠介一直都这么认为。

事实上,辞去大学医院工作的一个理由就是想有充分的时间可以写小说。这个愿望现在实现了,可现实却是游手好闲地过着每一天。

裕子的话语中并没有责备的意思,但不可否认有些许的吃惊。悠介对自己的懒惰也有些惊讶。

自己是这么偷懒的人吗? 自己是个有点坚持己见、拼命工作的人,虽然还算不上勤勉,不过最近好像习惯于这种什么都不干的状态了。

表面看似有点懈怠,其实悠介的心里还是非常着急的。再这样下去,特地辞去医生的工作来到东京就没有任何意义了。

思来想去,"必须写出好的作品来"这种想法有点幼稚。

虽然没有告诉任何人,但从来到东京的那一刻起,悠介就对自己说:"我是一名小说家。"虽然别人都不知道,但自己就是这么认为的,甚至深信不疑。

可是这个想法反而给自己带来了压力,失去了随意书写的自由。

说实话,悠介在当医生之余写小说的时候,没有这么大的斗志,因为写小说只是自己的业余爱好,有时间的时候随便写点就行了。即使写不出来,也很轻松,反正这不是自己的本职工作嘛。

工作很忙,没有闲暇,但没有任何压力,这种自由似乎让自己可以非常轻松愉快地写作。

不用太逞强,用比较放松的心情坐在桌子旁更好啊。

悠介又有了精神,可到了第二天,却依然如故。他心情焦急万分,这无边无际的时间让自己滋生了舒适感,似乎开始起反作用了。

再这么木然下去,就要被这种安逸的生活淹没,什么都写不出来了。

悠介在不安中明白了自由职业的可怕之处:明白地说,就是自己一整天什么都不干,也不会有人说三道四,不在规定的时间去公司,不做任何规定的事情,也不会有人指责批评。这是让他人羡慕的事情,但这种自由不可掉以轻心,得小心提防。靠自己的意志力来约束自己、控制自己出人意料地难。没有超强的积极面对的意志力,是很难办到的。

这就像是明知没有考试还要努力学习,一般情况下,都是因为有考试才去学习的。当然不乏喜欢学习之人,但只有那些有十足上进心的人,才会在没有考试的时候还刻苦用功。

现在令悠介困扰的就是没有类似于考试的那种约束力。

在大学医院工作时候,每天都有必须去上班的束缚。不过这种束缚下的生活有着安心的感觉。现在,全部的生活都必须靠自己的意志力去控制。

自由职业的困难就在于如何对自己加以约束。

人类在习惯新的事物时，往往会怀念旧的；在习惯新的生活时，往往会怀念过去。当每天规定要做的事情持续不断的时候会觉得厌烦透顶，而当它停止发生的时候，却又眷恋无比。

在成为自由职业者后，悠介反而怀念起他以前的上班时代。

清晨，悠介早早地起了床，透过窗户眺望马路，形形色色的人们正在行走。有的人迈着悠闲的步伐，有的人则快步往前走，也有的人气喘吁吁地一路小跑。

大家都在规定的时间向规定的方向移动。

在大学医院工作的时候，悠介曾对此极度郁闷，经常想往相反的方向走，可现在悠介非常羡慕那些每天都去同一方向的上班族了。

只要和大家一起去上班，那一天的生活就有了保证，也不用担心会被社会所淘汰。

眺望着人流，悠介无意中已穿完衣服，他有着想跟在他们后面一起走的强烈冲动。在傍晚的时候，看见坐着电车、走在回家路上的人，他也是如此的心情。

他们都平安地度过了一天，都朝各自的家走去。

这一天是否充实另当别论，总之，和大家一起去单位工作了，这种安心的感觉呈现在每个人的脸上。

既然白天工作了一整天，那么，晚上就要好好休息。回到家之后，洗个痛快淋漓的澡，舒舒服服地坐在沙发上看电视，好好地消除疲劳。

当然，也有人会去站前的酒吧或是烧烤店消磨时间。

有五六成群的，也有两人一伙的。反正，一天的工作已经结束，每个人的脸上都洋溢着解放后的快感。

在大学医院工作的悠介，还从来没有亲眼目睹过上班族的这种生活。

早上快步奔向车站，傍晚从车站走出来，以前悠介每次看到这样的人群,都会觉得他们被命运牵着往返于相同的地方,好可怜。也为自己是其中的一员而惆怅。

可现在悠介想和他们一样一起去单位上班,再一起下班回家。

和大家做相同的事情,就没有什么不安的了。

在大家一起向右前进的时候,随波逐流,跟着一起往右走便能平安无事,而独自一人向相反方向走的话,需要相当大的勇气,还会遭受很大的阻挠。

悠介重新怀念起和大家一起走,去相同方向的日子来。

那个时候,和大家在相同的时间来到医院,做相同的工作。虽然异常辛苦,但只要进入医院,就会有种被保障的安全感。

当然工作上也会有出错而被上司骂的时候,不过邀上同事一起喝个酒就没事了。互相安慰,互相鼓励,再说说上司的坏话,心情就会明朗起来,第二天又能开心地去上班了。

和与自己水平相当的同事在一起是很快乐的。在和他们的聊天中自己的观点得以确认,在与他们喝酒中获得安心的感觉。

而现在,自己却完全是孤独的。

眼前有充裕的时间,可没有一起享受它的伙伴,也没有指导自己如何合理有效利用它的上司。

无数的时间毫不吝啬地出现在面前,如何使用它,只凭悠介个人的意思。

"有点轻率啊……"

傍晚,悠介看着一个又一个穿过布帘走进烧烤屋的上班族,一个人自言自语。

不喜欢如同行走在轨道上那样的生活,可脱离组织,变成孤零零的一个人,上京这事自己总觉得做得有些仓促草率啊。

第二章 愁日

一

自由职业到底是什么东西？

早上，准备起床的悠介想起这个问题。

好像作家都属于自由职业，那自由职业真正的定义是什么呢？

之前一直模糊不清，只是使用着这个词，现在，自己也干上这种行当，得弄弄清楚。悠介马上从床上爬起来，翻开词典，上面这样写道：不受人雇用、不受上班时间制约的职业，如律师、作家等。

果然如此，现在的自己就没有时间限制，也没有雇用合同。

悠介钦佩这种简明扼要的说明，但马上又有了一个疑问。

那些走红的作家，经常会被拜托在何时何时之前写多少多少页的稿子。签不签合同另当别论，他们在接受这些请求的瞬间，契约关系不就成立了吗？不就已经被截稿日期这个时间所束缚住了吗？

实际上，答应编辑要求的流行作家，每天都被截稿日期逼得很辛苦。很多编辑都待在作家身边寸步不离，等作品一写完马上拿到印刷厂去印刷；也有的作家和编辑之间有几天之内必须写多少页的约定。

这样想来，那些已经成为作家的人就不属于自由职业者了。

与他们相比，悠介现在很明显没有接到什么约稿。

虽然有S杂志社约的六十页的短篇小说，可那不是合同，编辑的态度也模棱两可，给人"能写则写"的感觉，没有"必须完成"的逼迫感。而且自己还有大量的时间，也不受任何人束缚。

这样看来，现在的自己不正是地地道道的自由职业者吗？悠介激动得好像发现了新大陆，可马上清醒地知道这种发现毫无价值。

自由职业，说好听点就是失业罢了。和谁都没有雇佣关系，也不受时间制约，可没有人会觉得开心。

悠介已经没有了刚才起床就去翻词典的劲头，只是坐在桌子旁一边抽烟一边望着阳台外。

五月的天不冷也不热，天空飘着朵朵白云。

已经过了上班族赶车的高峰期，呈现出上午的宁静。远处传来阵阵卖竹竿的吆喝声。

抽着烟，悠介的目光自然而然地移向对面屋顶上的鸡形风向仪。

下町的这栋灰蒙蒙、脏兮兮的楼房顶上为什么会安装一只鸡形风向仪呢？是风雅的楼房主人所为，还是某人的恶作剧？

最近，悠介发现这个风向仪不会转，朝着西边的方向动也不动。

之前，吹西风的日子较多，所以悠介自然以为风向仪是受风向的关系向西站立。可东南风刮得猛的日子它还是朝着西边，悠介这才发现这东西是固定的。

是安装了一个本来就不会动的风向仪，还是因为在户外日晒雨淋，轴承生锈了才不会动的？不清楚其中的缘由，反正小鸡总是望着西天。

悠介知道了这是只不会随风转动的没有用的小鸡，可每天望着它,会觉得心情很好。

在屋顶上,戳着煞风景的电视天线,蹲着庞大的供水塔,还零乱地晒着各种被褥,唯独看到鸡形风向仪的时候心情会异常平静。微风和煦,小鸡昂首挺胸,依然如故。

悠介呆呆地望着风向仪,突然想起了名片一事。

辞职来到东京后,还没有印名片。

对于男人来说,名片可是必需品。与初次见面的人打过招呼后首先就是交换名片,也需要向编辑出示名片来介绍自己。

那种时候,如果只是口头说说名字或点点头,而不拿出名片的话是非常失礼的。

虽说是自由职业者,名片还是应该印些的,但名片上写些什么好呢?

一般好像只写名字,下方再注上住址和电话号码。没有工作单位,所以就这样吧。

如果是画家或是音乐家,有的人会在名字后面添上"画家"或是"歌唱家"一词,还会注上自己所属的组合或乐团。

当然,根据喜好的不同,名片的样式也各有不同。

但作家或是评论家的情况就不同了,可能是因为没有专属团队的原因吧,一般名片上只有名字。悠介之前倒是见过有注"文艺家协会会员""日本国际笔会会员"之类头衔的名片,但爽快地说,这样的注释有点多余。

作家就像是一匹狼,只会单独行动,他们一般是不会结党搞帮派的。

那只写个名字是不是又显得清高呢?

像悠介这样的情况,不是不能印制山根医院医生的名片。虽说只是家私人医院,可自己担负着整个整形外科的工作,所以印上整形外科主任医师的名号是完全没有问题的。

不过对于悠介来说，医生无论如何都只是副业，自己的本职工作是作家。这种时候，还要扛着医生的头衔，心中不会释然。

但只有名字的名片，真的能得到别人的认同吗？熟人和朋友暂且不说，一般的人看到只印有"相木悠介"的名片都会心存疑惑吧。

悠介之前一直没有主动去印名片，也是因为自己不知如何是好。

再怎么犹豫也没有办法，不管印成什么样还是得有名片啊。

悠介一边看着鸡形风向仪一边对自己说："反正是要当作家的，就只写名字好了。"

因为是在下町的关系吧，附近就有好几家印名片的小印刷所。

天空飘着淡淡的白云，晴朗的下午，悠介出了门。穿过电车轨道，便看到一家高高挂着"石原印刷"招牌的店家，敞开着玻璃拉门。

"我想印名片。"

马上有一位四十岁上下的女人拿着白纸和笔出来招呼悠介："请在这儿写下您要印的内容。"

悠介拿起了笔，稍稍想了一下，然后果断地在纸的中央写下自己的名字，在左下角用稍小点的字写下了住址和电话号码。

这个女人可能就是这儿的老板娘吧，在悠介写字的当儿，有一个年轻男子叫了一声"夫人"，过来和她商量工作上的事。男人走后，女人拿起了悠介写好的白纸。

"就这样吗？"

悠介含糊地点点头。老板娘好像不相信，又问道："不用写工作单位吗？"

"是的。"

女人还是觉得不可思议，仔细地确认了一下白纸上的字。

"请问印多少张？"

"一百张吧……"

"三天后可以来拿。"

老板娘又逐一检查了一下这几个字后开口说:"对不起,请先付一下定金,一千两百日元。"

悠介连忙将手伸进口袋,掏出两张一千日元的钞票递给女人,并问道:"要收定金的呀?"

"是的,我们都是收定金的。"

老板娘写好收据给悠介:"那么,请您三天后来取吧。"

悠介拿好收据走出了店门,心情却是不爽。

说实话,自己之前印过几回名片,可交定金还是头一回。在札幌的时候,只要跟医院附近的印刷所说一声,把要印在名片上的内容写好给他们就行了,四五天后他们就会把印好的名片送到医院来。

可这次别说送了,还得先付定金。

可能是第一次跟不熟的关系打交道吧,也有可能是没写工作地址让他们不安了吧。

即使这样也不能收定金啊。住得这么近,肯定没问题的嘛,真是小看人。

幸好身上带钱了,不然要出糗了。

"是这样的啊……"

悠介又看了看鸡形风向仪,重新理解了辞去大学医院的工作所获得的自由的含义。

过了数日,悠介已经忘记了名片的事情,毕竟一直也没有用上名片的时机,而且短篇小说的截稿日期临近,因为这个,他头都大了。

S杂志社的川边编辑并没有明确地和自己说明会在几月几日的杂志上刊登,可却让自己必须在五月底前交稿。虽不是什么正式的约定,但在五月底之前,不得不完成这篇小说了。

已经有了构思,也写了二十多页了,可悠介不满意,所以全部重写,这下,时间非常紧张。

之后的每一天都得至少写上十页,否则完不成。

算了算时间,悠介马上在桌子旁坐了下来,这时印刷所打来了电话。

"您的名片已经做好了。"

还是那个女人的声音。翻了一下日历,日子过了五天了。

悠介点点头,答应忙完了就去拿。傍晚,工作终于告一段落,悠介便向印刷所走去。

印刷所玻璃门依旧敞开着,年轻男子出来接待自己,老板娘也马上出来了,脸上堆满了笑容。

"好几天没看见您,怕您忘了,所以……"

她说起打电话的理由,态度和上回完全是两样,十分和蔼亲切。

"让您特地过来取,真是不好意思。"

"没什么……"

悠介从女人手中接过名片盒,看了一下名片。老板娘接着问道:"您是山根医院的医生吧?"

突然被这么问,悠介愣了一下。老板娘说道:"我家的孩子多亏了先生您的照顾,他叫清贵,脚受伤了。"

老板娘指了指脚脖子,悠介想起来半个月前有个因脚关节扭伤而来看病的中学生。

"真是麻烦您了,非常感谢!那天我儿子看见您了,跟我说您就是给他看病的医生……"

悠介终于明白她的态度一百八十度大转弯的原因了。

"我们不知道是您,真是抱歉。"

老板娘在为收取定金的事表示歉意。

"真的不用写上您工作的医院吗?"

"不用,这样就可以了。"

要是被问起其中缘由反而麻烦了。"再见!"悠介逃也似的出了门。

老板娘爽朗的声音马上追了出来:"欢迎下次光临!"

穿过电车轨道,来到小路,悠介歇了口气。

那个印刷所的老板娘是因为知道了自己的身份才突然改变态度的。

知道她的本意是好的,可只是作为给孩子看病的医生才被亲切对待,悠介有些不满。没有什么特别要责备她的意思,但这前后态度的变化也实在太大了。

回到公寓,悠介点了一支烟,重新将名片拿在手里。

名片的中央并列排着四个字:相木悠介。左下角印着现在的住址和电话号码。

如悠介要求的那样,没什么差错,但整体感觉有点不协调,也没有平稳感。悠介将一张名片放在桌子上仔细地看了又看,没有头衔的名片,还是不太可靠啊,总觉得少了什么重要的东西似的。

右半部分太空了,看着有点空落落的。

以前,在这个部分都会写上大学医院的名字和自己专攻的学科,再标上讲师的头衔,非常漂亮,可眼前的名片上什么都没有。周围空旷,心情倒是舒畅,吹来的风却是阴森森的,让人不寒而栗。

"这样真的可以吗?"

悠介看着名片,慢慢地担心起来。

这样的名片可以拿出来用吗?给别人的时候,对方会是什么脸色、什么态度啊?

"失去的头衔还是非常重要的啊……"

望着阳台外的鸡形风向仪,悠介万分怀念已经抛弃的札幌那万里无云的五月的天空。

晚上,在医院的食堂吃完饭回到家,悠介更深深地体会到这种孤单。

以前在大学医院的时候,晚饭后经常和同事们一起去医院的休息室闲聊,有时还会约好一起出去喝酒,然后打麻将。

偶尔也会下班后直接回家,家里有妻子和孩子等着自己。

但在东京,裕子五点多要去夜总会,自己回到家后一个人也没有,感觉空荡荡的。

山根医院的同事倒是有,可那个外科医生要比自己年长十几岁,工作一结束就早早地回家了,内科医生又是位女医生。影像科有个男技师,还有个男办事员,可他们都一本正经的,也不擅长喝酒。而且即使他们有空能在一起坐坐,也没有能说到一起的话题。

说真的,悠介是想有一个能和自己畅谈文学理想的同伴,想和编辑或是像自己一样对写小说情有独钟的人一起畅饮聊天。

但和蔼可亲的编辑很少,即使有,也好像都很忙,不好厚着脸皮把人家约出来喝酒。

白天在家里还待得住,到了晚上,悠介非常想出去逛一逛。

悠介一个人沿着电车轨道,向两国的车站方向走去,在穿过两个信号灯的地方有一家烧烤店。烧烤店位于这幢三层建筑的一楼,入口敞开着,一眼就能看到里面的吧台和客人坐的椅子。烤鸡肉的烟甚至都飘到了街上。

悠介第一次来这儿是一周前,在逛完神田的书店后回家的途中路过。

里面要比从外边看上去更加宽敞，可以轻松地坐下三四十个人。客人的点菜声、醉汉的叫喊声交织成一片，格外嘈杂。

这是拿到名片两天后的傍晚。悠介买了刮胡刀的刀片，又顺便来到了这里。时间还不到六点，却有不少客人了。悠介在吧台一头的空座上坐了下来。

周围几乎都是结束了一天工作的上班族，也有不加修饰地穿着宽松夹克衫或是敞领衬衫的人。也许是刚从工作中解放出来的原因吧，每个人都容光焕发，高兴地说着话。

悠介要了杯酒，又要了烤鸡心和烤鸡肝。

"来了，让您久等了。"

在有气势的喊声中，一位扎着扎头布，穿着印字短褂的男子给悠介的酒杯中斟满了酒，酒慢慢地溢出来，流在了玻璃杯下的托盘中。

悠介喜欢将这些溢出来的流在托盘中的酒再倒回玻璃杯中喝。

拈了块鸡心尝了尝，悠介发现坐在旁边的男人吃着同样的东西。

有点好笑啊，悠介苦笑了一下，那个男人也微微笑了一下。

男人的额头上方有些秃顶，年纪比悠介大点，四十五岁左右，穿着简单的白衬衣，打着领带。西装脱掉了，搭在椅背上，袖子也往上卷了几下。悠介进来的时候，他就已经坐在那儿了。从他刚才默默吃东西的情形看来，也是一个人来的吧。

悠介觉得他很和善，又偷偷地看了一眼，不承想他也看了过来。

"好热啊。"男人和悠介说话。

虽然还只是五月中旬，却已经可以不用穿外套了，再加上烧烤的炭火和这么多人，更觉得闷热难当。

"是啊，该开空调了。"

"里面有空调，为什么不开呢？"

男人看了看右手边的最里处，那里好像装着一台空调。他那白衬衣的衣领处稍稍有些脏,看来是个善良的上班族。

"经常来这儿吗?"

"偶尔来,你呢?"

"我这是第二次。"

男人可能是觉得自己更了解这家店吧,对悠介介绍道:"这一带,这儿的烧烤最好吃,所以经常挤满了人。"

已经打开了话匣子,男人似乎很放松,又问道:"你在附近工作吗?"

"是啊……"悠介回答得有些含糊。

"我一直是这一片的负责人。"

"负责人?"

"是银行的负责人。今天去拜访了一位老主顾,结束后本来想直接回家的,可路过店门口的时候,被烤肉的味道吸引了进来。"

不错,一闻到烤肉的香味,就会不知不觉、摇摇晃晃地想走进来。

悠介点点头,表示同意。男子转身从搭在椅背上的西装口袋里掏出名片。

"初次见面,请多关照!"

名片上写着:城北信用银行锦系町分行对外负责人村越次郎。方才看上去他虽一本正经的,却很健谈,原来是职业病啊。

"您住哪儿?"

"石原。"

"那就在附近啊。"

男人可能是觉得反正自己递了名片,所以问对方什么问题都可以了吧。

"那您是……"

突然被这么问,也不得不出示名片了。悠介从衬衫的胸前口袋里拿出两天前刚做好的名片。

"给!"

男人稍稍低了下头接过名片,马上不可思议地问道:"您的工作是……"

"在家里做事,所以……"

"那是……"

男人对没写工作单位的名片抱着怀疑的态度。

"是什么样的工作呢?"

"在写点东西。"

"写东西?"

悠介决定告诉他:"写小说。"

"小说?就是写书?"

"是的。"

男人看了看名片,又看了看悠介的脸,问道:"抱歉,这是笔名吗?"

"我没有笔名,这是真名。"

对于男人来说,当然是第一次听到这个名字。他又仔细地看了看名片,不好意思地对悠介说:"我不怎么看小说,所以不知道您的名字……"

"没什么……"

即使不知道名字也不用道歉,就连编辑都不知道很多作家的名字,何况是其他行业的人。

"只是个新人。"

"跟写小说的人碰面还是第一次。这是很辛苦的工作啊。"

男人如看稀有动物似的看着悠介。

"我也该看点小说了,虽然工作有点忙,可正好借此机会去书店买本您的书看看。"

"请等一下。"悠介慌忙用手制止他。

"我的书还……"

"没关系,我自己买。"

"那个,不去大书店的话可能买不到。"

"叫什么名字来着?"

"叫《双心》,可我不知道还有没有……"

"我经常去日本桥和银座那边,我去那儿的书店找找。"

男人显得格外亲热,又叫了酒劝悠介喝。这份好意对悠介来讲反而成了一种负担。

悠介来东京的半年前,由文艺出版社出版过一本叫《双心》的单行本,收集了四篇他曾在杂志上刊登过的小说。大小就是普通的三十二开本,封面薄薄的,定价是五百八十日元,对于不满三百页的书来说算是比较高的了。这是悠介的第一本书。

出书,是成为作家所迈出的第一步。

在报纸的广告栏里出现了书名和自己的名字,虽说只占了一小块地方,但悠介看见的时候激动得心怦怦直跳,觉得自己已经不是以往的自己了。

有了书,自称作家就不会惭愧了吧。这之后的几天,悠介去札幌繁华街道的书店,在文学类书和北海道出版物系列书的书架上都能看到《双心》。

悠介如守望自己的孩子般注视着这本书。

它就像是难产的婴儿,好不容易才分娩下来。

从那天开始,悠介每天都会去书店看看自己的爱子是否畅销。可是,过了两个月,《双心》就从文学书的书架上消失了,北海道出版物系列的书架上也仅存一本。

是卖完了吗? 但没有再版的通知,应该不是。无名作家的处女作,是不可能卖完的。也许是对此感兴趣的人在北海道的书店里发现了这块璞玉,把它们都买走了吧。

不管怎样,书店里摆着自己的书,那自己就是作家了。

但来到东京以后,这点小小的自信心一下子就被打碎了。

来到东京后没过几天,悠介就从上野到神田、银座走访了所有较大的书店,可哪个书店都没有自己的宝贝。把出版了半年、无名作家的不畅销书摆在书架上也是徒劳吧,尽管如此,也消失得太彻底了。

悠介意气用事地继续寻找,终于在新宿的一家K书店里发现了一本。

他不由自主地跑过去,没错,书上写着悠介的名字。

悠介的心情如同在地狱中遇见了佛祖那样高兴,可不一会儿就对这本书所放的位置担忧起来。

书确实是放在了文学书的书架上,可书是竖着放的,薄薄的一册,一点也不显眼。而且,更不好的是,左右都摆放着厚书。好不容易才找到的一本书,如无颜见人似的被塞在里面。

这样一来,一般读者是很难看到它的。

悠介突然觉得自己的爱子很可怜,把它往外拉了拉,而且就这么一本,显得格外寂寞。悠介越看越觉得悲惨,他把书拿在手里,假装在看,一边偷偷地往书台处移动。

每个书店进门的最显眼处都会放着书台,上面高高地摆着各类最畅销的书。悠介来到书台前,环视了下四周,确认没有人看见便悄悄地将书放在上面。

并不是有心的,书放在了司马辽太郎的著作上。

悠介慌忙看了一下周围,谁也没有注意到。

这样就有人买了吧。悠介一个人满足地望着自己的宝贝。这时候,一个男店员疑惑地站住了脚。

悠介屏气凝神,只见店员毫不犹豫地拿起书,把它塞回到文学书架上那厚厚的书当中了。

又被夹在了书缝中,只能看见书脊上的"双心"两个字,好像在控诉自己苦命的生活。

不能重复干这样的事情,悠介只好将书往前放了放,暗自下定决心还会再来,然后走出了书店。

可过了十天再来看的时候,书已经不见了。

大概半年多的时间内,悠介的书就在全国的书店中全部消失了,当然,这应该不是全都卖完了。

后来,听负责出版该书的编辑说,初版印了三千册,卖了一千五百本左右,没有再版。初版只印三千册,对于一个无名作家的处女作来说是理所当然的。一千五百本的销量,那就是卖掉了一半。

不过,这其中有五百五十本是悠介自己买来送给朋友的,所以,实际上,在全国的销售量不满一千本。

二

夜里,裕子回家的时间越来越晚。

大体上,店夜里十二点打烊,裕子会在一点之前到家。

去医院上班的日子不用说,不去上班的时候夜里也要接着写东西,所以裕子到家时悠介一般都还没睡。坐在桌旁一边写着小说,一边不时地看着闹钟,看看裕子还有多长时间回来。

从傍晚一直到深夜,悠介都一个人待在房间里,很自然地变成了一个等待爱人归来的男人。裕子能在身边陪着的话,会给自己泡咖啡、沏茶。

当然,悠介也不是每晚都在等裕子回家。小说写得顺利的时候,他也会希望裕子稍微晚点回来,也会偶尔喝点小酒就先睡了。

裕子刚去银座工作那会儿,肯定在一点前回家,有时晚点也不会超过一点半。但随着工作熟悉后,时常到两三点才回家。

悠介没有想要约束裕子的意思,可她太晚回家会让自己担心。

裕子又连续两天都过了两点才到家,次日,悠介趁着一起吃早饭也是午饭的时候说:"最近,回来得有点晚啊。"

裕子一边往从多士炉中拿出来的面包上涂抹黄油,一边说:"店里太忙了,过了十二点,那些客人也不回家。"

"但工作时间不是到十二点吗?"

"可老板娘让留下来,就不好说回家了。"

"有这么忙吗?"

"还是东京景气啊,和札幌的消费水平就是不一样。"

曾听说过银座云集了一流公司的精英和有钱人,可从裕子口中说出,悠介心中顿感不平静。

"喝酒的费用很高吗?"

"在我们那儿,每个人都要花到一万日元以上。"

"都是些公款挥霍族吧。"

"所以呀,他们从来都不会在钱上斤斤计较,对于店里来说,可是很重要的客人。"

他们究竟是以什么样的脸面在这么贵的地方喝酒?那个时候自己却一个人在家码字。悠介越想越气。

"一群笨蛋。"

"客人没什么错啊。"

"可他们都是花公司的钱在那儿喝酒。"

"是有一部分这样的人,为了让他们更尽兴地喝酒,所以工作时间会延长。"

悠介喝着咖啡,一肚子气。

"但还是别那么晚回来为好。"

悠介真正想要说的是这句话。

"昨天又过了两点才回来的吧?"

"昨晚去了另外一家店。"

"哪儿?"

"店附近的一家小酒吧。"

"和谁呀?"

"店里的一个女孩子,还有一位客人,后来老板娘也去了。"

悠介如同一个吃醋的情夫,说道:"这种事推了不就行了?"

"这位客人是我们店里的常客,加上老板娘也去,所以不好拒绝。"

"既然邀请了,大家为什么没有都去?"

"我也并不是想去,可我还是新人,所以难以拒绝嘛。再说,十二点正是各家店的下班时间,不好打车。"

"不是有电车吗?"

"穿着和服,从两国车站下车后一直走到这儿吗?"

的确,深夜让一个女人独自从车站出来走十分钟以上是很残酷的。

"最近,银座很难打到车吗?"

这种情况,悠介有所耳闻,可没有在这么晚的时候去银座喝过酒,所以不太了解实际情况。

"一过十二点,打车的地方就排起了长队,要花二三十分钟才能乘上一辆。而且,一说去两国,司机们都不太情愿。"

"为什么?"

"可能是就我一个人吧。"

"一个人为什么不行?"

"要是能拉上店里的客人,这样女孩子下车后,再送客人回家,司机可以多开段路,多挣点钱。"

住的地方被别人看不起,悠介很不高兴。

"这儿在江户时代可是市中心,有着光辉的历史呢。"

"话是没错,可很少有回这边的客人呀,很不方便。"

"那一般都是去哪儿的?"

"有去青山、涩谷的。去那些地方的客人多,所以就能搭上出租车。"

"和客人两个人一起乘车?"

"有这样的情况,有时候也会再拉上其他女孩子。"

裕子喝着咖啡,小声地嘟哝了一句:"我也想搬到青山、涩谷那儿去住呢。"

女人开始显露出她的欲望来。在札幌的时候说只要能在东京住下就行了,来到了东京又说如果能在银座那样的地方工作就心满意足了,现在刚在银座工作了半个月,就想搬到青山、涩谷那些高档的地方去住了。裕子刚刚站稳脚跟,就开始去追求奢华的东西了。

"青山、涩谷那种地方在以前可只是杂草丛生的练兵场。与此相比,这一带靠近日本桥和浅草,历史悠久,又有人情味,这儿才是名副其实的市中心啊。"

"你喜欢这儿吗?"

"也谈不上喜欢,不过觉得是个好地方。总之,回来太晚的话对身体也不好。"

说最后那句话,只不过是显示一下男人的威严。

虽然裕子回家的时间迟了,可她倒是没有见异思迁的苗头。她晚回家的时候,悠介一般都在小睡。裕子先走进卧室,扔掉手提包或纸袋,然后解开和服上的衣带。因为很累了吧,裕子胡乱脱掉和服、拔掉发簪后的模样已经没有了傍晚出门时的美艳。

完全没有要隐藏、遮盖什么事情的样子,裕子坐在地毯上脱袜子,神情中充满了完成一天工作后的放松。

脱完袜子,裕子便起身将和服挂好,然后去浴室洗澡。

这时候,悠介已经醒了,他假装还在睡觉,偷看裕子。裕子哼着小曲,走出了浴室,一边看着被悠介弄得乱七八糟的桌子一边喝果汁,有时候也会从冰箱里拿点东西吃。然后在梳妆台前卸耳环和首饰,关掉灯,钻进悠介铺好的被褥中。

没有主动爱恋别的男人的含蓄,也没有装作什么都没有发生的矜持,非常自然地、疲惫地躺在床上,没有像和自己恋爱时的那种热情,也就是说裕子没有背着自己和别人有染。

悠介看着裕子那甜美又自然的睡容,放下心来。

裕子没有背叛自己,虽然在银座待长了变得有些奢侈,可还是爱自己的。

五月末的一个夜晚,悠介深切地体会到了这一点。

那天,裕子像往常一样,回来得很晚。悠介终于完成了S杂志社约的小说,休息了一下,喝了杯酒。也许是太累了吧,刚过一点,便躺在沙发上睡着了,连裕子回来也没察觉。

"小悠、小悠……"

耳边传来呼唤声,悠介醒了过来,看到穿着和服的裕子站在面前。

"起来啦,有好东西吃。"

悠介慢吞吞地坐起来,餐具柜上的钟显示凌晨两点了。

"很晚了,真是对不起,不过有礼物哦。"

裕子从右手拎着的纸袋里拿出一个点心盒,并在桌子上摆上了小盘子和酱油。

"肚子饿了吧?"

"还好。"

"可是很好吃哦,尝尝吧。"

在点心盒中装着的是寿司,好像是银座一流的寿司店里的东西,卷得漂亮又整齐。

"今晚吃比较新鲜。"

睡觉的时候,肚子饱饱的,可眼前精美的食物还是勾起了食欲。

"好奇怪哦,给我吃这个的客人……"

"这是客人给的?"

"是的。店里下班后,他邀请我去寿司屋,吃完东西,准备回家的时候,问我是不是一个人住,我说是和妹妹住在一起,所以他又叫了一份寿司叫我带给妹妹吃。"

裕子一边放松胸前和服的带子一边说。

"他不知道你和我住在一起吧?"

"当然了,要是知道了就不会送我了。"

悠介吃着金枪鱼和比目鱼。寿司中的这些材料又多又新鲜,比在附近寿司店里吃的好吃多了。

"而且,那个人把我送到了这儿哦。"

"他也住在这一带吗?"

"不是,住在相反方向的杉并,是特地绕远送我的。"

"啊,好在没去窗户那儿被他看见脸。"

"没关系,我在前面一点的地方下车了,为了不让他知道具体住处,敷衍了一下就下车了。"

悠介挺高兴的,同时又觉得这个男人没安好心。

"那个人是干什么的?"

"是做包装箱的公司的总经理,五十五岁左右吧。"

悠介品尝着海虾,知道了这个男人要比自己大上二十岁。

"他喜欢你吧？"

"可他不是我喜欢的类型啊。"

"是嘛……"

"不喜欢的,那种纠缠不休、絮絮叨叨的人……"

裕子说讨厌那个人,悠介更觉得他干了不少坏事。

"但是,从根本上来讲,他也不是什么坏人。"

"因为他送我们寿司吃？"

裕子将剩下的金枪鱼片寿司卷整个塞进嘴里。

"我们是姐妹俩嘛。"

"这么大的妹妹……"

"下次,我再让他给我们买点寿司吧。"

悠介夹着金枪鱼,正准备吃,可停了下来。

这样不就真成了吃软饭的了吗？深夜,自己偷偷地吃着女人从别的男人那儿骗来的寿司。

女人很高兴自己成功糊弄了别人,自己默默吃着她骗来的东西。

"怎么样,好吃吗？"

"啊……"

寿司味道可口,悠介的心里却不是滋味。

来到这个新环境的女人迅速成长起来。

当然,裕子也不是初次踏入社会。以前在札幌的时候她经营过宴会俱乐部,所以也积累了不少作为社会人的经验。不过那个宴会俱乐部也就雇用了二三十个人,在小小的札幌靠熟人介绍做生意。虽然,这样的俱乐部还有几家,可竞争没那么激烈,何况还有人照顾。

虽说是进入社会了,但这只不过是在熟悉的街道,在领受别的好意下挣钱。

与之相比,在银座工作才是动真格的。

不管怎么说,刚来到东京这么大的城市就直接在银座这日本第一红灯区做女招待是需要勇气的。

在那种地方真的能干下去吗?起初,裕子既不安又紧张,睡觉都不踏实。夜里,从店里回到家,也是极其疲劳的样子。

可那只是刚去时候的样子,过了不到一个月,裕子就完全变成个东京女孩了,连说话都带着一股东京腔。

真是令人惊讶的适应环境的能力啊。也不是裕子有特别之处,可能所有的女性都拥有这种能力吧。

对于现在的裕子来说,银座已经变成她最熟悉的地方了。

最近,去店里上班的途中,经常会有招聘女招待的人跟她搭话。

"今天又有人来请我去他们那儿干了,我都说不行了可还是纠缠不休。"

裕子露出烦扰的神色,不过似乎并非讨厌。

反正,裕子完完全全是个银座女郎了。

与裕子这巨大的变化相比,悠介倒是没什么变化,还是一天隔一天地去医院上班。也许觉得这只是临时的工作吧,他至今跟同事们都不熟,写小说的进展也不怎么顺利。而且,即使笔头顺畅,无名作家的地位也不是一时半会儿就能改变的。

看着日渐华丽、自信的裕子,悠介非常不安。

深夜,带着客人给的寿司回来和自己一起吃,说明她还是爱自己的,可那不能保证裕子就绝对没有心仪其他男人。

刚来东京的时候,裕子一刻也离不开悠介,一直缠着他。现在她已经独立行走,在银座这个物欲横流的地方安然生存了。

裕子越是生气勃勃,悠介就越像是她背地里包养的男人。

当然,悠介也有成为作家的远大理想,可这不是一朝一夕就能成功的,和裕子工作的本质是不一样的。

这样想来,悠介发现自己在现实生活中已经和裕子有了很大的分歧。

比如说,星期天两人一起出门的时候,裕子肯定会打车。其实坐电车也非常方便,可她还是会选择打车。

裕子不擅长查地图、询问目的地之类的事情,而且因为眼睛近视,也看不清站前指南和标志。现在,她每天往返于银座都坐出租车,好像已经习惯打车了。

"坐电车去吧。"可裕子已经将出租车招到了跟前。

这样的情况多数都是裕子付钱,悠介不怎么高兴。虽说裕子付钱也没什么关系,但悠介觉得自己男人的面子没地方搁了。

不仅如此,裕子在其他方面也大手大脚地乱花钱。

两人一起出去购物的时候,肉、水果、蔬菜,甚至是毛巾、面巾纸之类的小东西,裕子都挑最贵的买。价格贵的东西质量固然好,所以也不能说有什么损失,可裕子一点都不像一般的主妇那样考虑节约和划算。

还不到三十岁,又没有结婚,北海道人特有的狂野也是一个原因吧。

自从去银座工作后,裕子花钱花得更厉害了。

起初,裕子都是穿从札幌带来的几件和服,后来便不断地买新洋装了。

裕子原本没有什么存款,来东京也如乘夜外逃一般,所以身上应该没带什么现金,可她每周都会花相当大一笔钱从银座的精品店里买回包括首饰在内的一大堆东西。

在银座工作到底有多少收入,悠介一次都没有问过裕子。

住在一起,生活费原则上是由悠介出的,不过两个人的花销也并不多。比如吃饭的话,悠介在医院的食堂吃,裕子在中午和傍晚出门前也只是一个人简单吃一点。

周末休息的时候,两人会一起出去吃饭,有时候也由裕子来付钱。

总的说来,没有分得那么清,只是花着挣来的钱,够用并且也生活得挺好。

可是最近,悠介见裕子不断地买高档的衣服和首饰,开始担心起这个花销来。即使是在银座的夜总会里工作,女招待的工资最高也就是一天一万日元,除去美容费和打车费,应该没有余钱买这么贵的洋装了。

"买这么多不打紧吗?"周末,裕子又买了两件衣服回来试穿,悠介见状问道,"这衣服挺贵的吧?"

"不是很贵。"

"多少钱?"

"这件六万块,那件不到四万。"裕子照着镜子,干脆地回答道。

"两件十万块?"

就悠介所知,这个价钱可以买四件衣服了。

"为什么买这么多的贵衣服?"

"我以前穿的都不流行了嘛,没办法呀。"

确实,在银座当夜总会女招待,不能穿得太寒酸,可这买得也太多太贵了。

"我付不起这么多钱的。"

"没关系,我不会给你添麻烦的。"

"那就是有别人替你付啰?"

"那样也可以吗?"

"随便你。"

悠介咂了下嘴,镜子中的裕子呵呵地笑起来。

"真是笨蛋,这是用店里的预支款买的。"

"预支款?"

"总之就是预付费,是预先从店里拿的钱,这样讲比较好理解。"

悠介第一次听到这个词,和工资的含义不一样。

"我拿了三十万。"

"可这是要还的吧。"

"没有明确的归还日期,不过要是离开的话就必须得还清。"

知道了最近裕子手头阔绰的原因,悠介松了口气。

"那就是说这笔钱是由店里出的啰?"

"是店主妈妈出的。"

"但是如果店里所有的女孩子都问老板娘拿钱那可不得了。"

"可把钱借出去,就能保证女孩子们不会跳槽了呀。"

真不愧是银座的夜总会,运作金钱的方式是悠介难以想象的。

"拿这么多没关系吗?"

"会从工资里慢慢扣的,不用担心。"

"那你一个月的工资有多少啊?"

"我刚去不久,所以就二十万左右。"

数日前,悠介把写好的六十页的短篇小说交给了S杂志社。那个杂志社给的稿费挺丰厚的,即使那样,一页两千日元一共也就十二万。为了完成这篇小说,悠介花了差不多一个月的时间,可裕子只是晚上出去工作,就有将近两倍的钱到手。

"这么多啊……"

"我算少的了。那些有固定客人的女孩子,一个月能挣五六十万呢。"

尽管将稿件交给了S杂志社,可究竟能不能被采用还不得而知。如果被退回来,那一个月的努力全都白费了,一毛钱都拿不到。与之相比,那些姑娘们挣钱也太多太容易了,悠介非常郁闷。

裕子一边试新的洋装一边接着说:"我也想接点客人。"

"接客?"

"不只是当个服务员,我也想有自己固定的客人。这样,客人支付的一部分费用就能直接到我的账上,我的收入就更多了。"

"做做看吧,不是挺好的吗?"

"可这样就抢了店里别的女孩子的生意了呀,不太好。"

"去别家店呢?"

"现在已经没办法走了。"

悠介抽着烟,裕子似乎有些为难地跟他说:"你有没有认识的人可以当我的保证人?"

裕子虽是独身,可实际上是在和悠介同居,所以悠介也算是个人选。

"我当保证人不行吗?"

"也不是不行,有些难。"

"什么?"

"你不要生气啊。如果要接客的话,手头会出入客人的很多酒水钱,所以必须有相当收入的人才能当保证人。"

"我的收入不够吗?"

"得出示税务局的纳税证明。"

现在悠介的收入是在山根医院当医生的工资和写小说的稿费,可这两项加起来也没多少,况且这些收入都是不稳定的。正如裕子所说的那样,担保不了客人这么多的酒水钱。

"好像不认识谁啊。"

悠介忽然想起山根医院的院长来,可怎么跟他说,才能让他当自己在银座夜总会工作的情人的保证人呢?悠介沉默不语,裕子走到沙发边坐了下来。

"心情不好吗?"

"没有……"

"对不起啊,反正也不是马上就需要,所以……"

裕子安慰悠介。她将裙摆展开,站在悠介的面前。

"怎么样?合身吗?"

"合身……"悠介有气无力地回答,没有丝毫兴致。

裕子用明快的声音说:"亲爱的,去我店里看看吧。"

"可以去吗?"

"没关系的,介绍一下我的男人,呵呵。"

"让客人知道了不太好吧。"

"只跟店主妈妈说啦。"

悠介知道裕子是想讨好自己,真的去店里跟老板娘说自己是裕子的同居男人的话,裕子就不能随心所欲地工作了吧。

"我一个人去可以吧。"

"好啊。人多的话你就坐到吧台来。"

悠介点点头。要是在裕子的店里出示只有名字的名片的话,更会被当作是让情妇包养的情夫吧。悠介越想越郁闷。

五月底的时候,悠介终于将小说完成,交给了S杂志社。负责的川边打来了电话。

"您的小说写得很好,我们想刊登在下一期的杂志上。"

川边是位女性,长年从事小说杂志的编辑工作,现在已经是副总编了。半年前,悠介犹豫要不要去东京的时候,她特地写信来说试试看给S杂志写点东西,这也成为悠介最终决定上京的一个动力。就是她给悠介打来了电话。

"下一期？是这个月末要出版的这期吗？"

"是八月号,这个月的二十日左右会出样本。"

S杂志作为介于纯文学与大众文学之间的小说杂志,非常朴实,又独具风格。悠介只在纯文学杂志上发表过自己的小说,很想在S杂志上也能发表。

第一次交给该杂志的稿子这么快就要刊登了。

"谢谢!"

这次的小说是在川边的多次鼓励和催促下才完成的。

"没想到这么快就能发表了呀。"

"是你写得好啊。从医学的角度展开,深入细致地描写夫妻之间微妙的关系,很有意思。"

小说讲述的是这样一个故事:由于女儿出了交通事故,从而发现她的血型与父亲并不相符,亲密的夫妻顿时产生裂痕,妻子所隐藏的过去也被暴露出来。

两人就小说的内容又聊了一会儿,川边想起什么似的问悠介:"你最近忙吗?"

"不,不是很忙……"

倒是也有其他要动笔写的小说,可并没有确切的截稿日期。

"可以的话,能再写一篇吗?写什么都行,两三个月之后给我怎么样?"

刚写完的小说总算能被川边看上,现在悠介又接到了订单。

第一次,有编辑这么清楚地委托自己,悠介细细地品味着其中的幸福。

"好的,一定写好。"

悠介向看不见的对方鞠躬致意。

知道自己的小说近期就要在S杂志上刊登,悠介一下子来了精神。

平时五音不全,不会在别人面前唱歌的他居然也开口唱起歌来。

"怎么啦?"

很少看见悠介这么快乐地哼小曲,裕子惊讶不已。

"我的小说要在S杂志上发表了。"

裕子不怎么看小说杂志,说了S杂志也不知道是什么,并没有任何惊喜的表现。

"我前段日子不是在写一篇短篇小说嘛,就是那篇小说要登在杂志上了。"

"不是为了发表才写的吗?"

"是那样没错,可新人的稿子不是那么容易就能发表的。"

裕子并不明白悠介真正的辛苦。

"这个杂志是相当好卖的,会在报纸上登大幅广告。"

"也会出现你的名字啰?"

"那是当然,作家的名字排成一排。"

"太好了,你要是成名了,我也可以向别人吹嘘了。"

"不一定能马上成名,不过编辑又让我给他们写一篇来着,所以……"

"以后会不断有这样的约稿啦?"

"也不是说会不断有……"

"那可以拿稿费了吧?"

"是的。"

"有多少啊?"

裕子的兴趣迅速转向钱的方面。

"没有拿到手,所以还不知道,比起这个,能在杂志上发表更重要啊。"

"那我们一定要庆祝一下啦。"

要是每回发表文章都要庆祝一下的话可有点头疼,可不管怎么样,自己的小说成功在S杂志上刊登,对于悠介来说,有着前途突然光明的重大意义。

这是悠介来东京后写的第一篇小说,换句话说,也就是作为一名职业作家所写的处女作。如果这篇小说写得失败,不被发表的话,那以后的前途也许会变得黑暗,上京这个决定也可能就是一个错误了。

总算写出了一篇令人满意的作品,悠介也有了很大的信心。

悠介突然有了一种冲动,想给家里打个电话。

家里有妻子、女儿和母亲。自从离家去了东京后,妻子时常回小樽的娘家去住。不过,即使妻子不在,母亲也应该在家。

悠介辞去医生的工作,要当作家的时候,母亲哭着反对。

"好不容易走到这一步,为什么非得要辞职呢?你父亲要还在世的话,是不会原谅你的呀。"

母亲将已去世的父亲都抬了出来想阻止悠介,可悠介非常固执。

"现在正是个机会,不出去的话就永远都出不去了。"

"可也没有必要为了干风俗业而去东京啊。"

将写小说形容成干风俗业,悠介惊得哑口无言。

但来到东京以后,悠介发现母亲所说的并非毫无道理。

悠介一直是到了晚上才开始写东西。即使在不去医院上班的日子,白天也基本上写不出什么来。

等裕子傍晚出门后过了两三个小时,周围全都暗下来了,悠介才开始工作,所以确实和干风俗业没什么两样。再加上收入也不稳定,偷懒的话就拿不到一分钱,简直就是风俗业。

这一个半月来,每当想起母亲的话,悠介就会对上京一事感到后悔。今天终于可以有底气打这个电话了。

看到裕子去了客厅,悠介坐在卧室里往家拨电话。如预料的那样,妻子回小樽的娘家去了,母亲在家。

"怎么啦?身体好吗?"

好像母亲觉得儿子只有在有事的时候才会打电话回家。

"没什么,挺好的,我写完了一篇小说。"

"还在干那个吗?"

"是啊,为了写小说才上京的嘛。"

"不要太勉强自己啊。"

比起工作的内容,母亲似乎更担心悠介的身体。这样的话,即使告诉她小说发表了,她也不会有多么高兴,也听不到她的称赞吧。

没办法,悠介简单聊了几句后放下了话筒。

第二天,悠介决定去裕子工作的地方看一看。

一直就想去一趟,可在银座喝酒的都是些有钱和有地位的人,像自己这样的去那里总觉得有点胆怯。

尽管有那样的顾虑,但小说的发表给悠介带来了自信。

裕子说过,去她店里的话,八点左右就可以了。悠介在两国的烧烤店里喝了点酒,稍稍壮了下胆,便向银座出发了。

事先准备了地图,所以很快就找到了这家位于银座八丁目并木大道旁一栋楼房里的夜总会。

电梯在三楼停了下来,出了电梯,左手边便有个大大的"壶"字,门口还站着一个服务生。

悠介止住脚步向里张望。男孩询问道:"请问是一个人吗?"

"是的,我想找一位叫纯子的女孩。"

悠介说出了裕子在店中使用的花名,男孩点点头,说了声"请",便引导他入内。

右手边有可以坐五六人的吧台,里面都是雅座。

八点还不是热闹的时间,只有两三组客人。入口附近的服务台有七八位女招待巴巴地等着客人。

悠介一进去,其中的一位女招待便迎了上来。

"你过来啦!"

悠介这才注意到是裕子在跟自己搭话。

"哦,你在呀?"

"人家都向你招手了,你也看不见,自顾自地往里走。"

悠介第一次来这家店,所以有点紧张,没顾上看这些女招待长什么样。

"我一个人来的,没关系吧?"

"没关系。"

来到一张小桌子前,裕子对男孩说:"这儿就可以了。"然后和悠介一起坐了下来。

"怎么样,这家店?"

悠介只被编辑拉着来过银座几回,所以也不是很清楚。

"好像不是很宽敞。"

"这儿地价这么高,当然不像在札幌了。"

确实,和薄野的夜总会比起来,这儿小很多,雅座也感觉有点挤,不过女招待挺多的。

"威士忌可以吗?兑了水的。我要了瓶洋酒。"

要是酒喝不完,存在店中的话那得花不少钱,可裕子已经点了,只好随她去。

"有点奇怪的感觉。"

"什么呀?"

今晚的裕子穿着前阵子买的乳白色的两件套,胸前搭着深黄色的披肩。在家试的时候看起来好像是在穿借来的东西,可在这儿穿却显得风姿绰约,别样美丽。

"我喊女招待过来。"

裕子接下服务生拿来的玻璃杯和冰块,然后向在门口等客人的两个姑娘招了招手。

"小卷和优加,这是相木先生。"

裕子难为情似的问两位姑娘:"知道他是干什么的吗?"

今天出门的时候,悠介打着领带,可觉得这样就像一个普通的上班族,所以特地换上了条纹的敞领衬衫,外加灰色的短外套。

两人看了看悠介,歪头想了一下,个头矮一点的小卷小声地说:"也许是位医生……"

"看着像?"

猜得挺对的,不过悠介期待被称为作家。

"猜对了一半哦。"

"那是什么呀?"

姑娘们考虑良久也猜不出来,有点不耐烦了,裕子解释道:"其实呀,真正的是位作家,以前是当医生的。"

"作为医生写小说吗?"

"相木悠介这个名字没听说过呀。"

两人互相看了看,一副茫然的神情。

"半年前,出过书呢。"

"不用讲这些了。"

悠介很高兴裕子替自己宣传,可这样强加于别人,就显得可怜了。

"我们一起喝酒吧。"

悠介端起威士忌,姑娘们则喝啤酒和果汁。

"下期的 S 杂志上有他的小说,你们要看哦。"

两人点点头,还是半信半疑。

"两个月前的 K 杂志上也有。"

裕子如同接到了自己的客人一般,高兴不已。乍一看,悠介好像是位畅销作家,可要不是自己同居的男人也不会一个劲儿地自吹自擂吧。

"您是哪儿人?"

"千叶。"

几个人从出生地聊到了北海道。其间陆陆续续地来了不少客人,位置差不多都坐满了。

"人挺多啊……"

环顾四周,只有悠介是独自前来的。小卷和优加也被其他客人叫走了,只剩下了裕子。

"我回去了,不走不太好吧。"

"不要紧,一会儿把你介绍给妈妈。"

裕子把服务生叫来说了两句,不到十分钟老板娘便来了。她穿着高档的和服,四十五岁左右。

"欢迎光临!"

老板娘稍稍低了下头,站着和悠介说话。

"经常听纯子提起你,要加油啊!"

"……"

"能写出好的作品!"

老板娘说完就到邻座的客人那儿去了。悠介有些不快,问裕子:"老板娘在说什么呢?"

"我将你的情况都告诉她了。"

"还是不要说这些多余的话为好。"

悠介明白裕子的好意,但有些扫兴,悻悻地说:"我回去了。"

"要不到吧台那儿再坐会儿?"

"不了,回去了。可以以后来结账吧?"

"那个没关系,我来付好了。"

"我拿到稿费后来结账。"

悠介掐灭了香烟头,又环视了一下满是客人的店堂,起身离开。

裕子追上径直往门口走去的悠介,说:"这儿楼下有家我常去的酒吧,要不你去那儿坐坐?"

"不了,回去了。"

"好吧,那你先走吧,我也会早点回家的。"

晚上十点,正是银座街道最热闹的时候。狭窄的道路两旁挤着鳞次栉比的楼房,各家夜总会和酒吧的霓虹灯争相辉映,如同将道路左右包围起来了一般。

真不愧是银座啊,和新宿之类的地方就是不一样,年轻人很少,也没什么醉酒的人。大多数人都是穿着西装,下班后来这儿消遣。

这些人都是公款挥霍族吧。悠介一边走一边环顾四周,这时一个捧着鲜花的中年妇女走上前来。

"先生,您在找哪家店呢?"

听说在银座有两三千家夜总会,这些卖花的基本上都知道,询问她们的话就可以被带到指定的店里,可作为补偿必须得买花。

"没有……"

悠介拒绝了这位中年妇女,往四丁目方向走去。

这样一直往前走有一条宽敞的马路,往左拐就是有乐町车站,在那儿坐山手线到秋叶原换乘总武线就可以到两国了。

要是裕子的话肯定会打车,不过夜色尚早,时间充裕,悠介想走走。

他来到一栋明亮的楼房前,五六个客人正在和小姐嬉闹。他们相互牵着手,开着玩笑,其中一人还在亲小姐的脸颊。突然笑声响起,好像他们处在一个和自己不一样的另一个世界。

悠介斜着眼看他们,心想:来银座还是有点为时尚早啊。

裕子店里的客人也是这样,年龄大多数都是四十多岁到五十多岁,没有像悠介这样三十几岁的男人。在银座消费,也并不是有年龄限制,可如果过于年轻,小姐们也会困惑于如何接待。

还是有和自己的年龄、地位相称的街道,以现在悠介的地位在新宿附近的酒吧中喝酒就比较合适。

悠介两手插兜,看看左右,继续往前走。狭窄的街道两侧停满了汽车,中间仅剩的一条行车道上也行驶着各式高级轿车。

人行道上三三两两地并肩走着从一个夜总会转至另一个夜总会的男人们,其间也有几个袒胸露乳的女招待和穿着制服的服务生。

突然,左手边的关东煮店的格子门拉开了,欢快的感谢声送出两位客人。男的四十五岁左右,女的大概三十岁吧。男人是个高个子,穿着得体合身的灰色西装,女人则穿着淡紫色的裙子,身材如模特般苗条。

尽管是吃关东煮的小店,由于靠近银座,这里的客人也显得贵气十足。

悠介越来越觉得这是一个与自己毫无关联的地方。

忽地一张海报映入眼帘,悠介停下了脚步。

"北海道报",海报贴在了一根电线杆上,在路灯的映照下看得很清楚。

在札幌的时候,悠介每天都会看这份报纸。不知是谁设计的,这稍稍有些扁又肥的字体,在这样一个夜晚的街头看见,真是令人无比怀念。

是嘛,这儿有北海道报的分社呀……

悠介想到了这层意思,又看了看海报,完全没有想到会在银座的正中央遇见这熟悉的文字。

在从札幌初来东京的时候,一听到"北海道"或是"札幌"这样的字眼,心情就会自然而然地平静舒畅,如同在他乡遇到故交般的亲密,现在也是如此。

像自己这样的人来银座还有点过早,在知道来了不该来的地方的时候,看见这熟悉的文字,怀念之情更是油然而生。

悠介走到电线杆下,有一股想抚摸海报的冲动。

"你一个人在这种地方,还好吗?"

在这个与北海道毫不相关的地方,这张海报正在守卫着家乡的堡垒。

"是啊,它也在努力呢。"

看着海报,悠介渐渐地有了勇气。它都在努力,所以自己也不能认输,必须加油。

悠介又看了一眼海报,然后向有乐町车站迈出了脚步。

可走了不到二三十米他就停了下来。"要不再去喝点吧……"

就这样直接回公寓的话,也不可能马上就开始工作。傍晚喝的酒和在裕子那儿喝的威士忌也开始在全身起作用了,舒服又痛快,以这样的状态即使回到家也是喝酒看电视,还不如去哪儿再喝一盅呢。

本来打算回家的,却突然改变了心意,也许是因为看到了这令人怀念的海报吧。

悠介在路边的电话亭里给裕子的店里打电话。

"我现在还在银座呢,刚才你说的那家店能给我介绍一下吗?"

"你真的去吗?"

"可以去啊。"

"太好了,那你回到这儿的楼前来。"

"五六分钟就到。"

"好的,在那儿等我下班,好吗?"

悠介点点头,往回走。重新和裕子碰了头,来到这家位于同栋建筑的二楼,名叫"欧迪乐"的酒吧。

走进去,店的纵深很长,有个可以坐下十人左右的吧台,里面只坐着老板娘和一个调酒师。

裕子好像和他们很熟,跟老板娘闲聊几句后便将悠介介绍给她,又偷偷地对悠介说:"这位妈妈是函馆人,这样比较轻松吧。"

"轻松什么呀。"

老板娘瞪着一双丹凤眼,怪不得吧台里坐着她一个人就行了呢。

"我下班就过来啊。"

悠介看了下表,才十点半,得等一个半小时。

他一个人坐了下来,环顾周围,吧台上坐着七八个客人。多数是和同伴一起来的,也有一个人来喝酒的。

老板娘跟他说:"这儿的洋酒不错哦,小纯可以打包票。"然后便给悠介兑了一杯。

"去过楼上那家店了吗?"

"嗯,有点挤,所以……"

"下次别去了,来我这儿吧。"

老板娘三十五岁左右,是个大个子的美人。

"小纯每天都会到这儿来。"

虽然知道小纯就是裕子,可听着不顺耳,一瞬间感觉在说别人一样。

"她很红,这儿都有很多追求者。"

听老板娘说裕子是个走红的女招待,悠介一下子不怎么理解。

"她呀,特别能喝,这是和客人的交际手段,也是没办法的事,可还是要适量啊……"

从老板娘的话中,悠介大概了解了裕子在银座的生活。

"不过,她好像很喜欢你哟。"

悠介有些不知所措,老板娘故意使坏,笑着说:"经常听她提起你哦,她说希望你能早日写出好的小说来,成为知名作家。"

为什么裕子要说到这些呢!

悠介转移话题:"妈妈是函馆人吗?"

"是啊,那儿可是美女的产地啊。"老板娘摆出认真的表情问悠介,"和函馆的女孩亲热过吗?"

"呵呵,没有。"

"她们可能比札幌的姑娘更情深意重哦……"

老板娘开玩笑地笑着,悠介也慢慢地高兴起来,可她一去别的客人那儿,悠介便又成孤家寡人了,又只好沉默无语了。有那样轻松的时刻真是挺开心的啊。和那个调酒师聊聊,消磨消磨时间也不错,可初次见面不太熟。

没办法,悠介只好点燃了一支烟,默默地喝着酒等裕子下班。

"小纯快来啦。"临近十二点的时候,老板娘特地过来告诉悠介。悠介一个人无事可做,闲得无聊,所以老板娘也帮他留意着。

终于到了十二点,店里的客人大部分都回去了,换了一批新的客人。

他们好像是从夜总会过来的,其中还有年轻的女招待非常热闹,大声的说话声都传到了悠介的耳朵里。这时,妈妈放下电话,靠近他说:"纯子打来电话说还有客人,不能走,所以让你再等她一会儿。"

悠介觉得厌烦了,可已经等到现在了,也不好先回去,只好又点燃一支香烟,倒了点酒。

在札幌的时候,经常去一家酒吧。在快打烊的时候,吧台的一端时常会坐着一个男人,年纪在五十岁上下,据说是老板娘的男朋友。

要是关系很密切的话,就没有必要来店里等了。这个男人应该是担心自己的女人见异思迁,所以来店里监视吧。

现在的自己怎么会和这种男人一样呢?年龄、地位都不相同,也不是裕子的保证人。

可在不知情的人看来,自己似乎也是一心一意地等待女人的男人。从年纪上看不像是女人的资助人,倒像是被女人包养的小白脸啊。

曾有那么一刻,悠介憧憬成为吃软饭的,要是能成为银座女招待的相好,那更是非常幸运的事情。但现在正处于类似的情况下,他却并不开心。

首先,像他这样的,等女人等的时间稍长点就会觉得坐立不安,烦躁难受;其次,在夜总会里有新的客人来的时候,即使还没有坐满,老板娘也会过来低着头,说:"对不起了。"自己要是坐着不走的话,就如同在干什么坏事一般。

裕子到底在干什么呢?虽说有客人,可已经过了营业时间,回绝他们不就行了吗?自己在这个店里都已经等了两个多小时了,早知道这样的话,还不如早点回家呢。

悠介开始后悔了,这时老板娘走了过来:"有点晚了啊,可能是要应付纠缠不休的客人吧。"

那些是什么样的客人呢?如果情况不好的话可以跟店里说嘛。

悠介压住怒火,对老板娘说:"不好意思,能用下电话吗?"

"可以啊……"老板娘点点头,这时门开了,裕子终于走了进来。

"太晚了,你知道现在几点了吗?"

"对不起啊,又是小键他们几个在闹。"

裕子一边解释,一边来到悠介身边:"等久了吧。"

不是来听这句话的,悠介怒上心头。裕子低声跟他说:"晚来的客人怎么也不走,我还是对妈妈撒了谎,好不容易才出来的。"

裕子似乎也很辛苦。

这样想来,悠介也没了生气的力气,只好端起酒杯和裕子喝起酒来。

第三章　摇影

一

对于悠介来说,在东京孤独的生活中,带给他新鲜刺激的是"石头会",这是一个集会,每个月在有津义之先生家里召开一次。

有津先生是一位曾在昭和二十年代后期获得直木奖的作家,写过以亲身经历的中日战争为背景的战争小说,也写过推理小说,犀利透彻的文笔尖锐地描写出了极限状态下人类的心理。他还是一位有名的棒球评论家。

当时,有津先生担任某杂志的新人奖的评审委员,因为这个关系,所以他召集来能干、有前途的年轻人组织起了这个"石头会"。后来,悠介听干事说,叫"石头会"是有含义的:大家现在还只是石头,将来都会变成闪闪发光的金子。

这还是前年夏天的事情了。悠介因为有个学术会议去东京出差,顺便去 B 杂志社的时候,偶然在大厅里遇见了有津先生。有津先生邀请他:"可以的话来参加好吗?"因为这个契机,悠介加入了石头会。

不久之后,一位姓冈松的女编辑还带着悠介去了一趟先生在荻洼的宅邸。从这以后,悠介就一直作为石头会的会员,每月都会收到他们寄来的月报。但因为是住在北海道的关系吧,这个集会他一次都没有参加过。

四月份来东京的时候,悠介就想:这样以后每个月都可以去参加了。不过五月份的时候还处于迷茫期,所以也没去成。

集会一般是在先生位于荻洼的宅邸召开,大约傍晚六点开始,没什么繁冗的规定。可以免费品尝到夫人亲手做的饭菜,还能随意喝啤酒和威士忌。特别是用不着高谈阔论什么文学论、作品评论之类,而是随心所欲地聚集在一起聊一些喜欢的话题,想离开时便离开。这样看来,不是个令人头疼的集会。

本知如此,悠介还是裹足不前。那是因为他总有这样的想法,觉得既是要去,就应当至少在事业上做出些成绩再说。

"石头会"的会员里,已经有芥川奖获得者中浦,直木奖获得者大木这样的人。可他们因事务繁忙,鲜见出席。出席的人年龄大多在三十至五十岁之间,也有五十几岁的,尽是获得过核心刊物新人奖或与之相当奖项的写手。若拿相扑作比,相当于幕下[①]这个级别。

悠介自然也受过Ｓ社的同人杂志奖,曾经获得芥川、直木奖的提名。论资历,他并不比其他会员逊色。可是,只需参加一次便可发现,主动围坐在正中的有津先生身边的,总是那些最近写的小说得到认可,常常在杂志中出现的会员,他们兴致盎然地交谈畅饮。与之相比,没有成果、没有文章发表的会员,则像接到命令似的自动退到角落,默不作声地饮酒,露出淡淡忧愁的神情。

[①]日本相扑运动由低到高分为十级:序之口,序二段,三段,幕下,十两,前头,小结,关胁,大关及横纲。——译者注

正因是无拘无束的自由集会,每个人的现状才更加露骨地表现出来。这给悠介的印象颇深。

悠介是新人,与其他成员之间少有熟识知交,因此即便前去参加,也不过是待在角落里。特别是又没有像早稻田大学出身、庆应大学出身这样可以称得上同门的伙伴,所以连与谁对话都无从预测。

即便是这样,既然出席了,他还是希望自己多少能成为一个引人注目的存在。他希望听到别人啧啧称赞的声音。

时隔很久后,悠介决定参加六月的集会,是因为此前他得知自己的小说即将刊载于 S 杂志。尽管这件事暂时无人知晓,杂志还没有在店铺前露面,可一想到即将有文章被刊载,他就有了去参加集会的勇气。

有津先生现在是位作家,可若是生逢其时,他还会是九州一个大藩的老爷,即是旧华族。先生虽名门出身,却曾参加过中日战争,战后很晚才结婚。

正因是旧华族,先生在荻洼的宅邸才宽阔气派,从被用来集会的会客室里,可以遥望宽敞的庭院和水池的景致。

也许是以前惯用安眠药的缘故,先生瘦骨嶙峋,面额细长,留着白色山羊胡,戴着一副眼镜。与年轻人交谈时,能感觉出名门望族的稳重大气,又生出几分飘逸的雅致。

悠介久未露面,这次前来,先生十分欣喜,询问了许多悠介最近的情况。可与先生讲完了大致的情形,悠介就坐到角落来,就着下酒菜,呷起掺水的小酒。

夫人不是华族出身,却聪明开朗,颇善交谈。先生俨然一副老爷模样,夫人却满含诙谐风趣,这真是绝妙的对比。

那天也不例外,话题中,即便偶尔有那种晦涩的文学论,也仅限于角落里的私下交谈,集会中心围绕着同行朋友的消息,对新闻周刊里新刊登作品的感想之类,杯盏交错间,谈话不觉大声起来。还有几位女作家交杂其中,坐席里越发热闹了,再过了不久,一些会员围着夫人玩起麻将,先生开始拉拿手的手风琴,有人随歌起舞。

乍一看去,这是一个混杂不堪的聊天会,可这里面充满了独特的新鲜刺激。

比如悠介就与坐在附近的冈田聊起了天,悠介讲起了自己仍在从事的医生职业以及现今的生活,冈田则说到了他辞别前工作的事儿。两人境遇相似,更增加了些志同道合之感。无意中聊到小说的话题,悠介才注意到冈田与自己是竞争同一奖项的同行对手,这时他不免深感不安。

悠介自然不会把这种心情表露出来,而是默默地做个听众,装作没有察觉,可是当他进而认识到在场的近二十人,包括冈田在内,都是他的竞争对手,他又愕然了。

老实说,在札幌的时候,悠介是个颇有名望的新兴作家,至少在道内同行里是个不可忽视的存在。然而来东京一看,像悠介这样的人数不胜数,集合在这里的十来人就不用说了,加上加入其他集会的,还有不属于任何集会单身一人辛勤耕耘文坛的,一定数目可观。

这些人当中,究竟谁会脱颖而出,成为真正的作家呢?

听 K 杂志社一位名为中西的编辑说:"新人奖获得者到处都是,死尸遍野。"当一位作者刚荣获新人奖的那阵子,被报纸、杂志吹捧,周围人们争相祝贺,还有编辑约稿。一时间,一副天下唯我独尊的样子。这样的景况至多持续一年。次年获奖者名单揭晓后,前位获奖者就会被忘得一干二净。到那时这位新人才开始焦虑不安,殚精竭虑,发誓一定要写出像样的东西来。然而事与愿违,获奖有时只能成为一种额外的负担。

据中西的口气,在 K 杂志社过去的新人奖获奖者中,最后成气的作家还不足一成。

在札幌时，悠介就明白职业作家之路将面临严峻考验。但踏入有津宅邸与这么多朋友相识后，悠介才重新认识到自己前途多舛、命运未卜。

在会员中，有多次成为芥川、直木奖候选人，可以被认为是作家的，也有已经出版好几本单行本的人。他们汇聚一堂，时而饮酒长谈，时而打打麻将。

只需看到这样的情景，悠介就有种被人甩开的感觉。实话说，这样的刺激在地方上终究是体会不到的。知道有竞争对手的存在，与在现实世界里看到竞争对手，完全是两码事，后者实在使悠介倍添紧迫感。

另外，出席集会使文坛中的事情一目了然。大伙儿有各自熟悉的前辈作家，他们相互吐露各自得到的消息。还有很多在报社、出版社工作的朋友，他们大多谈些传闻闲话。像下次哪份报纸开始连载谁的文章啦，下次文学奖的候选人中的有力人选啦，哪位作家与哪位评论家关系紧张、针锋相对啦，等等。

这些只能说是在地方上不可能打听到的内部消息，近乎杂谈。可听着听着，原本十分遥远的作家们，在悠介眼前变得鲜活亲近起来。

在札幌时，悠介的一位前辈作家成为直木奖的候选人，却最终落选。这位前辈淡淡地说："我只希望写出好作品，从未追求过得奖，所以这次落选，我不觉惋惜，也不言后悔。"悠介听罢，吃惊之余也十分佩服。

成为候选人却最终落选，还说自己不觉惋惜，不言后悔，真有这样的人吗？现在悠介来到东京，从编辑和朋友们的话中，听不出任何一点超然脱俗的感觉，不仅如此，还有种露骨的世俗意欲潜藏其中。

某某作家成为候选人，并且深信自己一定入选，准备了好几桶酒。落选那一刻,他像发狂了似的把它们全部敲碎。又有某某作家在获奖的那一刻,一边大呼"万岁",一边立即打电话到之前贬损自己的评论家家中,骂道:"笨蛋!"

在地方上,不知是不是正因为人少,才会更加在意旁人的目光,总是流行场面话。在首都,正因无所谓别人的想法,才可以率直地表达自己的心情。特别是在自由职业的这片天地,这被认作是理所应当的。

"原来如此,写作这玩意儿,是更率直地展露自己……"

加入"石头会",使悠介爽快地窥视到这样一个真实的世界。

集会临近结束,各个会员随性离开。没有"几点结束"这样的特别规定,所以玩麻将的人可能一直拖延到次日清晨。也有一些人品尝几口料理,只消一小时就回家了。不过近十点时大部分人就起身离开了,趣味相投的朋友会到其他地方再喝两杯。

悠介没有特别亲密的朋友,只因与冈田坐得较近,多聊了几句,便一起去了新宿的酒吧。

他们的去处总是约定俗成,不是新宿城边在厚生年金会馆附近的酒吧,就是在歌舞伎街道以外的黄金街上,多是些略显狭窄、装潢朴素的小店。可这里价格便宜,时常还会有出演新剧但尚未出名的女演员来这里打工,也不乏十分迷人的女性。

这里店铺的客人都是常客。当然了,大多是作家、评论家,还有编辑、报社记者之流。被带到那里哪怕单单看一看过往的客人,对悠介来说都受益匪浅。

悠介看到一位作家,在札幌看过他的作品和照片,觉得他是位心思十分缜密的作家,可眼前的他竟穿着皱巴巴的白衬衫放歌高吟。正惊奇着,又看见一位当红电影导演与一位年长的报社记者在争吵,那阵势好像马上就要扭打起来。他们的另一边,一位因写难懂文章而出名的评论家用女人一般的温柔腔调对着站柜台的服务员喋喋不休。

每个人都随心所欲,却洋溢着另一种喧嚣吵闹的活力,这样的情景在地方上绝对看不到。

悠介再次为他们本来的面目惊讶不已——他们同样生活在人世间,有着同样的爱憎和欲望。看似理所应当的事,悠久却恍然大悟,感动不已。

现在看来,这样的店铺比银座的俱乐部更适合悠介。在这里,无须装腔作势,也不用故意大手大脚地挥霍。在这里,若说喝点小酒的钱还是有的。就是偶尔不够了,还可赊账,一声"拜托了"就可以解决问题。

两个人走进一家名叫"花屋"的小店。冈田似乎是这儿的常客,向老板娘一招手就向里面走。柜台边的坐席大约有七个,他们进去的时候就已经满当当了。冈田开门见山,马上开始批评起同会会友S君来。S君与冈田同为早稻田大学毕业,悠介误以为他们的关系不错,原来并非如此。冈田说,S君向前辈作家花言巧语、阿谀奉承。

喝到醉酒时分,冈田又谈起自己获新人奖的时候是如何优秀,如何地被寄予厚望。那时的冈田甚至对活跃于文坛的中坚作家直呼大名,用来宣告自己比他们还略高一筹。

这个冈田为什么迄今为止还默默无闻,在有津宅邸原地踏步呢?这里面的原因在于一段时间冈田的力作得不到认可,还与得奖擦肩而过。冈田清楚地记得当时评审委员的评论。他喋喋不休地说那时自己被委员的顽固不化所欺骗,此后又与B杂志社的编辑相处不洽。

一开始,悠介还对冈田邀请自己心存谢意,认真聆听,可聊了一半,冈田就开始无止无尽地讲起过去的悔恨,枯燥无味的讲演使悠介觉得有点厌烦。

既然这么悔恨不已,为什么不将之转化为写作的动力呢?

可是听冈田重复这样的话题时,悠介也不禁联想起过去的自己而沉醉其中。

总而言之,东京是个纷繁复杂的人世社会。与形形色色的人们接触,从中获取刺激,这或许就是住在东京的好处。悠介品着酒,真切地感受到自己就在熙熙攘攘的都市人群中间。

二

除了参加"石头会",还有一件事使悠介深受鼓舞:他有幸与两位故乡的作家相识,并聆听雅教。一位是伊织等先生,生于小樽,擅长文艺评论,也写小说;另一位是出生于札幌的作家村山彻先生。

与伊织先生相识还是在悠介来东京的四年前,那时先生是S社同人杂志奖的评审委员。悠介在获奖后的庆祝宴会上,在编辑的介绍下认识了伊织先生。在那之前悠介拜读过先生的评论及小说,可也许是先生戴着副眼镜吧,颇有学者风范,给人难以接近的感觉。不过在那次宴会上见面后,悠介意外地发现先生是那样平易近人。他询问了北海道的大致情况后,还邀请悠介去银座的夜总会坐一坐。

对悠介来说,别提这盛大的文坛集会了,就连银座的夜总会也是第一次去。店名叫作"espoir"①乍一眼看去,像是宽敞漂亮的机场大厅。围坐在悠介身边的都是像伊织先生这样的文坛泰斗。丹生贵雄、小村光一,等等,可谓群英荟萃。就是单单坐在人群中间欣赏他们饮酒,悠介都觉得兴奋不已。

伊织先生不仅给人一种敏锐、睿智的印象,而且洒脱开朗,不乏

---

①法语。意思为希望。

幽默之词,时时逗乐女服务员们。同行的编辑也不像是第一次来,都和女招待亲密地交谈。其中一位年长的编辑似乎在谈论一位女作家和她的作品,摆着副一本正经的神情。

这些一流作家们就在这儿稍作休息,然后就会源源不断地涌现出新的写作灵感吗?悠介凝视着眼前的一切,无法抑制心中的激动。

悠介满是好奇地东顾西瞧着,身边的女招待和他搭起话来。这个女招待的容貌并不出众,不过她的衣着精致考究,可以看见她那柔软的衣领下系着淡粉色的披肩,真不愧为银座的女人。

"是第一次来我们店吧?"她似乎从悠介不安的神态中看出他是个新人。

悠介于是告诉她自己今天刚从札幌来,她则开始讲起两年前去北海道南部旅行的事来。虽是一次寻常的对话,不过对于听惯了北海道女人说话的悠介来说,这个声音听起来更显柔和。

时而与她交谈,时而环顾四周,一个多小时就这样过去了。丹生先生这时站了起来,结束了此次聚会。

悠介也跟着起身,伊织先生回过头来,对他说道:"那我就先告辞了。"

悠介慌忙低下头来,先生点点头,在女人的簇拥下离开了。

与初来时相比,离别时这样平淡随意,不免使悠介感到有些沮丧。不过在回去的车上,一位曾关照过悠介的编辑突然问他:"你与伊织先生以前就认识吗?"

"不,今天在会场是第一次碰面。"

"先生主动邀请年轻人来夜总会,我想这种情况大概还是第一次。"

不知是从故乡来京的新人为数不多,还是因为他的心情很好,无论怎样,先生邀请自己去了银座夜总会。这件事让悠介猛然觉得自己好像成为先生的弟子一般,倍感亲切。

离开东京,回到大雪纷飞的北海道,悠介仿佛觉得那盛大的宴会以及银座的夜总会,连同伊织先生的话一起飞逝而去,遥远得难以触及。可无论怎么说,那都是个令人愉快的夜晚。

不久,S杂志社编辑送来了照片,悠介端详着,想起了宴会的事儿。他燃起了去拜访先生的冲动。

只要不在东京,即便自己努力工作,也有种被边缘化的感觉。悠介的脑海中时时掠过一丝不安:如果这样下去,会被大家所遗忘啊。这个时候,如果有机会和先生会面并聆听教导,给自己壮壮胆该有多好啊。

老实说,悠介心里藏着对先生的依赖。

可是去了东京,先生真的会和自己见面吗?虽然只要报出自己的姓名,先生应该会记起来,但是先生那么忙,要如此劳烦他,总得有个像样的理由吧。

说到底,先生只是因担任同人杂志奖的选拔官才读了悠介的作品并作了评价,并在同一个晚上款待了他这个从家乡来京的青年。

仔细想来,他只是和先生交谈过几句,先生还算热情,但除此以外,更深入的作品评论,以及对他今后方向的直接建议等,都未提及。与先生的交往,不过是在银座共享了一段愉快的时光,仅此而已。先生连"继续努力""期待你的成功"这类的话也未说过一句。

不管怎么说,写作最终是作者本人的事。什么继续努力啦、期待成功啦,这样的话先生就是说了,也未必能写出好文章来。

或许先生想过要对我说这些。悠介思来想去,越发不知如何拜访是好。至少等到有了新作,在杂志上刊登上几部再说吧。就这样,悠介最终放弃了直接登门拜访,只是寄去一封信表达感谢和问候。

悠介再次萌生拜访先生的念头是在两年之后。那时悠介已经分别受到一次芥川奖和直木奖的提名。虽说还难成气候,可悠介心想到了这个程度,总算可以登门了。

悠介借去东京参加学术会议的机会下定决心给先生打了个电话,表达了想在某日拜访的心声。先生似乎有工作,是夫人接的电话,回答他说可以在悠介约的那天下午四点见面。

下午三点半,悠介忐忑不安地来到先生住所附近的民营铁路车站,确认地点无误后,在四点整按响了门铃。夫人出来迎接,把悠介引向会客室。西服店里有人来给先生量新衣服的尺寸。乍一看来,先生像是不修边幅、不拘小节的人,可是悠介看见他连样式都精挑细选,才发现自己初判失误。

等西服店的人走了,先生向悠介主动打招呼:"让你久等了。""好久没见了,最近还好吧?"

"是的……"

悠介老实答道。他把家乡特产鲑鱼送给先生,先生询问:北海道冬天已经来了吧?捕鲑的收成还好吧?悠介一边回应着,一边思忖如何把话题转到小说上去,可总是兜来转去入不了正题。

被迫无奈,悠介主动告知了获芥川奖和直木奖提名一事。他又告诉先生自己医生的职业过于忙碌,总不能依照自己的意愿去写小说。

"若是能辞去医院的工作,专心写小说就好了……"

听悠介这么吐露自己的心声,先生默默地吸着烟。

其实,悠介心中暗暗希望先生劝他一句说:"别犹豫了,专心致志地写一部小说吧。"虽然不能马上做到,可短短一句话,成为悠介以后的座右铭,困惑迷茫的时候更是一个指引航程的路标。

但是先生好像早就看透了悠介的心思,低声自语道:"还是做医生稳妥些。"

一听见这句话,悠介便觉自己碰了壁,困惑不已。

和悠介莽莽撞撞地闯入文学界相比,先生以冷静的眼光观察着现实世界。

"不要认为在地方上写了一两篇小说,就能踏上职业作家之路。这条路可没那么轻松简单。"先生仍然保持着往常的稳重态度,可是镜片后那双深邃的眼睛好像在这么说。

辞别先生,在回旅馆的路上,悠介又想起了先生的话。作品都提名了,可先生仍然反对自己走职业作家的道路。也许是因为先生自己为这条路上下求索,殚精竭虑,才担心年轻人因一时的情绪冲动和自己踏上同一条道路吧。做医生的同时写小说,这样没有什么不恰当的,先生说的是这个意思。在悠介看来,这就好比是说走专职写作这条路不足取。

认识到这一点后,悠介有些失落,不过也放下心来。

悠介第二次与先生会面又是在两年之后。

这时,悠介已经出了大学医院,以出差的形式在地方医院工作。因为批评在母校进行的心脏移植手术,所以在大学里难以为继,写作也因此遇到了瓶颈,辞去大学的工作已经毋庸置疑。悠介再次动摇了。

悠介通过电话把去东京拜访的想法告诉先生。先生正值忙时,回答他说希望交谈控制在二十分钟之内。

虽然担心会打扰先生,可悠介还是鼓起勇气出发了。

虽然要与先生见面,悠介还是决定不谈辞职去京的事。抛去现状踏入崭新的生活,像这样的大事,和别人商量不会有什么结果。这些都必须由自己考虑,自己决定。

只是心里惦记着一件事:最近一家通俗小说杂志向他约稿,问他是否愿意试一试。

悠介起步于所谓的纯文学,但一些编辑认为他还可以写一些范围稍广的娱乐题材。这也是他获得芥川奖和直木奖两项提名这件事受到的影响。

说心里话,无论是什么奖,只要有可能得到,悠介都不想错过。辞去医生职业以后,专心写作并能得奖,这绝对是有利的。可是起步于纯文学杂志,却半路出家为通俗杂志写小说,会怎么样呢?在以前的作家里,有人认为这是堕落,悠介却对此毫无知觉。倒不如说他改了前进路线,略微有些不适应,因而感到不安才对。

悠介想向先生询问的正是这事。

如约来到先生家中,十分钟后,先生出现在会客室里。先生真的是事务缠身,头发显得蓬乱,有些疲惫。

悠介说完客套话,就马上切入正题:"今天我有事想和先生商量。有家通俗小说杂志向我约稿,我该怎么做呢?"

硬着头皮把话说完,悠介就做好了被批评的准备。先生这个年代的作家都认定纯文学才是文学的唯一正道,这件事先生一定难以认同。

可先生的反应出人意料:"真的委托你写稿了吗?"

用往常一样平和的口气确认后,先生说:"那你写一写吧。"

悠介一时间难以接受。

先生直截了当地说:"只要有你的写作阵地,哪儿都可以。"

"可是,杂志是……"

"这没关系,现在应该尽可能地多写,你也想写出更多的作品吧?"

"如果可能的话……"

"那么就一定要写。"

悠介呆若木鸡,一时说不出话来。

先生接着说:"那样的杂志销量好,在报纸上还登大幅广告,这样你的名字也会出现吧。全国范围的报纸上赫然印着你的字,你知道这有多珍贵吗?"

这番话说得悠介更糊涂了。先生竟然想到了这个份上,他做梦也没想到。

先生解释道:"不管你多么有钱,也很难在全国性的报纸上登出自己的名字,而你如果在杂志上发表作品,那么你的名字就会免费登在报纸上的杂志广告栏中,这样你就能成名了。"

先生毕业于商科大学,这在作家中占少数。果不其然,先生视角广阔,观点独特。

"首先要考虑成名。"

"可这么写下去就与纯文学背道而驰了……"

"只要你想写出好文章,什么时候都不迟。成名后,便有了自己的写作阵地,那时再开始写自己想写的东西,也来得及。"

居然会有这样的观点。悠介对这个始料未及的忠告犹豫发呆,先生的镜片里闪烁着智慧的光芒。

"强者生存。总是犹豫不决、裹足不前,就会被世人所遗忘。"

先生说完一席话,就瞥了一眼柜子上的时钟,好像在暗示谈话应该结束了。

"我决定试一试。"

悠介全身上下充满了勇气,他油然升起对先生的钦佩之情。

还有一位故乡的作家村山彻。悠介与这位先生得以直接会面,还保持了密切的交往。

先生出道很早。早在昭和二十年(一九四五年)初,就作为战后派活跃于文坛。之后,他曾停笔一段时间,四十年代中期因一部以石狩地区为舞台的小说重登文坛。悠介认识先生时正是这部小说在北海道的地方刊物上连载的那阵子。

偶尔一次获得同人杂志奖而有幸进京,北海道大学的 W 教授给他写了封介绍信。可悠介从未想过单凭这个就可以简简单单地与先生会面。

就是被拒绝了也没关系,悠介这么想着,拨通了电话。先生居然记得他获得 S 杂志社同人杂志奖一事,还向他表示祝贺。悠介趁势问道:"我可以拜访您吗?"先生回答道:"随时请便。"

霎时间,一股暖流流入心间,悠介径直往先生家走去。

按照电话里所说的,从新宿转乘铁路到先生家附近的车站下车,正茫然不知所向、东张西望时,一位二十五岁上下的青年走近了他。

"是相木先生吧?"

被突然这么一问,悠介点了一下头,青年说:"我是村山,是专程来迎接你的。"

原来是先生担心他迷路,特意让自己的儿子前来迎接。只因是同乡,先生就对悠介这个未曾谋面的新人如此关爱有加,使他受宠若惊。

到先生宅邸后受到的优待,更是令悠介感动不已。走进大门,在里侧边的日式房间坐下,桌子上已经摆好什锦火锅。水已煮开,热腾腾的水汽一个劲儿地往上蹿。悠介意识到自己在晚饭时分打搅了先生,可是既然来了,也只好留步。

"大老远跑来真不容易,来,喝两杯。"先生拔去瓶塞,往悠介的杯子里倒酒。

"我读过你的作品了,我认为很好,早就想见你一面了。"先生显得很高兴。

与先生一样,夫人也很随和,做菜间隙也会说几句。从小说讲到北海道的情况,又讲到先生在札幌报社工作时的事来,话题源源不断。先生就连喝酒的兴致也跟着高涨,从啤酒到清酒,再到威士忌,酒精含量逐级升高,身材魁梧的先生音量都放高了一倍。

"你喝得有些快啊。"夫人嗔怪道。

"没问题。"先生敷衍了一句,丝毫不听劝告。

"平时这个时候才开始喝,今天能看见你,才这样高兴。"

且不论夫人的担心,今天冒昧来访,先生能如此高兴,没有比这更令悠介开心的了。陪先生多喝几杯,先生又一个劲儿地加酒。

"年轻多好啊,来,趁年轻再多喝点。"

听先生劝酒,悠介产生了一种错觉,好像自己以前就经常在这个家里进进出出,与先生及夫人密切地交往过。

受到这样的款待,悠介实在没有想到。初次见面就如此随意轻松地喝酒,这对悠介来讲是第一次。

伊织先生满腹经纶,即便去了酒吧这样的地方,也俨然保持冷静的神态,而村山先生却充满激情,有"无赖作家"的气质。

后来,在多次去村山宅邸拜访后,悠介从村山夫妇的口中得知先生一度停笔的经历和那时凄惨生活的内幕。

战后不久,先生就作为第一批战后派文学的代表,成为文坛的一颗耀眼新星,可时隔不久,就开始饮酒并服用毒品。那时正处在战后混乱期,有很多像先生这样开始服用毒品的人,特别是涉足艺术领域的,这种倾向更为明显。

先生经常服用的毒品叫作菲洛本,是在朋友的劝诱下吃的,渐渐染成习惯,等意识到时已经无法挽回了。加之当时没有严格的规定,毒品到手容易,染上毒瘾也就更容易了。到了昭和二十年(一九四五年)后半期,先生连小说也难以继续写下去了。

"写不了稿子就没有收入。到处筹钱可谁都不肯借,直到变卖家具什物的地步。那真是地狱啊。"先生轻描淡写地述说当年凄惨的往事,"渐渐地,妻子也开始吸毒。夫妻俩在家里痛苦得直打滚。"

亲眼看见自己的丈夫因染上毒品而痛苦,为什么村山夫人也会做一样的傻事呢?悠介觉得这不可思议。

其实中毒者沉溺毒药后,身边的人很容易被卷入。夫人不忍心看丈夫如此痛苦下去,自己也苦闷难熬,于是只得求助于毒品,陷入恶性循环。

"想停,可停不下来啊。看见墙壁上好像有什么虫子爬出来,最后觉得自己的指甲中也长出了白虫,两个人就在墙上乱抓乱挠一通。"

身陷毒品泥潭而日渐消瘦的一对夫妇并排对着墙壁乱抓一通的情景,真的与地狱没什么两样。可不知为什么,悠介在对先生的遭遇深感同情的同时,心里却涌出一股难以捉摸的兴奋感。

当时的村山夫妇实在是遭遇了地狱般的磨难,可听者却可以从中想象出这位无赖作家的生活方式,从而变得趣味盎然。且不从道德角度来看待深陷毒品这件事,只从这凄惨的生活方式里,就可以窥见一位作家灵魂深处的苦恼与放浪,自己也不自觉地被吸引了。

生活循规蹈矩,用理性思维指导工作的作家固然厉害,同时,将自己的弱点暴露无遗,在地狱里穿梭爬行的作家也同样出色。

虽是这么说,可村山先生为什么会染上毒瘾呢?战后,作为一名极富才能的作家,抢先在文坛占得了一席之位,为什么这样轻易地染上毒品了呢?

问起这事,先生答道:"说起来真是见不得人啊……"接着就把真相和盘托出。

"那时候,太宰治在《每朝报纸》上连载作品,中途却自杀了,你也知道的,连载就随之中断了。于是报社急忙探听我的意见,问我写不写。后来我才听说,除我之外他们还联系过一位女作家中林。到底还是中林有头脑啊,她的回答好像是说一年后的话没有问题,但马上就写有些困难,就这样拒绝了。可是我呢,被《每朝报纸》的大名所吸引,没准备好就答应了下来。那时为《每朝报纸》写稿可是件了不得的事,若不是鼎鼎有名的大作家,压根没有机会。而那个时候我还在起跑线上,就遇上这样的好事,所以二话没说就答应了。"

"然后,先生一定写了一些作品吧。"

"写当然是写了。但是动笔写没有构思过的东西,心里很是不安。而且为报纸写稿也是第一次。我抱着试试看的心理想多写些就能写好,最后终究还是以失败告终。本来就没有自信,身边又传来各种杂音。如果不在意这些,继续写下去还好,可我是新人,总是耿耿于怀,心想一定要写出好作品来,然而越焦虑越写不出。这样下来,我整日苦闷不堪。有人说兴奋剂可以提神,我决定试试。一试就发现,精神一下子高涨了很多,感觉自己能写出东西了。虽然我也清楚,不具备相当的才能,单靠那个是靠不住的,可一旦苦闷得慌,就想到吃它。重复地使用,使我渐渐离不开它了。等自己意识到时,已经染上了毒瘾,无法回头。"

先生说完这些,重重地叹了口气。

"相木,从那以后过了二十年,才终于有地方杂志愿意刊登我的小说了,一时心急疏忽,竟荒废了我二十年的光阴。这二十年时间,就是自己当年鲁莽的代价啊。"

正因先生亲身体验了这些痛苦,他的每一句话都令悠介感同身受。

"你今后也会遇到有杂志社向你约稿,可你千万不能焦躁。当然也会有不可估量的力量支撑你,但是不要过于慌忙。从力所能及的事开始脚踏实地地去做,一步一个脚印,看上去可能慢一点,结果却可能更快。"

现在的悠介还不会遇上《每朝报纸》向他约稿的好事,可先生的一席话对于今后想踏上作家之路的他来说,显得弥足珍贵。

"现在想起来真是蠢事一桩,你听了也会大吃一惊吧。"

"不,没那回事儿。"

这番实在话不是哪里都可以听得到的。在东京大概不会有这样直率的作家了,在地方上就更不会有了。

悠介再次真切地感受到了东京的包容万象,还有从各种人物身上接受的刺激。

"去东京吧……"

悠介开始认真地考虑去东京的事,确实是受到了与村山先生来往的影响。

从那以后,每次参加学术会议去东京,悠介必定拜访村山先生。伊织先生的住处有点古板,让人觉得难以靠近,而村山先生那儿却很随性。

每次去村山先生那里,先生都会亲切地迎接他,与他结伴交谈。如果悠介说最近写不出小说,陷入消沉,先生就耐心安慰他说:"没关系,谁都有不如意的时候,你算幸运的了,继续努力吧。"

先生这么一说,悠介就松了口气,心中重新燃起激情。

但是暂时写不出稿件,就会被编辑遗忘。悠介吐露这样的不安后,先生向他推荐了一本 K 书店出版的名为《风景》的杂志。杂志是几位作家联名主办的,村山先生也在其中。这好像是一本内部发行的同人杂志。

"每期分两本,刊登短篇小说,一本是老资格作家的作品,还有一本是留给新人的,你可以试一试。"

先生说完就给总编辑打了电话，推荐了悠介。悠介由衷地感谢先生对他的关爱有加，同时，也越发觉得先生亲切起来。在先生面前，什么心里话都可以说，即便遭到反对，悠介仍可以感觉到先生是在用心听他讲话。

悠介告诉先生要离开札幌的事，是他动身来京的半年之前。

"虽然我还缺乏自信，但我决心试一试。"悠介忐忑不安地说完后，先生微微点了点头说："这样好，还是来东京的好。"

先生这样轻易地表示赞同，竟给悠介平添几分不安。

"地方上也不是不好，可是在那里心情舒畅，才能也随时间的流逝而冲淡。从这一点看，东京的人林林总总，林林总总的人往来穿梭，就会给你带来震撼。"

这正是悠介每次来京后的感想。

在地方上，稍微能写点东西，就自认为是山霸王了，而在东京这绝不可能。举目远观前方人流无数，俯视看去同样数不胜数。可能是因为东京大且深厚，所以有地方上难以想象的人流吧。

在东京，有可能被滚滚大潮所淹没因而心有余悸；在地方上，在细小的浪花中嬉戏也没什么不好。可是，既然有成为作家的志向，迟早会有卷入大潮的一天。

先生赞成，悠介又重新鼓起了勇气。

"真的可以吗？"

"当然了，来东京更好些。"

先生的一句话，并不意味着担保悠介未来事业有成。其实，先生也并不是预见到未来才这么回答的。

虽然知道这层意思，可悠介现在就是需要这样一位给自己明确答复的人。先生说 yes，即便这句话不负责任，或者只是敷衍一句，可有位旗帜鲜明地赞成自己的人必不可少。

"现在不出来将来会后悔的吧?"

"会的。"

"那就出来吧。"

先生凝视着悠介的双眼,慢悠悠地点点头:"喝酒!"说着就往悠介的杯子中注满了威士忌。

三

小说杂志的发行日期由它的种类来决定。S杂志就在每月下旬的二十二三日上市。快到这几天时,悠介每天早上都会去瞅瞅报纸的广告栏。如期待的那样,二十二日的早报上出现了S杂志出版的消息。

当他把报纸从第一页翻向背面时,看到横着的几个大字"S小说杂志"赫然醒目。字的下面还罗列了很多作品和作家的名字,在近二十个名字当中,"相木悠介"这四个字首先映入眼帘。

看着这四个好似刚印出来的墨黑的文字,悠介突然觉得这好像是一个与自己毫无干系的陌生人的名字。他一边注视着名字,一边嘟囔道:"这字,到底是大啊!"

迄今为止,自己的小说在杂志上发表过不少次,每回也都会在报纸上登广告。但自己的名字被白纸黑字印得这么大还是头一遭。

杂志的广告占据了那页报纸近五分之一的版面,即便看报纸的人不情愿,他们也必然会看到这则广告的。版面的两端是那些被称作"杂志顶梁柱"的作家的大名。与他们比起来,"相木悠介"这四个字显得小了很多,但这已经比以往的任何一则广告都引人注目。

悠介坐在沙发上,注视着报纸,想起了伊织先生的话:全国范围的报纸上赫然印着你的名字,你知道这有多珍贵吗?虽说只是这般大小,但在全国性的报纸上出现自己的大名却非易事。

当然,若一个人做了什么极端恶劣的事或是身边发生了什么离奇的事件,他的名字上了报纸也不足为奇,而因爱好写作,在杂志上发表文章使自己的名字上了报,确实值得庆幸啊。

要在其他的行业也不会有这样的事情。比如在绘画、音乐、建筑行业,无论你创造出了怎样的杰作,大规模的文字宣传还是不常见的。同样,虽说文学作品在平面媒体上的宣传是理所应当的,但要想吸引众人这般关注,恐怕除了写作别无他法。

报纸被静静地摊放在桌上,悠介靠着沙发,回想起自己高中的往事。

那时的他面对着报纸,不禁自问:是谁排版出报纸的底稿?

悠介并不了解报纸排版的程序,但纵观整版报纸每个角落,都恰到好处地被文字填充,既不显拥挤又不显稀落,应该是汇总计算过字数吧。不要说多出两三行了,即便是简简单单增加一个字,也会改变报纸给读者的整体印象。就如"山田"这个名字,仅仅将它改成"小山田",也可能导致行数的增加,甚至改变整个版面。

考虑到这些,那时的悠介也开始想象自己的名字登报时的情景。

目前的状态,要想上报,可能得等到自己考上本地大学之日了吧。

事实上,几年后,悠介考上大学确实被当地的报纸报道,尽管名字很小,但悠介还是认为这多少会给报纸的排版造成影响,自己也小小得意了一回。此后,他通过了国家医师资格考试时再次登报,使得悠介又重新体会到当年的感觉。

快乐之后,悠介也慢慢觉察到:"今后的很长一阵子,自己的名字再也不会出现在报纸上了吧。或许自己与报纸的缘分也就此终结了。"就在悠介几乎断念之际,他的文章获得了S杂志社的同人杂志奖,本人的照片也上了地方报纸,这已让他受宠若惊,结果自己的大名还出现在了全国性的大报纸上。

这之后,悠介的名字多次出现在报纸上,但可能是印刷得太小,人们似乎并未注意到。事实上,即便是悠介自报家门,也很少有人能认出他是一名作家。

但是这回,好像有不少人留意到"相木悠介"这个名字了。

也并非名字上了报就如何不得了,但能让大学同窗或是办同人杂志的朋友们看到,确实让人兴奋。或许他们会一边看着早报一边嘟囔道:"悠介这小子,倒是很努力啊。"

自从来东京以后,悠介和以前的同学没有什么书信来往,只是一个人默默努力着,这回总算可以在朋友间证明他的存在了。

悠介想再看看其他的报纸上有无这样的广告,于是换下睡衣裤趿拉着凉鞋,去了两国车站。

刚过七点,车站里的人还不是很多,大多是上班族。站内的小店已经开了,悠介在那里买下五种报纸,边走边读。

这些报纸就好像为悠介分配好了一般,有的在第二版刊登了S杂志的广告,也有的是在第三、第四版刊登的。尽管在这些广告里悠介的名字并没有那么大,又被夹在众多作家的名字当中,但还是很容易就能找到。悠介把这些报纸翻来覆去看了好多遍才回到家里,此刻裕子刚刚睡醒。

"大清早的,干吗去了?"

悠介拿着报纸来到裕子身边,回答道:"去买这些报纸啦。"

他将登有广告的版面摊开,放在枕头上,裕子拿起来,问道:"是什么啊?"

"这上面登了S杂志的广告。"

裕子大概还困着,她揉了揉惺忪的双眼,看了看:"你的名字也在上面吗?"

"嗯,之前我写的小说发表了。"

裕子又揉了揉眼睛,认真地看起报纸:"啊,这个作家我知道。"

悠介名字左右那些大字体印出来的名字都是些名作家,知道他们也是理所应当的。

"你的名字也跟这些有名的作家一起被登出来啦。"裕子说道。

"我还是个新人啦,名字也有点小……"

"可是这上面确确实实是你的名字啊!"

"这当然没错。"

裕子有所怀疑一般,死死地盯着报纸看,最终她满意地点点头。

"这样店主妈妈也会知道我了吧。"悠介想到了银座那家店的老板娘,"我们把这些报纸带上,让她看看吧。"

"拉倒吧,这种事。"

当裕子知道悠介还买了五份报纸时,惊讶道:"你买了这么多!"

"因为是晨报,我想趁着还没卖完……"

"但是这些不都一样吗?"

"除了体育报以外可都登了哦。"一样是一样,悠介就是想确认一下广告是否在其他报纸上也都刊登了。

裕子无奈道:"你够热心啊……"说完她微微笑了笑,好似睡意袭来一般又闭上了眼睛。

命运也很奇怪,一个人交了一次好运,这之后好事就接二连三地找上门来。不过,重要的是要掌握好自己前进的方向。

悠介的小说在 S 杂志上发表之后,小说 G 杂志的总编辑殿村亲自登门拜访,这不禁让悠介有些兴奋。迄今为止,他倒是与不少编辑见过面,但让一个总编辑亲自拜访毕竟还是第一次,而且还不是在外面的茶座之类的地方,是上自己家里来。

不过在电话里约好后,悠介变得有些不安起来。如果总编辑来家里的话，那么自己和裕子同居的事情便也一目了然了。

到现在为止，K杂志社的中西先生和S杂志社的川边女士都来过自己家，但他们是在裕子去店里以后才到的。悠介倒也不是想刻意隐瞒自己和裕子同居的事情，但如果裕子不在场，双方说话都会比较自在，裕子或许也会觉得舒服放松些。

这次的会面时间也可以定在傍晚或晚上，不让殿村和裕子碰面。可是自己和裕子同居的事实早晚会被他们发现，这样倒不如约在白天见面，他们知道裕子的存在后或许还会方便些吧。令悠介改变想法的其实是他觉得自己好像已经变成写小说的行家了，而且也有了在东京继续生活下去的自信。

G杂志的殿村总编辑按约定在下午三点来到了悠介家里，与之随行的还有一个年轻的编辑宫内。

曾经经人介绍，悠介与殿村有过一面之缘，自那次以后，这是他们的首次重逢。

交换完名片后，殿村开门见山地告诉悠介，他打算让宫内做悠介的负责人，还请悠介多多关照。

从外表看起来宫内入社时日尚浅，作为一个小说杂志的编辑还有些嫩。他身材瘦小，戴着眼镜的面庞略显智慧，可以看出他对自己即将要负责的新人作家充满了好奇。殿村也好像是新近上任，和悠介的交谈热情激烈，内容从文坛现状到G杂志的特性发展，无所不包。

这期间裕子除了沏茶、泡咖啡，其他的时间都待在里面的卧室。

悠介没有给客人们特别介绍裕子，深通人情世故的殿村马上察觉出这二人并非夫妻关系，只是在一起同居罢了。因此，在裕子端茶送水时，殿村只是用"麻烦了""非常感谢"这些客套话来作答，除此之外就没有再过问什么。

听着殿村的话语，悠介也被他的热情所感染。殿村虽非能言善辩之辈,但当他谈到日本小说的现状、读者对小说的期望之时！,便引经据典、口若悬河。只是听了他的一席话,悠介就觉得好像了解了目前小说界的全部动向。

对于殿村这番清晰透彻的评论,悠介佩服得五体投地。这时殿村切入正题:"请相木先生务必为敝杂志写篇小说。"悠介听了后不假思索地点了点头。

在小说界 G 杂志和 S 杂志地位相当,其总编辑为求佳作亲自登门拜访,悠介的确没有拒绝的理由。悠介也更为殿村总编辑的才识和抱负所打动,于是同意了他的请求。

殿村接着对悠介说道:"希望你能在下月月末前完成一篇六七十页的作品,当然更长也没有关系。"同时殿村还告知,他的杂志预定在下一期中登出五位新人作家的照片,这其中当然也包括悠介。

殿村说:"就不说相木先生您了,你们五位都是近年来在文坛一线迅速崛起,并且今后肯定能荣膺直木奖的后起之秀啊。"

殿村提到的其他四个人确实是悠介很早就开始关注的文坛新秀。

对于在文学成就上超越这四人,悠介没有多少信心,但被殿村这般赞誉,悠介的内心也涌出一股强烈的竞争意识。

"我期待着你的好作品。"

殿村环视了下四周,然后又说道:"相木先生您住在这里确实很明智啊。这附近还依稀可见当年平民区的氛围和风情。年轻时住在这里,能学到很多的东西,将来也一定会有用的。"

为了准备这张即将登在杂志上的照片,悠介来到向岛附近的隅田川边,站在堤坝上照了一张相。他穿了件敞领衬衫,外套一件夹克,轻轻倚在木篱笆上,放眼远眺,背后的隅田川清晰可见。

本想让摄像师照张比较轻松自然、带点浪漫气息的照片,可照出来的表情却有些僵硬,脸上略微显出淡淡的忧愁,或许是因为担心自己与其他四人的竞争而稍感不安吧。

正如殿村所说的,在印刷好的杂志样本中,五人的卷首插图各自占据了一页,每个人的表情中都有初生牛犊不怕虎的气概,又隐含着初涉文坛的迟疑。

看着这些照片,悠介不禁想道:这五个人当中,到底谁会以名作家的身份崭露头角呢?

其他四人的年龄都与悠介相仿,三十五岁左右,即便相差也不过两三岁的样子。殿村曾说过,未来几年这五人中肯定有人能荣膺直木奖,果真会如此吗?纵然有慧眼识人的编辑的预言,没有本人的努力,这终究是句空话啊。

想到这些,悠介突然觉得,自己不就是一匹站在起跑线上的赛马嘛!

周围人对自己鼓励、支持,还有人抱着其他的心情观望,这些都是对自己的压力。

把方方面面的因素结合起来,自己究竟能不能跑到终点?

谁会最先摘得桂冠,谁又会第一个折戟沉沙?

不知为什么,悠介一想到这些,就感觉自己已经被人逼到残酷竞争的起跑线上了。

不管你喜不喜欢,事已至此,你必须开足马力向前冲。

虽然厌倦这样的自己,但是如果没来到东京,自己也不会被这种紧张和压力所包围。

都已经入了七月,梅雨还没有离开的意思。

东京的人们对梅雨没什么好感,它让周围的人和事都变得潮湿阴郁。不过悠介丝毫不把它放在心上。

如果雨下得连绵不绝,也确实让人倍感消沉,但梅雨也并非总是这样。有时梅雨季节还有让人意想不到的晴天。下雨会使气温下降,反而让人更好受些,而那所谓的潮湿也没有到让人无法容忍的地步。

要是下起了雨,上班族们得带上雨伞或雨衣,去挤拥挤的电车,不过悠介可以缩在屋子里写东西。即便是隔天就要去趟医院,也只需借着路边楼房的遮蔽过去就好了。

对悠介来说梅雨天算不了什么,这也可能缘于他习惯于北海道那漫长的冬天吧。

相对于北海道近半年被风雪围绕的生活,这不过一个月的梅雨带来的阴郁,实在是小意思。倒不如说这梅雨之后的酷暑更为可怕,但悠介对此也早有经验。十年前,他因为医师实习曾经在东京住过一年,当时的住宿条件还比较艰苦,高悬的窗户、凝滞的空气、拥挤的小屋……这样的条件使悠介对高温无可奈何。不过现在的环境好多了,两居室的房子,还带个阳台,要是再装上空调的话,度过炎热的夏天是绝对没有问题的。

来到东京两个月后,悠介逐渐适应了大都市的生活。

来之前有人告诫他说,都市的生活会让人生厌,还让人倍感孤单,每个人都很冷漠,甚至有的人就只会算计别人。但是在现实生活中,悠介感到情况也没有那么严重。

确实,东京被混凝土和高楼大厦所包围覆盖,车水马龙使城市显得忙乱不堪,但是单凭这些就足以使人们的生活充满刺激和紧张感,同样也能不断勾起人们的好奇和向往。

住在这儿的人甚是冷淡,但换言之,他们能很好地掌握分寸,不会冒冒失失闯入别人的生活。这样一来,人们也就无须担心那些好管闲事的人了,从这一点看来,可以说东京的生活更加舒适。

特别是对像悠介这样和其他女性同居的,都市人的默然是再好不过的了。

当然札幌人也并非爱说三道四之辈，只是东京比起札幌范围更大，能给人更多的空间和包容。

"不管哪个城市，都留有移民的痕迹。"悠介这么说也自有他的理由。

明治维新之后，来自日本全国各地的人聚集到札幌，建造出这座新兴城市。可以说，正是因为这是各地居民混杂的移民地，本该遵守的一些风俗甚至陋习都被抛弃，所以这个地区变得开放和文明。从移民地这个角度考虑，东京也是同样的道理，可以说，东京目前的状态正是各地居民混居共事所致。各地民众杂居于此，每个人又都有自己的世界观、价值观，从而形成了东京自由、独立的个人主义风格。

要说大都市里没有人情味，也不能简单地一概而论。

比如悠介工作的医院。可能是在平民区的缘故吧，这里的患者都很健谈、很热情。一个闪了腰的六十多岁的老太太，每次过来看门诊都要聊起前一天玩弹球的战果，看上去她好像有十多年玩弹球的经验了，对每台机器的特点都了如指掌，还会教授心得，说哪家店的几号机子容易中奖，她心情好的时候，还会带点礼品香烟、巧克力之类的东西送人；还有家领带店的老板，他有老年性肩周炎，每次到医院来都要带几条领带，悠介也说过不必这样，可那老板总是说"这反正都是要甩卖的，用不了多少钱"，到最后连护士他都送上了几条。

医院隔壁被子铺的老爷子因为腰痛也经常来医院，老爷子特别喜欢下将棋，只要一提起将棋，就唠叨个没完，最近还把悠介拉到他家去下棋。

老爷子都七十好几了，仍旧输不起。趁着悠介上厕所这会儿工夫，偷偷把边上的"步"向前挪了一位。

悠介回来后指出："这颗棋子的位置不对吧？"这老头还昂着头，

最后极不情愿地把"步"放回了原位。

和病人相比,医院里的护士和业务员大多是在东京的邻县出生,他们也都比较自然,有亲和力。医院里没什么重症病人,到了下午门诊病人也不多了,相对比较空闲。大家就拿出患者送的小点心,一起喝下午茶。

院长成天忙于街道里的冠婚葬祭,或者与当地居民交谈,很少会在医院露脸。身为院长,放着医院的事不管,却为了大选到处奔走忙碌,这多少有些说不过去。虽不至于痴迷政治,可一旦被选举的魅力吸引,恐怕也是难以自拔。

也有人在背后议论他是个"政治家院长",不过悠介对院长没什么不喜欢。院长本来就是个温和的人,不管对什么事,都非常执着。他很少来医院,得益于此,大家过得倒也舒心。

即便是东京,只要习惯了,也不是那么难以生存的。在一边摸索一边前进的过程中,悠介变得更加自信了。

一个雨过天晴的日子,悠介收到了 B 杂志社的来信。

悠介带着某种预感打开了信封,来信告知悠介,他的小说已经被提名竞争今年上半年度的直木奖了。

就好像早预料到一般,悠介说了句:"啊,果然……"

其实 B 杂志社的出版负责人平松先生也事先告诉过悠介,可能会推荐他的作品作为本届直木奖的候选佳作。

加上近期被芥川奖提名,悠介前后已经被提名四次了,如今也没有了当年初被提名的兴奋感。被推荐为候选人当然让人高兴,可是这回悠介表现得非常平静和淡定。

被推荐的作品是悠介一年前完成的一篇纪实小说,以心脏移植手术为题材展开,开始时是以连载的形式在 B 杂志上发表,最后成书。

小说用手术执刀主任医师的口吻,讲述了现实生活中发生的移植手术过程,并且描写了该医生与报道这个手术的年轻记者之间的爱恨情仇,深刻地刻画出医生的内心世界。

暂且不提其他人,就悠介自己而言,他并不觉得这篇小说有什么不好,但是要作为直木奖的候选作品来说的话,似乎多少还有些问题。

首先这篇小说并不是出于悠介的个人意愿而作,而是 B 杂志社的编辑多次恳请悠介一定要写这个作品,悠介只好硬着头皮写出来的。

那个时候,悠介还是小角色,在写稿之前没有人会保证他的作品会在几月刊上发表。按杂志社的要求把稿件写好发过去后,也没有明确的约定保证他的稿件什么时候会被采用。

但在写心脏移植这篇小说前,B 杂志社就明确承诺:只要悠介写了,小说肯定会在下一期的刊物上发表。他们还表示如果情况特殊,可以把小说由两回分为三回,以连载的形式在刊物上登出。这些条件对一个新人作家而言绝对是前所未有的,当然,杂志社这么做也肯定是有原因的。

当时有一个进行心脏移植手术的少年,他在接受手术后生存了三个月就死亡了,这件事被媒体大肆报道,使得心脏移植成为一个爆炸性的话题。这样也就不难理解为什么 B 杂志社要求悠介以心脏移植为题材写篇小说了。当然,悠介也立刻明白了编辑的意图。事实上,如果不是这样的原因,B 杂志也不可能给一个新人作家留出这么大的版面。

到底要不要接受呢?悠介也非常困惑。本来这种鲜活的事例应该被写成随笔或论文发表,没有必要将其扩展成小说。若想把这个事件当成小说写出来,需要大量的时间,而且要将那些值得人们深思的地方深邃地表现出来。再者,以这种事件为题材,即使写作时作者再怎么注意,还是很容易使读者把它当作揭露内幕的爆料小说来理解。

但是作品完成后能立刻在 B 杂志上发表,这对只是个新人的悠介来说,的确太有诱惑力了,而且面对着欲求佳作千里迢迢赶来札幌的编辑,悠介实在难以拒绝。

带着犹豫,悠介最终还是接受了这个建议。

为了让读者不至于把小说理解成事件叙述或者是内幕爆料,悠介写作时极其用心,在描写时重点关注主人公的心理活动,完成后,悠介又仔细审读了一遍。在他看来,这部作品作为一部纪实小说倒是可圈可点,要是当作通俗大众小说来看就似乎有点缺乏雕琢了,他想找个时间再加以修改,可因为出版社的不断催促,只得仓促发行了。

就是这样一篇小说被提名为直木奖的候选作品。

说实话,对于这次作品被提名,悠介有些喜忧参半。自己的作品被提名这确实是件难得的喜事,可要想凭这部小说获奖还是很难的。

从初次提名到现在,悠介对获奖多少有些期待,但可能这次的获奖概率是最低的。

正当悠介烦恼的时候,K 杂志社的中西打来了电话:"这次你的作品又被提名啦,怎么样,有多少胜算?"

悠介当即回答道:"基本没什么希望,我早就放弃了。"中西发出"啊"的一声,并不相信悠介的话,接着说道:"这次的作品很好呀。"

半年前,悠介开始为 K 杂志社创作一部长篇小说,这是日本小说界第一部以女医生为题材的作品。

中西半开玩笑地说道:"反正你迟早要拿奖,不如凭给我们写的这部长篇小说去拿奖吧,这样我们出版的书也更好卖呢。"

听了他这番话,悠介也似乎蛮开心的。

中西又问道:"结果揭晓那天,你是在家里待着吧?"

以前在札幌的时候,因为等待结果的心情非常紧张,所以在揭晓的夜晚,悠介总会和朋友们去酒吧喝酒。

但是悠介在东京没什么熟悉的酒馆,再者他对获奖也不抱什么希望,干脆准备在家待着静一静。

"那天要是不打扰的话,我去你那儿也不错啊。"

悠介听了开玩笑地说:"那当然好啦,不然我一个人等着落选的消息也太孤单了。"

本期直木奖的评选日期,是在七月中旬。

尽管梅雨还没有宣告它的离开,但结果揭晓的那天,却是一个晴朗的好天气。

好不容易到了傍晚,裕子去了银座的店里。悠介并没有告诉她直木奖的评选结果会在今天揭晓。要是不小心说漏了嘴,裕子肯定会满心期待,而悠介也懒得去解释自己会落选的理由。

裕子出去后不到一个小时,中西盘着长发出现在悠介家门前。他手里提着一壶酒和一些下酒小菜,见到悠介笑道:"俗话说有福不必忙,无福跑断肠。咱现在也差不多啊。"

悠介苦笑道:"我们这么等着,也不一定有什么好结果。"

中西听了答道:"那咱们这些失意的人就自己热闹一下吧。"

于是两人将冰镇的酒倒入杯中,开怀畅饮起来。

悠介想快点喝醉,好让自己把直木奖的事情抛到九霄云外。但是过了七点以后,随着揭晓时间的临近,悠介还是变得忐忑不安起来。

悠介一直告诉自己这次是没有希望的,可"也许能获奖呢"这样的念头还是会浮现在脑海中。

"不要再想这种蠢事了。"悠介又好像突然转念一般喝起了闷酒。就这样差不多把一升酒搞定时,电话铃响了。两人相互对视了一下,悠介慢慢拿起了话筒。

"我是平松……"听到这话,悠介点了点头。

听说,若是出版社来报获奖的喜讯,那通知的这个人必然是杂志社里的头面人物,而打电话时首先也必定是"恭喜恭喜"。平松在B杂志社里不是什么重要人物,听他的声音也是无精打采的。

……

一阵沉默过后:"这次有点遗憾……"

"我明白。"悠介答道。

悠介低着头,很快地放下话筒,对着中西一脸苦笑。

"没戏了?"中西问。

面对中西的询问,悠介无奈地点了点头,说道:"答对了。"

中西回答道:"这样也好,要是你现在拿了奖,那给我们写的那部长篇就拿不了了。"

话虽这样,可下次自己真的能拿到奖吗?这部小说还没有完成,想一想今后漫长的道路,悠介不禁产生了一种沮丧之情。

"一切又要从头开始了。"

中西劝慰说:"不要着急,以后的路还长啊。"

悠介已经不想憋在这个小屋子里了,对中西说:"走,出去喝杯。"说完又补了一句,"到银座去。"

中西有点吃惊,赶紧摇了摇头,说:"还是算了吧。"

悠介没理他:"交给我吧,我知道一家店不错。"

中西还是不放心:"咱们还是去新宿吧,那儿比较适合我们。"

其实不管在哪儿,现在的悠介只想出去找个地方,痛快淋漓地喝一场,好好地醉一回。

第四章 乱调

一

在七月末梅雨刚过去的时候,裕子从她一直工作的夜总会辞职了。悠介想不明白,好不容易才习惯了那儿的工作,为什么要辞掉呢?但是裕子却有她自己的想法:"虽然在那个地方工作很轻松,妈妈对我也很好,可是如果一直待下去,也就只能是个服务员。"

根据裕子的说法,在夜总会里只有卖酒水的和不卖酒水的两种服务员。

卖酒水的服务员和夜总会签约,保证每月有多少万日元的销售额,就能得到相应的报酬,从中得到百分之十到百分之十五的提成。而不卖酒水的服务员只负责招待客人,虽然工作比较轻松,可是收入却很少。裕子一直在做这种不卖酒水的接待工作,近来她想尝试着接客、卖酒水。

"卖酒水就卖酒水,干吗要换地方呢? 就在现在的夜总会不行吗?"悠介不解地问。

裕子立刻摇着头说:"不行。现在的夜总会里每个客人都有自己固定的服务员,如果我在那里开始卖酒水的话,就会抢别人的客人了。"

"那你换个地方,就不会抢别人的客人了?"

"那当然了,到了其他的夜总会,就可以自由地接待自己的客人了。"

也就是说,在同一个夜总会抢客人的话就有问题,而在不同的夜总会就不会有人说什么了。

想想也是,不过一旦换地方,不是会把现在的客人给带走吗?当悠介说出自己的疑惑时,裕子苦笑着说:"没关系,虽然说客人会跟去,但是他又不是再也不去之前的夜总会了。再说,之前的夜总会也会有新人去啊,而新人也会带客人过去啊。"

在银座的夜总会之间,每天都在上演着争夺客人的激烈竞争。

"但是就凭你的邀请,客人能跟你走吗?"悠介还是很担心。

"不用担心,我到其他夜总会的话,肯定会有很多客人跟过去的。"

"这些人总是跟在女人的身后,不就像狗一样吗?"

"是啊,我们都管这些人叫'犬类人'。"

"那只认准一家夜总会的,是不是叫'猫类人'啊?"

"这样的人也有啊。"

听了这些话,悠介就想:我是属于哪一类呢?应该是"猫类人"吧?至今还没有跟在哪个女人的身后呢,或许是还没有遇到那种能吸引自己的女人吧。

想到这里,悠介又问:"那么,你真的打算在现在这个夜总会里工作了?"

"嗯,不过每个月得挣五十万。"

裕子和夜总会签了约,每个月至少要有五十万的销量。

"如果挣不到怎么办?"

"罚款啊,不过我一定会挣到的。"

"如果干得好的话,是不是会加薪啊?"

"是啊,不过还得垫付一些费用。"

"是客人的酒水费吗?"

"如果客人都是当场付账的话当然最好了,但是也有些人总是先欠着。现在这个夜总会要求,客人如果欠账六十天不还,我们自己就得掏钱垫上。"

"有些人会故意不付账吧?"

"嗯,这样就损害到我们的利益了,不过我的那些客人中没有这么坏的人。"

这时,悠介想起以前裕子问过自己有没有认识的保证人的事情。

裕子应该是在那时就有了换工作的想法吧?但是像自己这种收入程度的人是不能当保证人的,想求助于院长却又开不了口。

于是他试探着问:"保证人找好了?"

裕子立刻点头说:"是啊,已经找好了。"

"谁啊?"

"一个小公司的老板。"

悠介很想问一下那是个什么样的人,为什么会找他之类的问题,但是最终没有张得开嘴。只是问:"如果你挣不了那么多,他会帮你垫上?"

"是啊,不过没关系啦,不会的。"

裕子像往常一样乐观。可悠介却有些失落。

裕子现在工作的夜总会在靠近有乐町的一栋大楼的第二层,名叫KOKURIKO,在法语中是"虞美人草"的意思。

和"壶"一样，KOKURIKO位于并木大道，不过是在六丁目，而"壶"在八丁目。听裕子说，现在这个夜总会比以前那家高档，所以价格也要贵不少。

自从换了夜总会，裕子一下子忙了起来。

以前都是下午五点以后出门，先去美容院，七点左右才到夜总会。现在不要说五点了，有时候四点就得出门了。

由于裕子现在开始卖酒水了，所以每天的工作量达到了八个半小时，比以前晚回家，这也是理所当然的，但是她那么早出门干什么？

当悠介说出自己的疑问时，裕子说是和客人一起吃饭的次数增多了。这之前也有过客人请吃饭的情况，但是由于身体疲惫，有时又遇到一些不怀好意的客人，所以裕子总是拒绝不去，可现在为了让客人照顾自己的生意，就很难拒绝他们的邀请了。陪客人吃了晚饭以后再一起到夜总会，这样也可以有更多的机会卖出酒水。到夜里，有些不错的客人会邀请裕子再去别处喝酒，也不得不应酬。白天还得去银行查询账户，整理票据，有客人过生日或者升职的时候，还要送个蛋糕或者领带什么的，忙得不行。

所谓的卖酒水，得从夜总会借吧台，自己经营，需要和商人一样，求得多方照料。尤其像裕子这样的，客人都是从其他夜总会服务员那里抢来的，说不定什么时候又被别人抢回去了。

于是悠介劝慰整理了一天票据的裕子说："不要太难为自己啊。"不过裕子却是干劲十足。

裕子是典型的北海道式的性格，直率、大方、心胸开阔，但银座这个竞争激烈的世界好像唤醒了她的斗争意识。

"有人说我坏话。"之前那家店里传出中伤裕子的风言风语。

裕子抱怨说："她们说我已经结婚了，而且还有孩子了。"

"因为你抢了她们的客人吧？"悠介问道。

"无所谓了，因为我有名她们才背地里说我坏话。我要让她们知道什么是后悔！"

悠介真是无法理解，外表美丽的女人之间的这种激烈的争斗，到底是怎么一回事？

随着裕子越来越忙，悠介也渐渐开始忙碌起来。

首先是 G 杂志社的殿村约定的稿件快到截稿时间了，然后是 K 杂志社的中西催他写的那部长篇小说，也已经写到了后面的高潮部分。作为一名作家，虽说不是很称职，但是到目前为止，悠介还没有写过半途而废的作品，所以他加班加点地写着。

悠介和裕子两人虽然不能说是一帆风顺，但是还算比较顺利，不过现实生活却并不是想怎么样就能怎么样的。

休息日的时候，裕子总是睡到午后才起床，而悠介却是早早就起来写作。虽然说是同居，但是两个人的生活模式却完全不同，就连一起吃饭，看看电影、戏剧之类的机会都变得越来越少。

不过两个人并没有感到寂寞。确切地说，裕子的忙碌对悠介来说反而是件好事。虽然近来裕子做饭、泡茶、冲咖啡的次数越来越少，但是这些事情悠介还是能自己干的。裕子晚上回来得晚，反而让悠介有了更多独处的时间，工作的效率也提高了很多。同样，悠介的忙碌对裕子来说也不是坏事，至少晚上很晚回来时不会受到责备。

以前感觉只有裕子一个人在忙，所以每当她晚归时悠介总想抱怨几句，现在他自己也开始忙起来了，也就不那么在乎这些事情了。

两人就这样各干各的工作，互不干涉。

悠介一直以来都认为：和自己喜欢的女子住在一起，相爱却能互相尊重，不去约束对方，这才是男女间最理想的状态。现在他和裕子的状况虽然达不到这种理想状态,但是也相差不远了。

不过这种只认同自由、不需要约束的状态,隐藏着容忍对方任意妄为的风险。虽然在身心俱疲时能得到对方的呵护,让人很有安全感,但是初次相见时的那种新鲜感却越来越淡。

两人一直在一起,没有逃避也没有隐藏,甚至连爱都不用说出口的日子很容易让人心生疲惫。

在八月初一个炎热的傍晚,悠介第一次单独和医院的会计齐田雅子一起吃饭,不过两个人只是邂逅而已。

那天,悠介不用去医院上班,一个人在家写东西。傍晚时分,他想休息一下,出去换换心情,就到医院去了。当然没什么要事,他的初衷就是想和医院里值班的护士聊一聊住院病人的相关情况。

夏天的白天很长,下午六点的时候天还很亮。夕阳照射在医院的走廊上,四周很安静。由于五点就下班了,所以没有人在看病,治疗室的白色窗帘也已经拉上了。当悠介经过治疗室,打算从空无一人的候诊室去二楼的病房时,忽然察觉到挂号室内好像有人,他进去后,就看到了正在病历架前忙活的齐田雅子的背影。

"还没有下班啊?"当听到悠介的询问时,雅子慌忙转过身来,说了声:"啊,对不起。"看到悠介点了点头,又连忙说,"因为要处理保险单,所以得加班。"

由于每个月初的时候都得办理保险事宜,所以相关的职员在这时段是最忙碌的。

"就你一个人啊?"

"不是,事务长他们都在楼上,我下来取病历。"雅子解释说。

她好像有二十五六岁,不过看起来只有二十岁左右,虽然不能算是大美人,但是在夕阳照耀之下面对面观察的话,她的脸很白,发际的汗毛让人心生怜爱。她是一个规规矩矩的女孩子,不过悠介从来没有直接和她说过话,有时候看到她把患者的病历送到治疗室,但她总是放下病历就走了。

"你加班要加到什么时候?"悠介问。

"事务长他们都没有走,我大概还要再忙半个多小时吧。"

"然后还有什么事吗?"

"没有……"

她总是给人一种很害羞的感觉,现在更是头都不敢抬。看到这种纯真无邪的表情,悠介不禁怦然心动,于是对她说:"那么一起吃晚饭吧?"

听到这句话,雅子抬起头,惊讶地问:"您还没有吃饭?"

"嗯,是啊。"

"您就在附近……"冷不防地被人邀请,雅子都不知道说什么好了。

悠介接着说:"我在我家里等你,你下班就给我打电话。"看着瞪大眼睛认真地看着自己的雅子,悠介心中忽然升起一种久违了的新鲜感。

其实悠介并不是没有观察过东京的女性。从护士、职员到护工,在他的周围围绕着形形色色的女性,其中也有像川边、冈松等很有魅力的女编辑,但悠介并没有想过和她们有什么超越工作关系的亲近。当然了,身边有裕子,没有必要也没有空左顾右盼的。

悠介到东京后的第一个月先熟悉了都市的环境,在接下来的第二个月就开始了写作和医院的兼职工作。而和雅子交谈的现在,他已经来东京三个多月了。虽然说是偶然相遇,但也可能是因为他已经开始适应了这种都市的生活,有了困情逸致吧。

现在悠介怀着一种很久都不曾有过的期待的心情等着雅子的电

话。其实他并不是对雅子有好感或者喜欢上了她，只是感觉两个人约会有一种神秘的快感。

终于熬过了漫长的半个小时，电话铃声如约响起："我下班了……"依然是那种拘谨的声音。

"那我们现在去吃饭吧。你在医院门口等我，我马上就来。"

"嗯……这样好吗？"

"没事啦！想想去哪里吃饭吧。"

"哦，那我就在医院门口等你？"

"还是换个地方吧。"悠介不想让别人看到，"你在医院门口那条路上的车站前面等我吧，这样我一眼就能看到你了。"

约好时间以后，悠介换了条裤子，穿上一件白色开襟的新衬衣，又套上了那件一周前用稿费买的夏季穿的夹克。其实两人经常能在医院里遇到，所以根本没有必要这么打扮，可悠介还是想装装门面。

等他到车站时，雅子已经等候在那里了。她在医院上班时穿着那身白大褂，看着还像个大人的样子，但现在站在大街上看起来却像个无助的小女孩。

"他们都下班了？"悠介问。

"没有，事务长他们还在加班呢。"由于夕阳的光照太晃眼，雅子不禁眯着眼睛。

"喜欢吃什么？西餐还是日式饭菜？要不中国料理？"

"我吃什么都行……"

两个人边说边往外走。由于是第一次和悠介交谈，雅子还是有些紧张。

难得两个人一起吃饭，自然得选个让人满意的地方。可是下町一带只有荞麦面馆和寿司店，在浅草倒是有历史悠久的老店，但悠介不太了解。他只知道御徒町的宾馆，因为以前曾和某个编辑去过那里，所以最终决定去御徒町了。

"不远,不过还是打车去吧,这样快一些。"悠介说着就拦下一辆出租车坐了进去。雅子虽然有些不安,可还是上了车。

"去御徒町 K 宾馆。"悠介对司机说。

从到东京以来,悠介还是第一次和裕子以外的女人单独坐车,所以他不禁感觉很新鲜。当车驶过藏前桥时,悠介透过车窗,看到河边的白色建筑在夕阳的照射下变得一片通红。

虽然雅子和自己在同一家医院上班,但是当想到自己要和东京的女性一起吃饭时,悠介还是有一种都市人的感觉。

其实雅子是在千叶出生的,她在那里的高中毕业以后进了市川的医院,由于她干过医疗保险的相关工作,所以后来就跳槽到了现在的医院。从这一点来说,雅子并不是个土生土长的东京人,不过由于千叶就在东京旁边,而且她已经来东京四年多了,也可以说是个东京人——至少悠介是这么认为的。

十多分钟以后就来到了 K 宾馆。两人下车后进入了一楼的中国料理店。虽然这里也有法国料理和日本料理,但是悠介感觉吃法国料理显得太夸张,而吃日本料理又有些寒碜,再加上衣着普通的雅子好像也喜欢中国料理,所以就选择了中国料理店。

坐下以后,悠介感觉一个一个点菜太麻烦了,就点了套餐,然后就开始喝酒。不过举杯以后悠介说了句"那么",就不知道往下该说什么了,而雅子也只是默默地看着他。

酒菜上来后,悠介刚要举筷,雅子忽然问道:"您今天为什么要请我吃饭?"这么直接的问题,真让人难以回答。或许是因自己在打算吃晚饭时看到了在挂号室工作的雅子孤独的背影,所以才决定请她吃饭。不过更进一步来说,应该是自己已经厌倦了一个人吃饭,所以才请雅子吃饭吧。

想到这些,悠介说:"一个人吃饭是吃,两个人吃饭也是吃嘛。再说,我已经吃腻了医院的伙食了。"

"您一直是一个人吗?"雅子好像对悠介的个人生活很感兴趣。

"晚饭时基本都是一个人。"

"那您单独请我吃饭,这样好吗?"

"没关系啦,多吃点菜。"为了打断雅子的询问,悠介赶紧劝她吃菜。

作为东京的女性,雅子本来很拘谨,不怎么说话,但是当两个人逐渐熟悉以后,她的话也多了起来。她告诉悠介,现在的医院在下町地区算是老的了,也小有名气,不过由于院长经常不在位,加上医院的医生更换比较频繁,所以病人们的评价并不是很好。而且工资待遇不太好,从职员到护士对医院也都很不满意。

"如今院长正在为选举的事情头疼呢。"

"不过他更应该做的是好好听听病人们的要求。"很难想象这么尖锐的话语是从雅子这样温文尔雅的人口中说出来的。

这时,悠介忽然想起半个月前外科一个姓今田的护士辞职的事情,于是问道:"那么今田之所以辞职,也是因为这些?"

"嗯。她现在去了都立医院。"

"这么说来你也打算辞职啦?"

"我还没有想过……"

"你是想一直在这里工作,是吧?"

听到这句话雅子第一次笑了:"不过他们对您的评价都不错哦。"

"是吗?"

"是啊。他们说您很亲切,非常平易近人。"

从在大学医院里工作的经验来看,医生这一行业是最好偷懒的,没想到自己居然能得到好评,悠介真的很吃惊。

"不过也有人说您的不是哦。"雅子坏笑着说,"他们说您总是隔一天才去一次医院,病人们只要有一天看不到您就会觉得心里不安呢。"

"不是吧?"由于悠介照顾的病人以老年人为主,就算有年轻的也多是患了腰疼或是关节炎之类的慢性病,所以他很难相信。

"我照顾的那些病人的病情不会有很大变化呀。"

"这我知道啊,不过他们真的很期待您去呢。"

"那我每天去医院露个脸,行吧?"

"那就这么定了。"雅子好像是位患者代表。

紧接着她又问道:"您休息的时候一直在写小说吗?"

忽然遭此一问,悠介又是一惊,自己写小说的事情从来没有对谁说过啊。

"不久前您的大名曾在报纸上出现过。"

雅子继续说:"病人中也有人在杂志上读过您的作品呢。"

看来医院真是个消息灵通的地方啊,悠介感慨地问:"都是谁啊?"

"202床的村上等人,他们好像还有您的单行本呢。"

悠介忽然没有什么可说的了,不过要谈小说的话他还是没有什么底气的。

"你看过我的小说吗?"

"我还没有看过……"

这下悠介放心了,给两人的杯中都倒上绍兴酒。雅子起初说不喝酒,但是禁不住悠介的劝说,最终还是喝了。

"这酒真烈!"雅子皱着眉头说。

"如果糖放够的话就不会这样了。"悠介解释道。

雅子的皮肤很白,容易上脸,喝完酒以后脸立刻就红了,看起来有一种说不出的美丽。看着这张有些醉意的脸,悠介开始考虑接下来的打算。到底是去另一家酒馆继续喝呢,还是直接回去呢?这得取决于雅子。

吃完饭以后,当悠介建议继续去喝酒时,雅子干脆地摇摇头,说:"不去,我要回家了。"

"这附近有酒吧。"

"真的不去了,我的脸都红成这样了,不能再喝了。"

刚才雅子去洗手间时看到自己的脸已经喝红了,很是吃惊。

"酒吧里的灯光很暗,看不出来的。"悠介还是不死心。

"不去,我得回家。"

没想到雅子这么固执,悠介没办法,只好站起来准备出去给她叫车。

"谢谢您的款待。"本来以为她喝多了,没想到她利索地道了谢,转身向门口走去。看着这年轻有活力的背影,悠介心生些许不舍,赶紧喊住她:"我送你回家吧?"

"不用,我自己坐电车回去。"

"那就送到一半……"

雅子不再作声,默默跟着悠介。坐上车以后,悠介开始盘算接下来的事情。虽然和雅子一起吃了饭,但是并不能说明自己已经喜欢上她了,更没有难舍难分的感觉。想见她的话明天就可以见到,也可以再约她吃饭,今晚完全没有必要阻止她回去,可是就这样让她回去了总是感觉心有不甘,放弃这好不容易烘托出来的气氛实在太可惜了。

车在藏前路上向东行驶,来到隅田川的时候,悠介看着前方轻声地说:"去我那里坐坐吧?"听到这句话雅子的表情好像动了一下,虽然没有明确表态,但是好像正在考虑。于是悠介赶紧趁热打铁:"反正一个人回去也挺无聊的……"

"你真的是一个人吗？"雅子忽然问道。

"那当然。"悠介点头说，不过声音明显小多了，"上去喝杯茶怎么样？"

"……"

"就是去坐坐，二三十分钟也行。"

"被别人看见怎么办？"由于悠介的楼上住有护士和医院的职员，雅子担心地问道。

"现在不会遇到人的。再说，就算遇到了，你就说是来给我送病历表的，不就行了？"

悠介一边安慰着雅子，一边在想着裕子。现在刚过八点，裕子应该去夜总会了，要到凌晨十二点才下班，就算她一下班就回来，也得一点才能到家。

"我那里有好喝的咖啡哦。"悠介继续说。

"我去您那里真的可以吗？"雅子仿佛下定决心似的，抬起头问。

"当然啦。"悠介点点头，同时头脑中在考虑屋子里的摆设。门口放着裕子的一双鞋，在屋里的衣架上挂着她的衣服，梳妆台上还有她的化妆用品，只要稍微注意就能发现自己和一个女人住在一起。不过要是把里面的拉门关上，再把门口的鞋子藏起来的话，就看不出来了。

车过了藏前桥就到电车轨道的交叉口附近了，从这里过去，到下一个转弯口右转，不久就到公寓楼了。

悠介这时又一次把进屋后该做的事情在头脑中过了一遍。因为公寓里没有电梯，所以必须得爬上三楼。只要快走几步，提前把门打开，把裕子的鞋子塞到门口的木屐箱里就行了。就算是和雅子一起到门口，只要自己不说"请进"她是不会进去的，所以完全有时间把鞋子处理了。问题是进屋以后。不过她刚进屋时不可能一下子就看到里面,只要见机把拉门关上,就可以把衣服和化妆用品都挡住了。正想着,车已经到了。

"请!"悠介打开车门说。不过雅子还是先看了看四周才下车。

"热死了!东京的夏天像蒸笼啊!"为了消除雅子的紧张,悠介一边闲扯一边带着她走进了公寓。

"这里没有电梯,你再坚持一下啊。"悠介调侃地说。就在这时,他忽然产生一种不安,裕子不会提前回来了吧?

悠介是第一次趁裕子不在的时候带女人回家,而且是在晚上一起吃完饭以后。

这样做好吗?他觉得对裕子有些愧疚。

但是雅子是自己的同事,每天都能见着的,和她一起吃个饭,让她来自己的家里看看,这也是很正常的吧。

让悠介真正感觉闹心的是已经告诉雅子自己是单身的事情。由于她问得很突然,再加上自己也想让她以为自己还是单身,所以当时并没有把裕子的事情说出来。

如果被她看出自己和一个女人住在一起的话……不管怎么样,就是不能告诉她自己和裕子同居的事情。横下一条心,必须让她相信自己是一个人生活。

悠介边想着边加快了脚步。或许雅子会很奇怪自己为什么这么急,但是现在也顾不了那么多了。

到了三楼以后,悠介赶紧掏出钥匙打开门,果然看到裕子的低跟靴子整齐地摆在门口。来不及多想,悠介急忙把鞋子塞进了木屐箱,转过身来迎接雅子。

"请您进来吧!"由于心里有鬼,所以不自觉地把话说得很客气。说完悠介把拖鞋递给了雅子,雅子稍稍犹豫了一下,换上了拖鞋。

屋里L形的沙发上放着两个叠在一起靠垫,这是悠介出门前当枕头用的。桌子上放着香烟、烟灰缸、空的啤酒罐和打开的杂志及报纸。由于悠介早一步把拉门关上了,所以雅子并没有看出什么异样来。

"坐那儿怎么样?"悠介指指沙发。雅子一边环顾四周一边坐了下来。

"没什么像样的东西……"悠介一边闲扯一边走向客厅边上的厨房,"喝什么?咖啡还是茶?"

"随便。"过了一会儿雅子才回答。

那就咖啡吧,悠介想,随即开始磨几天前裕子买回来的蓝山咖啡豆。

"房子有些太小了,是吧?"悠介边煮咖啡边问。

"比我的房间好多了。"

雅子一直是一个人在外租房子住,看来她的房子应该还要小。

"里面还有房间,是吗?"雅子问。

"是啊,我一直把它当成书房。"悠介回答说。拉门在进门时已经被关上了,由于里面挂着裕子的衣服,所以绝对不能打开让雅子看。

"这里就是离医院比较近。"悠介说。

"看起来很整洁啊。"

听雅子这么说,悠介忽然感觉手足无措,这间房子看起来确实不像是一个男人在住的样子。

"因为我请人来打扫啊。"悠介赶紧解释。

"每天都来吗?"

"差不多吧。"

"您请的那个保姆还给你做饭吗?"

"不做,我基本都在外面吃。"

不知什么时候裕子居然成保姆了,但是悠介现在也只能这么说了。

"喝咖啡吧。"悠介为了转移话题,赶紧把咖啡倒好端给雅子,"有些浓,不过应该挺好喝的。"

雅子点点头,用勺子轻轻地搅着。煮完咖啡后,悠介也在沙发上坐了下来,并点了根烟。由于房子比较小,所以放了个L形的沙发,在悠介的位置可以看到浴室和洗手间的门。而在与悠介成直角的位置上坐着的雅子,则可以看到橱柜和它旁边的小窗子,还有厨房的一部分。

"味道怎么样?"悠介问。

"很好喝。"雅子点头说,可眼睛却在看着前面的橱柜。

她在看什么呢?悠介纳闷了,也抬头看过去,意外地发现橱柜里放着很多高脚玻璃酒杯和咖啡杯。也许她认为一个男人的房间里不应该有这么多琐碎的东西吧?再仔细看看,橱柜的上层摆着红色的威尼斯器皿,下层还有圆头圆身的小木偶人。这些东西出现在一个男人的房间中,显得有些不自然。再看其他地方,从厨房的炒锅和电饭锅到面前桌子上带花儿的糖罐和咖啡杯,看起来都不是一个男人应该有的东西。

"你一般都做什么体育运动?"为了转移雅子的视线,悠介赶紧提起别的话题,"马上到运动的季节了,你喜欢游泳还是帆船?"

"我都不会。"

"那登山或者滑雪呢?"

"没去过……"

雅子还是没有把视线移开,悠介有点无可奈何。

"那么旅行呢?"

"不怎么去。"

"去过北海道没有?"

"很早以前,好像是高中的时候去过一次札幌。"

"去北海道的话一定要去道东或者道北看看,那才算去过北海道。下次我们一起去吧?"

"真的吗?"雅子的眼睛一下子亮了起来。

"嗯,去看阿寒湖、鄂霍次克海等景观,非常漂亮,充满了神秘感,和这里完全不一样。"

悠介一边说一边考虑着和雅子一起旅游的事情。按照现在的这个趋势,如果自己邀请得积极一点的话,她或许会同意的。姑且不论结果怎么样,值得一试。

想到这里,悠介说:"下次我们就一起去!"

"但是您不是很忙吗?"

"没事啊,反正我无论如何都得回去一趟。"

正在这时,橱柜边上的电话响了起来。好不容易烘托起来的气氛,谁这么讨厌啊?悠介一边在心里埋怨着一边拿起话筒。

"喂,小悠,是我。刚才给你打电话没人接,你去哪里啦?"

裕子的声音从电话里传了出来。她可能是在夜总会里打电话,声音特别大。为了不让雅子听见,悠介连忙把话筒紧贴在耳朵上,生硬地问:"怎么了?"

"我的钱包不见了,家里有吗?"

钱包?悠介差点喊了出来,连忙把话给咽回去:"好像没有啊……"

"不可能啊!你去橱柜的抽屉里看看。"

"橱柜?"

"右手边的抽屉,好像在第二层。"

如果去橱柜里找的话,自己和裕子同居的事情就暴露了,但是现在又不能随意地把电话挂掉,没办法,只好放下话筒去抽屉里找钱包,不过的确找到了。

"找到了。"悠介爱理不理地对裕子说。

"太好了,我正打算去美容院,忽然发现钱包没了,所以立即就给你打电话了。虽然找别人也能借到,但是钱包里有张非常重要的收据,所以才想让你找一下。"裕子说。

就这点事情,也没有什么大不了的,悠介想快点挂掉电话,可裕子忽然很温柔地说:"亲爱的,你能不能把钱包送到夜总会来?"

"现在?"

"是啊,打车一会儿就到了。"

"但是我还有事啊……"

"那我回去取吧。"裕子说,"我和客人约好了今天把收据给他。"

要是裕子回来的话就大事不好了,悠介连忙说:"那你就下次再给他嘛……"

"你真的没有时间送来?"

"嗯……"悠介不知该怎么回答。

"你喝多了吧?"裕子觉得悠介说话模棱两可,责问道。

"没有啊……"

"那怎么说话有气无力的啊?"裕子紧接着说,"谁在你那里?"

一下子被说中,悠介慌忙摇头否认:"什么都没有啊……"

"什么什么都没有啊?"

被这么一问,悠介都不知道说什么了。

"怎么感觉你怪怪的呀?"裕子好像开始怀疑了,"那……算了吧。"

"你还回来取吗?"

"不知道!"裕子说完就挂了电话。悠介暗暗松了口气,转过身来。雅子好像在等他似的站起身来说:"我该回去了。"

"再坐一会儿吧,还早呢。"这样让她回去好像有些不太好,悠介赶紧解释说,"真是个烦人的家伙!"这话听起来好像刚才打电话来的是个男人。

"再来一杯咖啡,怎么样?"悠介问。

"不用了。"雅子好像从电话中听出了什么。

"你稍等一下,好吗?"悠介一咬牙,走进卧室把裕子的衣服塞进柜子,把梳妆台上的化妆用品都扔进抽屉,然后像什么都发生过一样回到客厅。

"带你看看里屋吧。"悠介对雅子说。虽然有些冒险,但是现在也不得不这么做了。

"本来我是不想让你看到我写作的地方的……"悠介装模作样地说。

雅子好像比较关心,把目光投向拉门。

"虽然说是书房,其实并不是什么了不起的地方……"悠介说完,拉开了拉门。书桌上亮着一盏台灯。雅子警惕地看着屋里,好像要步入什么危险的地域似的,过了好一会儿才进去。

"很脏,是吧?"万幸,桌子上散落着词典、笔记本和刚开始写的稿件。烟灰缸里满是烟头。

"您就在这里写作?"

"我只能在这里写啊。"

"您用铅笔写啊?"雅子很疑惑地看着书桌,在稿纸旁边放着三支2B铅笔和两块橡皮。

"是啊。这样不容易疲倦,而且写错了还可以擦掉。"悠介解释说。

"要写多久啊?"

"每天写四五个小时吧,视情况而定。"

"每天坐那么久,不累吗?"

"嗯,很累啊。"

雅子点点头,把视线投向四周。由于屋中只开着一盏台灯,所以比较暗,只能看到左边放着西服衣柜和和服衣柜,右边并排放着书架和梳妆台。对于一个男人来说,真的有些过于整洁了,但是悠介如今也只好将错就错了。

"这里有个阳台,"为了转移雅子的视线,悠介打开书桌前的窗帘说,"白天的话可以看到对面的鸡形风向仪。"

"这里也有风向仪?"雅子说着,站到了悠介的边上。

"打开让你看看。"说着悠介打开了阳台上的玻璃窗,一阵夜间的暖风吹了进来。

"就在那栋大楼上。"悠介把方向指给雅子。由于天空中的云层比较低,月亮和星星都被遮住了,只能隐约地看到前面大楼的轮廓。

九点以后,下町变得很安静,只有远处电车加速行驶的声音。

"很安静吧?"悠介说着把手放到了雅子的肩上。雅子稍稍动了动肩,悠介好像受到了鼓励,轻轻地将雅子搂入怀中,不管雅子是否同意,就吻上了她的唇。

雅子稍稍挣扎了一下就安静下来,不久就放弃了抵抗,开始回应悠介。不过她的动作很生硬,只是和悠介两唇相接,却不让他的舌头进入自己的口中。

两人就这么亲吻着,悠介忽然想到,在那厚厚的云层下,灯火通明的地方,正是裕子工作的地方——银座。

追女人的时候,如果很急迫,追得很紧的话是很失败的。就算追到手了,当初的那种心情也没有了。悠介自然知道其中的玄机奥妙。

如果自己愿意的话,现在就可以要了雅子,但是这样一来就显得太急切了。再说,万一裕子回来的话就麻烦了。想到这里,悠介强压自己的欲火,吻过雅子以后就送她回去了。

悠介知道,如果自己坚持的话,雅子会同意的。不过能吻她,自己已经很满足了,今晚的事情自己难以忘记,雅子同样忘不掉。一天晚上,两个人的邂逅,不管是对悠介还是对雅子来说,都是一个大秘密。

可是,既然自己已经有了裕子,为什么还要做这样的事情呢?

如果让裕子知道的话,她一定不会善罢甘休的。

但是今晚和雅子一起吃饭真的是很偶然的,傍晚时分,劳累了一天的自己漫无目的地来到医院,正好遇到雅子。当时就算不是雅子而是其他的女人,自己同样会请她吃饭的。悠介这样想。

最近裕子很忙,就连休息日都没有和自己一起吃过饭,更不要说平时了。晚饭的时候,自己都是一个人在医院的食堂吃。虽然知道裕子上晚班是没有办法的事情,但是每天都一个人孤零零地吃饭,有些太寂寞了。自己之所以走到医院去,也是为了逃避这种寂寞。

不过就算是这样,自己也不应该把雅子带回家啊,吃饭倒也罢了,却还和她接吻,这不是赤裸裸的背叛吗?

不管怎么说,这个房间是自己和裕子两个人构筑的爱巢,是容不得第三个人插足的神圣的地方,但是自己却把别的女人带了回来,甚至还和她接吻,这算什么事啊?这何止是大胆,实在是无耻!悠介自己都为自己的所作所为感到吃惊。

不过说实话,当时请雅子到家里坐坐并没想过要做这些事情,只是感觉就这么让她回去心有不甘,再加上自己也不想一个人待着,所以才请她上来的。而后来吻了雅子是因为她悄悄地站到自己的身边,自己一时忍不住才吻的。

今晚的事情只是自己一时产生的邪念,根本不是计划好的。悠介自以为是地想。

但是,如果让悠介答应只此一次,以后再不和雅子发生这样的事情,估计他很难答应。虽然这次是他一时的鬼迷心窍,但是如果下次有机会的话,他还是会和雅子享受二人世界的。

和裕子来东京刚三个多月,悠介就做出这样的事情来,这说明他已经有些变心了。不过悠介并不是因为已经讨厌裕子了,其实他还是很爱裕子的,只是他同时也喜欢上了雅子。

总之,悠介开始有了见异思迁之心。

这件事如果被裕子知道的话,她一定会责问:"我们一直都在一起,你为什么还要做这样的事情呢?"虽然裕子每天都回来得很晚,但是她从来没有做过出轨的事情,所以她是不可能原谅悠介的。不过,也许正是因为一直在一起,所以才会见异思迁吧。

因为两人同居,所以每天都会在一起。虽然裕子晚上得出去工作,但是她一定会回来睡觉,每当悠介醒来时都能看到裕子躺在自己的身边。可这种安心感逐渐地取代了两人之间的新鲜感,让悠介在感情上生出了惰性。

当然,发生这样的事情,两个人都有责任。虽然移情雅子的悠介难辞其咎,但是裕子由于最近一直忙于自己的工作而忽略了两个人的生活,也得承担相应的责任。

因为晚上忙到很晚,所以裕子总是睡到晌午,起来以后不是整理票据就是给客人打电话,不要说做饭了,有时候甚至连房间都不打扫就出门了。在家的时候总是穿着毛衣和牛仔裤,很少看见她化妆的样子。再加上裕子在竞争激烈的银座挣的钱不比悠介少,这多少让悠介感觉有些扫兴。

但是不管怎么说,做错事情的是自己,所以必须得把雅子来过的痕迹都给抹掉。想到这一点,悠介赶紧把裕子的鞋子摆到门口,把衣服挂好,又把化妆用品都恢复原位,最后把桌子上的两个咖啡杯也洗好放到了架子上。

消灭了一切证据以后,虽然悠介的心平静不下来,但是他还是装作没事人一般,先上床睡觉了。

由于裕子没有发觉,所以悠介又恢复了自信。三天后,悠介再次和雅子约好一起吃饭。

　　这次他事先查了名叫《东京美食店》的书,带着雅子去了浅草国际大道旁的日式料理店。这次还是点了套餐,雅子好像比较喜欢这种清淡的菜肴。

　　和上次一样,两人边吃边聊。不过经过上次的事情以后,两人的关系明显拉近了,吃完饭以后又去了一家酒吧。当悠介再次邀请雅子去自己家时,雅子虽然有些犹豫,但还是去了。

　　悠介觉得一个人待着有点无聊,再加上想和雅子在一起,所以就请她到家里来了。虽然自己也想过带她去城市宾馆或者爱情小屋之类的地方,但是雅子未必会同意,如果强行带她去的话有些太难堪了。

　　开始恋爱的时候,总想往深层次交往,尤其是接吻以后,就更想进一步发展了。作为男人,总会为一些冠冕堂皇的借口而绞尽脑汁,悠介也是如此。最后他还是决定带雅子回自己的家。

　　当然,这次他做好了充分的准备,把与裕子同居的所有迹象都给掩盖好了,还在里屋铺了床被子,并且故意弄得像自己工作累了休息过后的样子。雅子对这一切自然毫不知情。

　　真不知道再次恋爱的男人到底是变聪明了还是变坏了。

　　不过从雅子默默地跟着悠介回家来看,她应该是明白悠介想干什么了。和上次一样,他们边喝咖啡边闲聊着。悠介趁上厕所的机会坐到了雅子的身边。

　　雅子立刻警惕起来,把身子坐直了,但是没有拒绝悠介的吻。

　　悠介拥着她打开拉门,雅子看到了铺好的被子大吃一惊,连忙转过头向外挣扎。但悠介紧紧地抱着她,让她动弹不得。不一会儿雅子就安静下来,放弃了一切抵抗。

肌肤相亲的时候,悠介全身发热,感觉很紧张、很兴奋,雅子的反应却和想象的有些不同。第一次看到她时她那种无助、拘谨和羞涩,让人感觉她是个没有性经验的人,而现在她的表现却大相径庭。虽然之前她一直在挣扎,但是只要超过某个度,她就积极地接受并开始回应了,经验老到,有时甚至发出愉悦的呻吟声。

　　悠介有种被要的感觉,不过并没有感到不满,毕竟雅子很年轻,对他来说很有新鲜感。

　　在悠介快到高潮的时候,雅子忽然绷紧了身子叫道:"啊,我不行了……"本来还担心她会怀孕,现在看来不用了,雅子很有这方面的经验。

　　激情过后,两人相拥着躺在床上。悠介既感觉满足又有些后悔。

　　刚见到雅子时自己就对她有好感,和她聊天以后就一下子被她吸引了,尤其是这两天,自己特别想得到她。现在如愿以偿了,也心满意足了。不过来到东京后居然这么快就和其他女人发展到这种关系,自己真的没有想到。

　　悠介在满足的同时,心底也有些后悔和不安:自己最终还是走到了这一步。

　　已经和雅子这样了,以后怎么办？就这样,一边和裕子同居一边和雅子交往吗？虽然自己有过同时和几个女人交往的经历,但是两个女人距离隔得这么近的还是第一次。

　　雅子迟早会知道自己和裕子同居的事情,而裕子也一定会知道自己和雅子交往的事实。到那时候怎么办呢？自己好像很不负责任啊,想到以后的事情,悠介毫无头绪。不过有一点可以肯定,那就是自己确实是想得到雅子,而现在得到了,就不可能再放手了。

　　当雅子还沉浸在高潮的余韵中时,悠介的思想已经回到了现实之中。

　　回家时已经快到十点了,现在应该还没有到十一点,可以听到远处电车的轰鸣声。

现在的银座是最热闹的时候,裕子得两个小时以后才能回来。可是如果像这样磨磨蹭蹭的话,两个小时一会儿就过去了,再一不小心睡着的话,那就完了。就算现在雅子立即起来回去,还得收拾被褥,把她来过的痕迹都消除掉,这都需要时间,很紧张啊。悠介想到这里,轻声地对怀里的雅子说:"起来吗?快十一点了。"

听到悠介的话,雅子轻轻抬起头看看四周说:"真安静啊。"

"……"

"真感觉有些不可思议。"雅子并不想动弹,"您待会儿还得工作吗?"

"不用,今天的工作做完了。"

"那就是休息喽?"

理论上是这样的,但是不能一直这样躺着啊。

"我起床啦。"虽然有些不舍,但是悠介还是起来了。在黑暗中穿好内衣,穿上裤子,然后到客厅把灯打开。

"不要……"躺在床上的雅子看到灯光后撒娇说,"把灯关了。"说完用内衣遮着胸部,然后关上了拉门。

大约十分钟以后,雅子穿好衣服来到客厅,瞅了一眼悠介,然后就进了浴室。

肌肤相亲过后,雅子明显地成熟了起来。等悠介煮好咖啡,她也梳着头走了出来。

"还没有到十一点嘛。"雅子说。

"我怕你回去没有电车了。"

"那我就打车回去啊。"

雅子在沙发上坐了下来,开始喝咖啡,不再说话。

"那我送你上车吧。"悠介不安地说。

"我在这里妨碍你了吗?"雅子问道。

"没有啊,怎么会呢?"

看来太急了反而会露馅,悠介只好陪着雅子慢慢地喝着咖啡,想着见机行事。

"我走吧。"雅子细心地用纸把杯口擦干净,然后对悠介说,"今天的事不要告诉别人啊。"

"那当然啦!"和雅子的事情被别人知道的话,麻烦的是悠介。

两人并肩下楼,夏天的热风让人透不过气。悠介搂着雅子的肩来到路边等车。

"明天您应该去医院吧?"

"是啊。"一想到在工作的地方会碰面,悠介的心不禁一沉。

两人就这么站着,直到从藏前桥开过来一辆没有客人的出租车。悠介招手让车停下来。这时,雅子回过头来问:"您喜欢吗?"

"当然啦!"悠介连忙说。

雅子点点头,低头坐进车里,并向悠介摆手道别。悠介也向她摆摆手,看着车远去。等到橘黄色的车灯消失在夜晚的热浪中时,悠介像完成了一项重大工作似的,长长地舒了口气。

一个人如果经常做一件事情就会养成习惯,就算是坏事,心中的罪恶感也会渐渐消失。

当悠介第一次带雅子回家并亲吻她以后,总是很有罪恶感,感到对不起毫不知情、辛苦工作的裕子,心里很是内疚。在反省之后没多久,悠介再次把雅子带回了家,并且有了更进一步的行为。事后他的心中并没有充满喜悦,而是为自己的举动感到恐慌,感觉自己太厚颜无耻了,居然做出这种背叛感情的事情来。不过接下来他却还是一而再、再而三地和雅子幽会,而且越来越大胆,渐渐地就开始麻木了。

在这样的情况下,有两大理由来谴责悠介。

首先,他已经有了裕子,却还去接近雅子,并且和她有了相当密切的关系。这是对裕子赤裸裸的背叛,是违背道德的。如果让裕子知道的话,她一定不会善罢甘休。

其次,他居然在家里和雅子做爱。退一万步来说,就算裕子允许他和雅子交往,他也不应该把她带到家里来,这也太不知廉耻了,和进屋行窃的小偷没有什么区别。

不过,关于这两个谴责,悠介还是有理由的。

其实,他也不想把雅子带回家,就算知道裕子不会回去,待在家里也不安心,而且也没有那种氛围。两人做爱的话,还是在这类旅馆里才有感觉。但是可惜的是周边没有旅馆,而且雅子也不喜欢去那样的地方。

在两人第二次想做爱的时候,悠介提出去锦丝町车站附近的爱情小屋,结果雅子不同意,最终两人只在周边散了会儿步就分开了。接下来的那一次,悠介费尽周折,终于说服雅子去了旅馆。但是两人在房间里看了半天,还是觉得不放心。更不幸的是,回去的时候在电梯前撞见了其他客人,真是倒霉透了

"这样的旅馆真让人讨厌。"

雅子的话里好像包含着应该去干净的城市宾馆的意思。悠介也想去那里,但是城市宾馆得提前订房,而且价格很高,双人间的价格是爱情旅馆的三四倍。虽然有按小时和按天数两种算钱方式,但是价格还是太高了,毕竟去的次数有限。而且这样的宾馆要是空着手去让人觉得怪怪的,不住宿的话又感觉很不自然。就算雅子喜欢也不可能经常去。

虽然不是绝对没有办法,但是最终还是想到了自己的家。在家的话出入很方便,又不会遇到其他人,而且没有时间限制,最重要的是不要钱。所以两个人晚上约好一起吃过晚饭,随便逛一逛,接着就回

家,直奔主题。虽然有时候也会去爱情旅馆或者城市宾馆,但是多数时候还是会在家里做爱。

随着两个人之间关系越来越亲密,雅子去悠介那里就像回自己的家一样随意。当然,悠介每次都事先把裕子的东西藏好,事后再恢复原状。

但是随着次数的增多,悠介也变得越来越大胆,有时候都忘记把裕子的东西放回原处。有一次他慌慌张张地把裕子晾在阳台上的内衣塞到衣柜里却忘记拿出来了,还有一次他把桌子上的戒指收起来以后却忘记放在哪里了,结果和裕子闹得很不开心。

悠介小时候就粗心大意,老被母亲训,现在由于越来越大胆,就更粗心了。主要是坏事做多了就习惯了,再也没有开始时的紧张感了。

由于雅子常去悠介那里,对他家里的情况就熟悉了。经常自己煮咖啡,有时还帮悠介收拾一下,在这个过程中不可能注意不到裕子的存在,不过她并没有问过悠介。不知道她是相信了悠介请保姆的话,还是装作不知道裕子的事情,也可能是雅子发现悠介晚饭后总是一个人,所以不认为她会有别的女人吧。悠介想问她,又怕引起不必要的麻烦,只得作罢。

有一次,两人亲热以后,由于雅子第二天休息,再加上当晚十点钟以后下起了大雨,雅子提出要在悠介这里过夜,弄得悠介很是被动。

"你明天不是也休息吗?"

不知什么时候,雅子对悠介的称呼换成了"你[①]"。

悠介第二天确实不用去医院,但是如果让雅子留宿的话,肯定会被裕子撞见,因此悠介赶紧推托:"我今晚得赶稿,估计得忙到明天早上。"

[①]原文为"あなた",日本女性一般称呼自己丈夫时用的词。——译者注

"我会老老实实地睡觉,不会打扰到你的。"

"但是我写稿时看到你躺在身旁,会分心的。"

"那我去客厅的沙发上睡,这样还可以给你煮杯咖啡或者泡个茶。"

"我喜欢在晚上工作,这时头脑清醒,工作效率也高。"虽然悠介对雅子的关心感到很高兴,但是无论如何也不能让她在这里留宿。

"反正就是说我留在这里会妨碍你了?"

"当然不是了,下次想一起过夜的时候我们去宾馆吧?"

"我走了以后还会有别的女人来吧?"雅子忽然冷冷地说。

"怎么可能呢?"悠介慌忙辩解,"我可一直是一个人啊。"

"但是我听说你这里一直有女人出入……"雅子可能是听住在楼上的那些护士说的。

"那是一些女编辑啊。再说,我在东京也有亲戚是女的啊。"

终于逃过此劫,看来最近是不能再带她回家了。但是为了打消她的疑虑,必须得让她在家里住一晚上。

就在悠介为这件事情烦心的时候,机会却意外地来了。八月份盂兰盆节的时候,银座的店铺基本都关门休息了,因此裕子有一周的假期,她说想回趟札幌。

"你不回去吗?"裕子边对着镜子化妆边问悠介。

"盂兰盆节的时候人太多了,我不回去。"悠介说,心里却在想裕子不在的话就能带雅子回家住了。

"但是你的家人还在等你呢。"

悠介的母亲和妻子确实都想让他回去一趟,可他还没有决定。

"再过一段时间,九月初的时候再回去吧。"悠介说。

"但是你在月初的时候不是都很忙吗?"

"我在这段时间把那时的工作都做完不就行了?"

"但是节日期间这边的店铺都关门了,你怎么吃饭啊?"

"总会有办法的!"

"是不是我不在的时候有其他女人来啊?"

一下子被说中心事,悠介连忙转过头来,却看到裕子正在若无其事地涂着口红。

"像我这样的自由职业者随时都可以休息。盂兰盆节的时候人那么多,我不出门也是为大家好嘛,省得占地方啊。"

悠介拼命地解释,但是裕子就像没听见一样,一句话也不说。

虽然裕子不是很情愿,但还是回去了。悠介一下子感觉整个人都变得轻松起来。虽然两人在生活上互不干涉,即便同居也还是比较自由,不过还是一个人的时候感觉更舒服。

这么千载难逢的机会当然不能错过。裕子刚回去的那天,悠介就把雅子约到了家里。

"今晚就住这儿吧。"悠介说。

"可以吗?"忽然听到这句话,雅子很是惊讶。

"当然啦!今晚我什么事情都没有。"

雅子疑惑地看着悠介,然后摇摇头说:"不行,我没有带衣服来换。"

"不换衣服不行吗?"

"当然不行啦!明天上班时大家一看我没有换衣服就知道是在外面过夜的。"

"那只要有衣服换就行了?"

"嗯,裙子和外套必须得换。"

"这些在哪里都能买得到,现在就去买吧。"

看到悠介这样的态度,雅子反而有些不安:"我住在这里如果有其他女人来怎么办？"

"那时再说嘛！"

"不要！那多尴尬……"

"不用担心,不会有别的女人来的。"

接着两人就去上野的商场买了件带花的连衣裙,然后在池端的饭店吃完饭就回家了。虽然雅子决定住下来,但还是不放心,不停地问："没事吧？"直到凌晨一点才上床睡觉。

在往常,现在正是裕子下班回家的时候。悠介搂着雅子,心中却想起平时这个时候的情景。

这个时间自己一般还在加班写东西,裕子总是搭车一直到楼下,然后和司机寒暄几句就上楼了,不久以后就可以听到她开门进来的声音。进门后她会问自己一句"还没睡啊",接着就进厨房倒杯水喝,然后长长地舒口气,就脱衣睡觉了。刚开始的时候裕子还会说一句"我回来了",自己也会应一句"辛苦了",最近却只是简单地"嗯"一声,算是打招呼了。

想到这里,悠介仿佛又看到了裕子的一举一动,不禁点了点头。这时他看到身旁的雅子,忽然感觉心中很不安——自己也太大胆了。不过现在不安也没有用了

悠介正想着,听到雅子低声说："还是住在这里安心啊。"如果让她住上瘾就麻烦了,但是为了打消她的疑虑也只能这么做。

让裕子发现不了,又能让雅子信任自己。虽然这对裕子不好,但是只要所有的事情都进展顺利,自己就知足了。

可能住了一回就有胆子了吧,裕子不在的这段时间里,雅子又趁休息来住了一晚。

假日期间,悠介给身在札幌的裕子打电话,向她抱怨东京的夏天

多么令人发狂,裕子也告诉悠介北海道是多么凉爽,从电话中可以感觉到裕子回到老家后的心情很好。不过在第二次打电话的时候,裕子忽然问道:"没有什么人去你那里吗?"

由于盂兰盆节的时候,所有的编辑也都休息了,所以不可能有人去的,因此悠介回答说:"没有啊,我一直一个人啊。"同时在心里嘀咕,她不会是问我有没有和其他女人待在一起吧?

"再说,天这么热,我还能干什么啊?"悠介开玩笑地说,他想到了和雅子的亲热。接下来裕子就和悠介聊起了札幌的那些朋友。最后她好像是叮嘱似的说:"我十六日就回去了。"

今年由于十日和十七日是星期天,所以盂兰盆节的假期就放在了这中间的一周内。

"我是十六日回去,不是十七日啊。"裕子又重复了一遍,接着解释说,"因为那天有事,必须得见经理。"

"知道了。"

"那天是星期六,千万不要忘记啊。"

悠介点点头,挂了电话,心里却感觉很奇怪。为什么她一再叮嘱回来的时间呢?难道她知道雅子的事情了?如果真是这样的话,也就是说自己自始至终做的一切事情她都知道了?这可怎么办啊?可能裕子已经隐约感觉到自己和雅子的亲密关系了,如果自己再不收敛一点的话就麻烦了。

虽然这么想,但是悠介还是一如既往地和雅子交往。或许他认为不会发生什么事情吧。

不过令人奇怪的是,裕子从没有明确地问过悠介有没有和其他女人往来的事情。也可能是她已经开始怀疑了,只是没有抓到什么证据。但是只要裕子不说,悠介就不会罢手。

他之所以这么无耻地乐观,还是有他的理由的。

首先,裕子是个通情达理的人,不会斤斤计较,她有着北海道女人特有的那种开阔的胸襟和大大咧咧的性格。和裕子交往以后,悠介也曾和她谈起过以前的那些女人,裕子只是笑着倾听。当悠介感慨地说"她真是很不错的人啊"之类话语的时候,裕子会满不在乎地说:"那你再回到她的身边去吧。"所以就算她对雅子的事情心怀不满,最多也就是说一句"你不要太过分"之类的话,不可能有太大的举动。

其次,不管怎么说,悠介最爱的还是裕子。虽然这对雅子不好,但是他和雅子也就是逢场作戏,虽然现在有些深陷其中,但是他和雅子的关系也就只能到这一步了。

与雅子相比,他和裕子已经交往相当长的时间了。

当初悠介是从别的男人手中把裕子抢过来的,他和裕子是一起私奔的伙伴。他们是在同一条街上长大的,彼此熟悉对方的秉性。虽然裕子花钱有些大手大脚,但是脾气很好。客观地说,虽然雅子比裕子年轻,但是论姿色却远远赶不上裕子。悠介和裕子的关系以及对裕子的爱,和他对雅子有天壤之别,他是不可能简简单单就放弃裕子的。

不过,这只是悠介的个人想法,裕子未必就能完全接受,从裕子这方面来说,既然悠介这么重视自己,为什么还要做出那样的事情来?他一边和别的女人来往,一边却说如何如何爱自己,这也太没有说服力了!其实,说句不过分的话,两人之间的关系已经有点混乱了。

确切地说,男人有时候可以同时表现出真心和多情两种姿态。

对悠介来说,裕子当然很重要,但是目前也不想放弃雅子。由于他和雅子的关系并没有到很深的地步,所以他认为裕子会原谅他。

不过裕子可能会觉得这完全是一个自私的要求。

男人的身上隐藏着一颗多情的种子,更准确地说,只有多情的人才是男人。这些想法当然很难恰如其分地向裕子解释,就算努力解释了,裕子会理解自己吗? 当她听完这些并不好笑的话之后,会苦笑着说一句"真拿你没有办法"就算了吗?

不知道裕子是否知道悠介的这种一厢情愿的期待,总之她没有问过一句。

如电话里所说的,裕子提前一天回来了。之后的生活就像以前一样,她睡到中午起床后就忙着整理票据或者接打电话,傍晚时分就和客人出去吃饭。

可能八月份的工作不是很忙吧,裕子每天凌晨两点之前回来,身上也基本没有什么酒味,而悠介也经常和雅子幽会。总之两人的生活从表面上来看毫无变化。

不过有一件事情比较怪。九月初的一天晚上,当悠介向裕子求欢时,裕子拒绝了。

在两人刚到东京第一个月的时候,悠介基本上每天晚上都向裕子求欢,由于两人刚到一个陌生的环境中,所以相互之间相当融洽。一个月以后,两人已经习惯了东京的生活,而工作又逐渐忙碌起来,性生活便从每周两三次减少到一次左右。再加上两人住在一起,总感觉什么时候都可以,所以在性方面的欲望反面降低了。当悠介遇到雅子以后,他和裕子的性生活就更少了。当然,裕子本身的欲望没有那么强烈也是原因之一。

九月初的那天晚上,在悠介完成当天的工作之后,恰好裕子下班回来了,于是两人一起休息。

虽然悠介并不是只要一起休息就会求欢,但是由于裕子从北海道回来以后两人还没有亲热过,所以悠介就有了这种想法。在两人都躺下以后,悠介把台灯调暗,然后贴近裕子,开始爱抚她,但裕子一直背对着他,什么反应都没有。

以前当裕子很疲劳的时候也会出现这种情况,因此悠介在她耳边问道:"睡了吗?"裕子没有回答。当悠介想把她的身子转过来的时候,裕子轻轻地摇头说:"不要!"

本来悠介的欲望不是那么强烈,被拒绝后欲火反而一下子上来了。
"为什么?"悠介问。

裕子不作声。

"累了吗?"

裕子还是不出声。这下悠介急了:"你给我转过来!"说着就去掀她的肩膀。这时裕子低声地说:"你不用这么勉强。"

"勉强?"悠介第一次听裕子说这样的话,不过他还是没有松手。

这时裕子慢慢地把他的手拿开,问道:"你不累吗?"

"累什么啊?"

"睡觉吧。"听起来像母亲哄孩子似的,悠介却感到其中充满了尖锐的讽刺。

看着裕子的后背,悠介不禁想,难道她知道自己和雅子的事情了,所以才拒绝自己的?如果这样的话,她为什么不直接问呢?算了,没有必要向这样讨厌的女人求欢。想到这里,悠介也生气地将身子背了过去。

其实裕子的拒绝对悠介来说并不是很痛苦的事情,如果他只是想满足自己的欲望的话,就算裕子不同意,也可以去找雅子啊。雅子那么年轻,又总是迎合自己,没什么大不了的。虽然被裕子拒绝了,但是悠介还是很乐观。虽然这次她不愿意,但是过阵子总会愿意吧?

可几天以后,当悠介再次向裕子求欢时,又被拒绝了,弄得他很是狼狈。

她为什么这么固执呢?发生什么让她不高兴的事情了吗?

"你怎么了?有事情就说啊。"悠介很不解地问道。

"问你自己吧!"裕子仍然背对着他。

"问我自己?"悠介立刻明白了,肯定是她知道自己和雅子的事情了,不过他仍然装作不明白,"到底是怎么回事啊?能不能说得明白一些啊?"

"我不希望你动我梳妆台上的东西。"

"……"

"我也很讨厌你随意动我的内衣和衣服。"

确实,每次雅子来的时候,悠介都会将梳妆台上的化妆品塞进抽屉,将裕子的衣服都放进柜子里藏起来。虽然事后都给放回去了,但是裕子好像还是发现了。

"那又怎么样?"虽然明知是自己错了,但是悠介还是气势汹汹地说,"有什么不对吗?"

"我没有觉得不对,就是不喜欢你这么做。"

"别胡扯了!"尽管知道自己理亏,但是悠介还是提高嗓音嚷嚷,"不要说怪话,我可什么都没有做。"

悠介越说越大声,裕子本来都快睡着了,又被吵醒了,可他还是用最大的声音喊了出来:"你每天晚上都不在,你让我怎么办!"

说完悠介就开始撕扯裕子的衣服,无论如何也要得到她。不管是任性也好,暴力也罢,反正现在只有往前冲,要不就摆脱不了目前的这种窘境。

但是裕子也不是那么好对付的,她吼道:"你要干什么呀!"

悠介用力抓住裕子向她身上压下去,可裕子用力地摆头,四肢乱动,不停地挣扎。她睡衣上的扣子被扯掉了,胸部都露出来了,裤子也要被扯掉了。

几分钟以后,裕子不再挣扎,张开两臂躺在被子上面一动不动。抵抗忽然消失,悠介也停止了动作。这时裕子长长地叹了一口气,悠介跟着叹了口气。

裕子拉了拉衣服遮住胸部,说:"如果你想的话就随意吧。"可能她发现挣扎是很愚蠢的,如果悠介真的想要就给他算了。

但是对一个毫无抵抗的女人用强,就一点乐趣也没有了。

越反抗,他会越来劲,在悠介强硬的动作之下,裕子忽然醒悟过来,态度变得极其冷淡。

现在应该赶快道歉,确实错在自己这边,现在应该是找台阶下的时候了。悠介对自己说。但是如果现在道歉的话自己就完全败了,就算要认输,也得找一个体面的认输方法。

就在一片沉默中,裕子起床去洗漱间整理自己的衣装了,而悠介仍然躺在那里,回想着刚才的事情。

真是一场激烈的争斗。看来认为裕子是个大度的人的想法只是自己的一厢情愿罢了,反正从这件事情可以看出裕子已经知道雅子的事情了。她之所以到现在都闭口不谈,不过是在等合适的机会罢了。如果自己谨慎一些的话或许可以避免今晚的事情,但是这样的争执迟早都会发生的。要是自己直接告诉她的话也许会更好一些吧。

悠介想到这里,刚才那种欲望已经荡然无存了。就算裕子给自己机会,今晚也不说了,等以后找个合适的机会好好和她谈吧。从裕子"睡觉吧"这句话语中,不但听不出有憎恨的意思,反而有一种亲密的味道。这样的话,只要两人好好谈谈,应该可以恢复到以前的那种状态。

二

一周以后,悠介回北海道休他迟来的假期。

他在札幌待了五天,九月中旬的时候回到了东京。当回到家打开门的那一刹那,悠介忽然感觉好像进了别人的家一样。

平时午后两点左右裕子总是在家的,但是现在却失去了踪影。客厅里的家具,卧室里的衣柜、梳妆台都没了。慌忙进厨房一看,锅和餐具也没有了,就连浴室里的垫子、吹风机等也都没有了。空荡荡的房间内只剩下了悠介的桌子和书架。

"完了……"看来在回北海道的这段时间里裕子带着所有的财物走了,悠介颓然地想。

裕子总是很果断地做一些大胆的、平常很难决定的事情,只要她决定了就会毫不犹豫地去做。当初悠介劝说她和自己一起来东京的时候,本来以为她会拒绝,谁知道裕子一口就答应下来了。

真不知道她是大胆呢,还是无畏呢?这次她就是瞅准了悠介回北海道的机会,带上所有的物品走了。佩服也好,吃惊也罢,总之她的这种神速真让人目瞪口呆。

站在这个由于没有了家具而忽然变大的房间里,悠介叹了口气:"真是太大意了……"

裕子到底是什么时候开始考虑离开自己的呢?不管她是如何的神速,要把这些家具都带走,得要一段时间来做准备啊。除了收拾、租车以外,必须得先找到住的地方才行啊。

悠介离开不过六天,而且在第三天的时候还给裕子打过电话。

当时还没有到中午,但裕子已经起床了。当悠介和裕子聊起札幌已经到秋天了,自己会带些玉米回去的时候,裕子还回答说"天气凉快了真好""玉米很好吃哦",从话音中根本听不出来她要离开——可能是打过电话的第二天或者第三天决定的吧。

如果后来再打一次电话的话,悠介就能发现一些异常。但是打完这次电话以后他就放下心来了,再也没有打过。

虽说悠介很大意,但是裕子不可能草率地就决定离开悠介,尽管看起来很突然,但是在她决定离开之前肯定有一段时间和过程。

仔细想想的话，可以追溯到悠介回札幌之前的那次争执。

当时悠介强行求欢，可是裕子一直不允许，尽管她后来放弃了挣扎，不过悠介也清醒了。那次争执以后，两人都相互克制，关系暂时稳定了，但是并没有和好如初，反而进入了一种若即若离的轻度冷战状态。

其间悠介一直在等裕子先服软，只要她说"那天真是对不起"，自己就立刻向她道歉，比较体面地退步。但是裕子一直没有道歉的意思，而悠介在焦躁的等待过程中，也失去了道歉的想法，产生了一种我行我素的心理。只要她还这样，自己就奉陪到底，反正她迟早会给自己道歉的。不过现在看来，悠介的这种想法太天真了。

如果想和裕子和好如初的话，在争执以后回北海道之前，悠介还是有机会的。这期间只要悠介能先低头认个错，也不会到现在这个地步。哪怕他回去以后打电话时认了错，或许也不会发生现在的事情。

为什么那个时候不道歉呢？悠介很是后悔。当时他根本就没有想到裕子会离开自己，不过现在后悔也晚了。现在要做的就是定下心神来。

刚进屋的时候，由于过于吃惊，大脑都充血了，现在多少冷静了一些。但是看着忽然变空的屋子，悠介真想骂娘。强忍着心中的悔恨，悠介把从北海道带回来的旅行包和纸袋拿到自己身边，纸袋里装着特意带给裕子的玉米和新鲜的芦笋，但是现在看来是没有用了。

"太不理解我了！"想到裕子这种草率的行为，悠介不禁又生起气来。

夏末的阳光西斜，终于快到傍晚了。

悠介一直坐在书桌前，想着下一步的对策。首先当然是找寻裕子住的地方。但是她连张字条都没有给自己留下，根本没有办法找，只能给银座那家夜总会打电话,直接问她了。不过现在这个时间裕子还没有去上班,按照惯例,她陪着客人到夜总会应该是晚上八点左右,现在只能等到八点了。

"等到八点再说吧。"悠介自言自语着走到客厅。

裕子搬得很彻底,有个词叫"善始善终",现在这样到底是善终呢,还是不善终呢?

她不仅搬走了客厅里的家具和橱柜,还把锅甚至煮咖啡的一套器皿都搬走了,这些都是裕子从札幌带过来的,悠介也不好说什么。他自己的书桌和书架都还在,这也算是各归其主吧。但是被子是他们两人买的,裕子并没有带走,到底是可怜悠介呢,还是感觉被别的女人盖过了,所以不想再看到它了呢?

家具倒也罢了,最让悠介介怀的是,餐具柜中的威士忌和烧酒、悠介的印章和存折、两人一起拍的相片和账单都被整齐地放在他的书桌上。从裕子把相片留下这一点可以看出她离开悠介的决心是多么大,这让悠介心生寒意。

曾经有个吃过女人苦头的学长告诉悠介,一旦把一个女人惹怒了,再让她回头就不容易了,一定要在这之前让她的怒气平息。现在悠介好像就遇到了这种最坏的情况。

"真是太厉害了……"悠介感慨道。

一味地感慨也于事无补,当前必须好好想想下一步该怎么办。

被子和衣服还在,自己休息或者出门都比较方便;要写作的话,桌子和椅子也还都在。关键是有客人来访的话,客厅空荡荡的,谁都会感觉奇怪的。尤其是雅子来的话,发现房子变成这样,是一定会询问原因的。当然不能告诉她同居的女人生气走了的事情,所以当务之急是赶紧买一套客厅里的组合家具,把客厅装饰起来。但是不幸的是,自己回北海道这段时间什么工作都落下了,现在正是忙的时候,没有时间出门,真是麻烦透顶。

"怎么办呢?"悠介自言自语地说,无意间目光穿过阳台,看到了暮色中对面的鸡形风向仪。

在悠介和裕子刚搬到这里的时候,两人经常一起眺望夕阳下的天空。

那时两人说的那些话悠介已经记不清楚了,但他记得裕子说过"你要早点成为小说家哦",当时悠介是在自信和不安中答应的,现在看来,这还是个遥远的梦想。想想那时和裕子的关系多好啊,真不敢相信裕子竟然离开了自己。

虽然裕子和家具都不在了,但是说不定这只是一个吓唬自己的闹剧,说不定两三天以后裕子就笑盈盈地回来了,并询问自己是否已经反省了呢。但是现实中空荡荡的房子打断了悠介的这种幻想。

"打起精神来!"悠介自我鼓励,抬眼向外望去,暮色渐浓,低空下鳞次栉比的建筑清晰可见。

就在悠介漫不经心地远眺的时候,电话铃响了。是不是裕子打来的?悠介心想,飞奔过去拿起话筒。原来是医院的食堂打来的。

"今晚的饭您想吃什么?"

确实跟他们拜托了今天以及之后的晚饭,但是现在悠介根本没有心思去吃饭,于是他回答道:"不好意思,今天我不去吃了……"挂了电话以后,悠介倒了一杯威士忌,由于冰箱没有了,他只好加了点水。沙发也没有了,悠介就盘腿坐在里屋,开始喝闷酒。

真奇怪,就在不久前悠介还满脑子都是雅子,现在心中所想的却全都是裕子。就这样,悠介一直喝到八点,然后给夜总会打电话。

"喂,您好!"接电话的好像是会计室的女孩。

"请帮我找一下裕子。"悠介说了裕子的原名。

"您是哪一位?"女孩问。

"我是松田。"悠介想了想,报上了身在北海道的朋友的名字。

"请您稍等。"

一会儿裕子来了,悠介连忙屏住呼吸,就听裕子说:"您好,让您久等了。"

"是我……"

"您是?"

"是我啊。"悠介忽然感觉自己好像一个恐吓良家妇女的黑社会似的,"你上班了?"

"是啊……"裕子淡淡地回答,很轻松地就对付了。

"你应该知道我为什么打电话吧?什么时候搬走的?"悠介加重了语气。

"……"

"为什么不说话?"

"你喝酒了?"

"你这么做,我除了喝酒还能干什么!"说完悠介才觉察到自己有些太过激动了,连忙放缓语调,"你是和我开玩笑的吧?"

"我为什么要和你开玩笑?"

"你不回来了?"

裕子不作声,悠介再次提高声调:"你想干什么?"

"我不在那里应该更好一些吧?"裕子的声音平静得让人发狂。

"为什么你不在会更好啊?"

"这还需要说吗?"

"有什么不能说的,你说啊!"

"我挂了。"

"喂……"悠介慌忙阻止,"你现在住在哪里?不告诉我的话我就到夜总会找你去!"

"你来了也没有用。"

"没有用我也得去,一定得让你说出来!"

"你来了我也不会让你进来的。"

"不可能!我一定会进去的……"

悠介还没说完,裕子就把电话挂了。

"浑蛋!"悠介生气地再次把电话拨了过去,这次是个服务生接的电话,他拒绝了悠介的要求。没有办法,悠介只能继续喝酒,却越喝越生气。

就算是厌烦自己了,也不应该在自己回北海道的时候私自离开啊。就算要离开,也应该在电话里说一声啊。不管有什么理由,毕竟在一起这么久,这样做也太过分了!

不过,如果裕子事先告诉悠介一声,然后再走的话,就不会这么顺利了。悠介一定会赶回来劝阻的,那时她还坚持离开的话,肯定会闹得不可开交。

其实裕子原本没有想过要离开悠介的,她只是因为看穿了悠介最近的所作所为,所以才在他不在的时候硬下心来离开的。在这样的情况下可以说这是个聪明的选择,但是在悠介看来这就是逃避,所以他是又恨又气。

太丢人了!自己的脸都快丢尽了!这件事情绝不能让别人知道!到目前为止自己就做过这一次出格的事情。裕子为什么做得这么绝啊?悠介真想喊出来。

对于出格这种事情,男人和女人的态度是不同的。对于男人来说,这不过是一种心情的调味剂,就好像看到邻居家院子里的花开得很漂亮,所以就去采一朵,但是一会儿就会回到自己的家中。但是对于女人来说,这就是一件大事,肯定会砰地关上门,把男人回家的路给断掉。

对裕子来说,悠介居然趁着自己不在的时候把别的女人带回家,这是一种背叛的行为,是不可原谅的。男人的出格对女人来说就是不能容忍的,就算只是想到他们做了这样的事情,女人都会感到很恶心,很生气。万一他们弄假成真,动了真感情怎么办?所以绝不能姑息!

这种分歧不仅存在于悠介和裕子两个人之间,更存在于所有的男人和女人之间。这就是两条平行线,是永远都不可能相交的。

气过、想过以后,悠介长叹一口气:随她去吧,一个逃跑的女人不值得自己去追求,她不想见我,我还不想看到她呢!

不过,裕子打电话时的态度也太冷淡了。趁自己不在时搬走,做得有些过头。当问她为什么说她不在会更好时,她却什么都不说。更过分的是最后居然还把电话给挂了!

就算在夜总会里不方便谈私人的事情,但她的语气至少可以温柔一些吧?哪怕她说一句"对不起,我太任性了"之类的话,也可以让自己舒服一些啊,但是裕子却一点这个意思都没有。看来悠介的那些想法太天真了。

想着想着,悠介又生起气来:"如果我一直这么沉默的话,只会备受轻视。"刚刚还打算不再见她,现在却想好好责骂她一顿。已经到这种地步了,不管她说什么都得去一趟夜总会,怎么着也得让她把住处告诉自己。

"现在就去找她吧。"悠介站起身来,但是心中忽然生出一种不安,如果到了那里以后裕子不理自己怎么办?和其他的女人聊天没什么意思,还要面对服务生狐疑的目光。如果真是这样的话,是继续在那里等呢,还是强行缠着裕子呢?想到这里,悠介觉得自己必须扮演一个可怜男人的角色。

近些日子以来,悠介一边起劲地工作,一边和银座夜总会的走红小姐同居,同时还和另一个年轻貌美的女子有亲密的往来。作为一个无名作家,有这么好的桃花运,如果被他的朋友们知道的话,肯定要羡慕死了。

但是让人难过的是,对自己很重要的女人居然离开了,如今只剩下自己一个人在空荡荡的房间里喝闷酒。满脑子都是她的身影,哪里还有心思工作啊?

"喂,相木悠介!振作起来!"悠介自我鞭策。

既然到了这一步,必须好好考虑以后的日子。虽然和自己同居的女人离开了,但是没有必要愁眉不展的,天下的女人多了,目前的雅子不是既比裕子年轻,又比她纯情吗?那个每天睡到中午才起床的女人,走了也没有什么大不了的,她走了,自己反而清静了。悠介一边这么想着一边喝酒。

在裕子离开的第二天,悠介遇到了雅子。

这两天悠介没有给裕子打过电话,有几次悠介拿起电话想打来着,可是一想到她挂自己电话的情景就放弃了。就算被抛弃,自己还是有自尊的。有位学长曾经说过,不要去追跑掉的女人,越追她越不会回来——其中当然也包含着些许期待她自己回来的想法。

现在要做的就是忘记裕子,专心工作。裕子离开所带来的空虚可以让雅子来填补。虽然有些自私,但是悠介认为这样可以行得通。

但是雅子却不知道为什么,脸上一点高兴的表情都没有。当悠介带她去饭店吃饭时,雅子却吞吞吐吐地说:"我们以后还能见面吗?"

到底发生什么事情了?悠介很纳闷。

雅子下定决心似的跟他说:"你一直和另一个女人住在一起吧?"

"没有……"悠介慌忙否认。

这时雅子直视着悠介的目光说:"不用否认,我已经知道了。我看到有个女人从你那里出来。"

"什么时候?"

"你回北海道的时候。当时她正在把很多家具往车上搬。"

雅子好像看到了裕子搬家的场景:"她把你屋里的沙发、橱柜等家具都搬走了。"

既然雅子看到了,也就没有必要再解释了。现在在医院的职员中间,关于裕子离开的事情肯定传得很凶。

"她真漂亮!"当悠介为自己的愚蠢感到后悔,低着头一味地切着牛排时,雅子继续说,"不过,我早就知道你在和另一个女人同居。"

"你怎么知道的?"

"因为一个单身男人的房间是不可能有那么多琐碎的东西的。还有,那种衣橱和梳妆台是女人专用的,厨房的餐具又收拾得那么整洁,浴室里有睡帽,还经常有掉落的长头发……"

本来想把一切都隐藏好的,结果却被裕子和雅子两个人都发现了,悠介一下子变得束手无策。

"有时候洗衣机里还有女式内衣……"雅子继续说。

"那你为什么不早说?"悠介叼着烟,赌气地问。

"因为你在很努力地掩藏啊。"雅子微笑着回答。

"努力地……掩藏?"

"是啊!看到你那么卖力,我怎么也说不出口……"

"但是你并没有见过她是吧?"悠介问。

"嗯,所以我只是猜测啊,半信半疑的。直到那天见到她,我才确定。她是在晚上上班的,是吧?"

"……"

"我在你那里留宿的时候正好是孟兰盆节,她那时应该回老家了吧?"

既然雅子什么都知道了,悠介只好服输了。

"我也想过在合适的时候问你的……不过我没有恶意。"

同样是服输,但是无条件的服输是最难受的。

"因为我不想失去你……"雅子继续说。

"是吗……"

"她为什么离开你啊?"一直都很温顺的雅子今天忽然变得咄咄逼人。

悠介本来就一肚子火,现在更是忍不住了:"因为她知道了我把你带回家的事情……"

"她问你了?"

"我以为她不知道,谁知她还是知道了。"

"她当然会知道啦!"雅子像个胜利者一样挺起胸膛,"因为我搞了点恶作剧。"

"恶作剧?"

"嗯,我在浴室的化妆盒里放了口红和洗发液……"

"你怎么能这么做?"

"因为我心里别扭啊!"向来都很拘谨、天真的雅子现在却忽然变得像个狡猾的老江湖。

"我一直被蒙在鼓里……"

"是啊,只有你一个人不知道。"

悠介一直以为自己在操纵着两个女人,现在才知道原来自己一直被两个女人操纵着。

"现在你可以随时在我那里留宿了。"

"不行,我不去!"雅子果断地摇摇头,"你还喜欢她,是吧?"

一下被说中心事,悠介慌忙移开视线回答说:"怎么可能呢?"

"没事啦,实话实说嘛,我不会生气的。"不知什么时候,雅子的目光忽然变得像母亲般宽容,"你应该去追她。"

"她和我已经没有关系了。"如果雅子再离开的话,自己就什么都没有了,所以悠介认真地说。

不过雅子却很清醒:"你还喜欢她,你的目光已经说明了一切。"

今天的雅子真不好对付,如果不慎重一点的话恐怕很难办。

悠介正想着,雅子站起身来说:"我要回去了……"

"你要回去了?"悠介慌忙伸出手想拉住她,但是雅子轻轻地把他的手拿开,郑重地说:"请您不要再玩弄女性了!"

忽然被称呼"您",悠介不禁一怔,这时雅子已经转过身往门口走去。

"偷鸡不成蚀把米",这应该正是悠介目前的写照吧。由于自认为裕子一直在自己身边,不会离开自己,所以悠介很放心地和年轻的雅子交往。当两个女人知道以后,却都离开了他。

到现在悠介才为自己的天真感到吃惊,才明白自己把什么都不放在眼里,总认为会有办法的想法是错误的。现在只能全力去挽回了。

对于悠介来说,裕子要比雅子重要得多。他和雅子刚认识不久,但是和裕子已经交往很久了,对她有很强的依恋感。

但是怎样才能让带着所有财物离开自己的裕子回心转意呢?首先要做的就是弄清楚裕子的住址,只有这样才能到那里和她好好谈谈。这就必须得去夜总会找裕子。虽然对一个跑掉的女人紧追不舍有些丢人,但是现在也顾不了那么多了。

第二天,悠介事先确定裕子在夜总会以后就出发了。他到那里的时候,已经过了晚上十一点。由于悠介想一直等到裕子下班,他去得不是很早。

正是打烊前最热闹的时候,夜总会里座无虚席。没有办法,悠介只好坐在了临近门口的吧台的一端,要了杯酒。

他去过一次裕子以前工作的那家夜总会,现在这家却是第一次来。听裕子说过,这家比以前那家消费要高,过来一看,里面的装潢果然豪华气派,女服务员也很多。在悠介回头观察雅座的时候,服务生过来了。

"有指定的女招待吗?"

"你们这里有叫麻美的人吧?"悠介报上了裕子新的花名,"把她给我叫来。"由于悠介是第一次到这里来,难免有些胆怯,不过他还是硬着头皮装样子。

"请您稍等。"在这个时间段独自一人出入这么高级的消费场所还是很少见的,服务生一脸惊讶地去了。

吧台比较小,只能容纳五六个人,进门以后右边就是,坐上去以后只能背对着雅座。悠介就在这里边喝酒边等着裕子。

她真的会来吗?在陪着熟客的时候离场是很不好的。如果她知道是自己来了还会过来吗?悠介很想回头看看,但是东张西望的话太不体面了,所以还是忍住了。

十一点以后还坐在吧台边的客人,一般都是企图和女服务员一起回去的人。不过自己和他们不一样,自己是来找曾经和自己住在一起的女人。

我是光明正大地来的。悠介安慰自己,还是忍不住回头看了一下,正好看见裕子往自己这边走来。

本来以为裕子会很吃惊,谁知她就这样来到了自己身边,说道:"是你啊。"

"好久不见啊。"在来之前,悠介曾想好了一些台词,不过现在却一句也说不出来了。

"你自己来的?"

"当然啦!"

"你要来,怎么不事先说一声?"

"我要打电话的话,你不会挂掉吗?"

裕子不作声,抓了一颗面前碟中的果仁。

"坐啊。"

裕子面前有个圆凳,但是她却一直站着。

"我有话对你说。"悠介说道。

"现在没有了吧?"

"不,有!"

好久没有见到裕子了,现在的她身着灰色亚麻套装,搭着粉红色的披肩,看起来比以前更漂亮了。

"打烊以后,我想和你谈谈。"悠介想了想,有些笨拙地继续说,"你十二点左右下班,是吧?"

"不知道。"

"你不是都是那个时候下班的吗?"

"客人不一样,下班的时间当然不一样啦!"裕子说着转向雅座,"有时候得陪客人去吃饭啊。"

"不去不行吗?"

在吧台的后面有服务员,不知道他们是否听到了两人的谈话,一个个面无表情。

"今天我就在这里等你!"悠介说。

"不用了,你还是回去吧。"

"我不回去,就在这里等你!"

既然来了,悠介当然不能就这么回去。

"我真的要陪他们去吃饭啊。"

"那我跟你们过去!"

真是个让人头疼的人啊!裕子叹了口气,然后看了一眼雅座那儿:"我去陪客人了……"

"我也是客人啊!"悠介说道。

"他们先来的!"

"喂……"悠介差点喊出声来,连忙打住,耐着性子说,"我不会回去的!今天我来了就不会轻易回去的。"裕子什么也没有说就走了。所幸吧台离门口比较近,裕子离开的时候立刻就可以看到。

裕子走后,悠介喝酒的速度明显加快了。由于不认识其他的女招待,他只能不停地喝酒。

与悠介的焦躁不同,整个夜总会里充满了欢歌笑语。当一个包厢里的客人离开以后,一直等待的客人立刻补了上去。他们也应该是熟客,女招待们双手张开,满脸笑容地迎了上去。看着客人们满意的面庞,悠介不禁想起了去裕子以前那家夜总会时的情景。

那次是裕子让自己去看看的。当他踏进夜总会的大门时,裕子就像现在那些女招待们一样热情地迎了上来。当时由于去得比较早,所以有些雅座是空的。裕子陪悠介一起坐着喝酒,一直到他离开。

如今不过才过了短短的四个月,两人居然已经成了这样,时间真能改变一切啊!悠介一边喝酒一边感慨。

十二点一刻的时候,夜总会的灯光忽然变暗,接着响起了《离别的华尔兹》的音乐声。当灯光再次亮起来的时候,客人们渐渐起身离开。看来这个灯光信号和离别的曲目是对那些不愿离开的客人的提醒,不过他们也相当理解和配合。

差不多走完了吧?悠介回过头看了一眼,在最里面还剩几组客人,但是坐在吧台边上的却只剩下悠介一个人了。

一般情况下,坐在吧台边上的人都是在等雅座的,当有空座时,就很少有人还坐在那里了。服务生似乎也觉察到了,就问悠介:"您去那儿坐吗?"悠介摇摇头。一个人坐在吧台边上的确很寂寞,但是只有在这里才能看到裕子的行踪。

随着客人们的离开,那些女招待也开始陆续回去了。悠介继续耐着性子等着裕子。

十二点以后,裕子还在最里面的包厢里陪客人。悠介在上厕所的时候看到了包厢里的情景:裕子坐在一个四十多岁、瘦高个的男人身旁,边上还有两三个客人。

最近她不会和那个男人走得很近吧?悠介又生起气来。裕子是在自己不在的时候离开的。在东京租房子很贵的,不要说房租了,光是权利金、押金和中介费就是很大一笔花销,花钱大手大脚的裕子是不可能有那么多钱的,可能就是那个男人帮她付的。

不知道裕子知不知道悠介的这些想法,总之她再没有过来。只在一次送客人的时候向悠介这边瞅了一眼,可能是感慨悠介的执着,也可能是出于对他的同情吧,后来就一直在里面陪客人了。

"喂,加油啊!"悠介自我鼓励。

他想起了自己曾经读过一本小说叫《故意讨人厌的年龄》。故事的主人公年纪已经很大了,当他发现周围的人都对他敬而远之以后,就故意做出一些惹人讨厌的举动让别人注意他,谁知却更让人生厌了。虽然自己和那个老人的年龄及立场都不同,但是所做的事情却有些相似。

自己居然也会干这么无聊的事情,真是可悲可叹啊。不过做这些事情也是想看看自己扮演这个可怜的角色到底能坚持到什么时候吧。

十二点半以后,那些客人终于要走了。在"谢谢光临""路上小心"

的招呼声中,客人们出了门。那些女招待赶忙回到更衣室拿上自己的包和纸袋,跟着他们出去了,不知道是直接回家还是和客人一起出去吃饭喝酒了。

裕子在门口和客人们寒暄两句以后也进了更衣室,悠介连忙结了账到门口等她。不一会儿,裕子跟在两个女招待后边出来了。悠介像个监视犯人的警察一样拦在了裕子的前面。裕子好像知道他会这么做似的,没有一点吃惊的表情。

"你还没有走啊?"

"我说过今天会一直等你的。"

裕子不再说话,向着有乐町的方向走去。

悠介连忙跟上去问道:"你去哪里?"

"回家。"

"不用陪客人了?"

"有你这样的人跟着,怎么去啊?"

"坐电车吗?"

裕子不答话,快步向有乐町车站的方向走去。穿过数寄屋桥大道时,裕子突然站住,然后往回走。

"坐出租车吗?"悠介立刻又问道。

裕子没有回答,走出十多步后停下来,拦住了迎面而来的出租车。悠介慌忙转过身来,看到裕子已经上了车,连忙跟着她挤了上去。

深夜里,一个男人气喘吁吁地追着一个女人上车,这让司机也吓了一跳,连忙问道:"没事吧?"

"去涩谷。"

裕子绾了绾头发,直视前方。

"你住在涩谷啊?"悠介看着裕子的侧面问。

裕子还是不答话。车从皇居附近朝着国会议事堂的方向开去,不一会儿就看到路两边类似宾馆的建筑,根据路标,悠介只知道这条路叫青山路。当车经过一个大的十字路口时,裕子对司机说:"不好意思师傅,麻烦您在下一个红绿灯那里右转。"

"不是去涩谷吗?"

忽然改变了目的地,司机有些不高兴。

"到神宫前。"

车在红绿灯处右转以后,又穿过了两条街,然后左转,进入了一片又暗又静的住宅区。在第一个拐角处,裕子让车停了下来,打开了身边的车门,悠介连忙跟着下了车。黑暗之中裕子好像笑了一声。

"怎么了?"

"没什么……"裕子说着就往前走,"我告诉你我住哪里,但是你不准跟我进去。"

听她说得那么斩钉截铁,悠介只好点点头。两人走到一盏路灯下面时,裕子站住了。"我就住那里。"顺着裕子手指的方向,悠介看到了一栋两层的小楼,像个箱子似的立在那里。来到近前的时候,裕子拦住悠介说:"就到这里,你回去吧!"

"我马上就回去,不过我想看着你进去。"

裕子看着悠介的眼睛,确认他的话是真话以后,转过身快步地上了楼。

这栋楼看上去像是用来出租的,两层楼所有房间的门都朝着道路。顺着裕子的高跟鞋发出的清脆的响声,悠介看到她来到第三个房间门口,掏出钥匙打开门进去了。接着就看到门边上的窗户亮了起来,周围又恢复了安静。

"原来她住在这里……"

这里的房租是多少,悠介真的判断不出来。跟下町的住处比起来,这里的租金肯定更高。但现在也不用去追根究底了,既然知道了

165

裕子的住处,今天的目的也就达到了。

悠介想着,又确认了一下楼的位置,然后两手插兜向着灯光明亮的大道上走去。

三

知道了裕子的住处,悠介总算有些放心了,但是怎样才能让裕子回心转意呢?

第一种方法就是一个劲儿地恳求她回来,第二就是强行把她带回来,二者只能取其一。后一种方法虽然比较直接,但是如果处理不好就会引起很大的麻烦。就算强行带回来了,她还是会离开的。还是恳求她回来吧,这样的话说不定裕子会原谅自己呢。

不过不管哪种方法,最关键的还是裕子的态度。就算低下头去求她,如果她不肯原谅自己的话也白搭。还有一个问题,就是裕子是否还爱着自己。那么决绝地离开的女人是不会轻易回头的。能让她回头的只有一个原因,就是她还爱着自己,悠介天真地想。不过他也有他的理由。

首先,裕子的态度并没有一直冷淡下去。她是挂了悠介的电话,当悠介去夜总会找她时也是冷冷地把他扔在一边,但是并不是完全不在乎他了。虽然时间很短,但是裕子还是见了悠介。下班以后,当悠介继续跟着裕子的时候,她最终还是带着他去了自己的住处。虽然悠介看起来很可怜,但是如果裕子真的讨厌他的话,就不会带着他到家门口了。

其次,在这之前,悠介看到裕子时她总是面无表情,但是当悠介到夜总会等她然后跟着她回家的时候,她却是在无可奈何地叹气。虽然这些并不能说明裕子已经原谅悠介了,但是至少她没有果断地回绝他。

尽管有些过于乐观,不过事到如今也只能以此为突破口了,但是自己如今这个样子是不是太让人讨厌了?

"现在的我还是我吗?"悠介自己也很惊讶。

如果在札幌的话,就算裕子离开了,悠介也不会这么六神无主,估计早就放弃了,然后重新去找一个女人。但是现在却这么恋恋不舍地去追她,这到底是为什么呢?

确切地说,悠介对裕子的执着,不仅仅是缘于爱和依恋,还有不安——对两人到东京后创建的生活环境的崩溃而感到不安。

例如,悠介这么久以来之所以能安心地工作,主要是因为习惯了和裕子两个人的生活,找到了生活中的平衡点:两个人都是白天睡到中午,晚上工作到深夜,生活节奏很合拍。

而裕子离开以后,悠介一个人的生活就产生了诸多不便。每天的扫除就不必说了,从做饭到煮咖啡、泡茶,再到买东西、洗衣服,所有的生活琐事都压到他一个人身上。如果只是这些事情也好办,请个保姆就行了,关键是他和裕子生活在一起时有一种紧迫感:看着裕子一天比一天漂亮,逐渐融入东京的社会,拿着高薪,即将成为一名高级的女招待,自己也绝不能落后,一定要早日成为一名出类拔萃的作家。这种紧迫感催促着悠介不停地写作,当裕子在银座上班的时候,他也在家里笔耕不辍。

深夜,当裕子还没有回来的时候,有时悠介脑中会忽然出现裕子亲密地和别的男人在一起的情景,虽然这对他的写作有一定的负面影响,但是对他产生创作灵感却有很大帮助。

坦白地说,悠介和裕子的同居生活充满了刺激。姑且不论这种行为的好与坏,每当想到自己的这种生活是社会所不允许的、这条路是错误的时候,悠介就会很不安,但这种不安给他带来了新的创作灵感。

裕子离开后,悠介之所以很泄气,就是由于这种刺激的氛围没有了。要安心写作,这种氛围是不可缺少的,所以必须要把裕子追回来。为了达到这个目的,不管什么屈辱都得忍受。想到这些,悠介的情绪开始高涨起来。

两天以后,悠介开始了追回裕子的行动。

要追她回来,必须得见到她,好好地把话说开。先前是实在没有办法才去夜总会的,现在既然知道她住哪里了,最好还是去那里找她吧。

悠介本来想白天去找裕子,但是仔细想想,她总是睡到中午,起来以后就忙着出门,根本不可能有心思和自己谈这些,所以还是等她下班再去吧。见到裕子后就直接向她道歉,不行的话就苦苦地哀求,这些事情还是晚上做比较好。

决定了时间以后,悠介开始犹豫是否要提前告诉裕子一声。单纯地说,深更半夜去找人,应该事先打声招呼,但是这样的话就让裕子提前知道了,她要是为了躲避自己而住到同事那里,或者不让自己进屋,那去了也是白去。深更半夜的白等一场太受不了了,不如到时候直接找她去算了。

虽然裕子回家的时间不固定,但是根据自己的经验,她凌晨两点前应该能到家,就算再晚一点也不会超过两点半,那时候去应该刚刚好。地点就更没有问题了,上次离开裕子回去的途中自己又折回去确认了一下,是不会找错的。

在决定去找裕子的那天晚上,悠介先来到两国的烧烤店喝酒,十点以后,又到新宿西口的一家叫 TIRORU 的酒吧继续喝。这家酒吧是母女俩开的,坐落在西武新宿线的车站附近,地方很小。

悠介在那里喝了两个多小时,快到凌晨一点的时候,他给夜总会打电话,确认裕子已经下班以后,又喝了一会儿,两点的时候才付账离开。

　　"一个人没事吧?"店主担心地问。

　　悠介摇摇头,找一个已经离开自己的女人,还是喝了酒去比较好。

　　他晃晃悠悠地走到甲州路上拦了辆车。车开到青山三丁目的路口左转,然后再左转,接着在第一个路口处停了下来。虽然悠介喝多了,但是他已经把这周边的地图画到了纸上,不会走错。当他下车以后,就看到了路灯前面裕子住的那栋公寓。

　　上次追着裕子来到这里的那天是晴天,路灯比较耀眼,而今天好像要下雨了,乌云遮天,灯光也很朦胧。不过,前面那栋两层的楼房的确是裕子住的地方。

　　"好,走!"悠介鼓起勇气往前走。虽然脚步有些摇晃,但是他还是尽量让自己每一步都走得很稳。

　　穿过楼房门口,就是通往二楼的楼梯。悠介放轻脚步,一级一级往上爬,由于夜深人静,听起来动静还是很大。到了二楼以后,放眼望去,只见一排排的房子静静地矗立在夜幕中。

　　"从拐角处数第三间。"悠介凭着印象来到了门口,探头向里张望,屋里很黑,什么都看不见。两边的房子门口都贴着姓名牌,只有这间没有。

　　悠介借着门边的亮光看了一下手表——两点四十。难道裕子睡觉了,还是在里面的屋子里呢?悠介想了想,按下了门铃。虽然按钮很小,但是声音很大,贴着门就可以听到屋里传来的蜂鸣声,这样一来,就算裕子睡着了也会被吵醒的。这时,悠介隐约听见屋里有动静。

　　裕子应该起来开门了。悠介不自觉地后退了一步,站到了门边。门上有个凹进去的地方,应该是猫眼,裕子可能正通过它往外看呢。

悠介下意识地移了移位置。

她到底会不会开门呢？自己深更半夜地来找她，应该会开门吧，悠介想。不过裕子好像并没有来开门的意思，于是悠介又按了一下门铃。屋子应该不大，裕子不可能听不到，但是屋里还是没有任何动静。

悠介急了，抬起拳头轻轻地敲门："喂！开门！是我啊！"

裕子应该知道外面是谁了，她既然不开门，说明她还是不想让自己进去。敲着敲着，悠介又急了。虽然裕子很警惕，但是自己进门又不会干什么坏事，这次来就是想向她道歉，和她好好谈谈而已，之所以喝酒只是为了鼓起勇气，同时给自己遮遮丑而已，但是裕子却让自己吃个闭门羹，这是什么意思啊？

悠介又按了一次门铃，之后开始用力敲门。夜已经深了，这样会影响到旁边的人休息的，不过现在也只能这样做了。况且影响到别人，受指责的只会是住这间屋子的人。

悠介借着酒劲，固执地敲着，然后就开始喊："喂！快开门！"

但是还是没人来开门。这么一来反而激起了悠介必须要进去的决心。

他用力提起门左右摇晃，但是没有效果。这时悠介看到了门两边的窗户。右边的好像是个厨房，窗户外边装着木质的防盗栅栏，而左边的好像是个浴室，窗户很小，没有栅栏，装着排气扇。

"就从这里进去！"

悠介挽起袖子，开始推这个玻璃窗。窗子好像从里面拴住了，怎么也打不开。于是悠介握紧拳头用尽力气向玻璃的中央砸去，只听见砰的一声巨响，整栋公寓都回荡着玻璃破碎的声音，终于砸开了。接着悠介踩着门边的小箱子，两手抓着窗框向里张望——果然是浴室。就在他猫起腰想爬进去的时候，里面的灯亮了，一个戴着眼镜的男人出现在他的视线里。

"你是谁?"男人问。

这个一定是裕子的野男人,难怪她不开门。但好像不是两天前在夜总会看到的那个。

现在可不是后退的时候,于是悠介怒不可遏地问:"你是裕子的野男人?"

这时从男人身后探出一张穿着睡衣的女孩的脸:"爸爸,危险,快回来……"听到孩子的话,悠介一下子泄了气:这不是裕子的房间。左边有两个相同的窗户,自己忙中出错,把隔壁的窗户给砸了。不过为时已晚。在楼梯口和楼下,已经有五六个人听到动静出来了。正在盯着他看呢。由于身处二楼,想逃走都难。

"抓住他!""快给警察打电话!"听到人们的喊叫声,悠介的酒意和怒意一下子全醒了,这才为自己的糊涂感到吃惊。

本来是想爬进裕子的房间的,谁知道每个屋子都是一样的,由于夜里看得不是很清楚,居然错砸了隔壁屋子的窗户。但是事情已经发生了,自己再怎么解释也没有用了,现在要做的就是尽快逃走。

想到这里,悠介看了一下周围的情况:楼梯口站着两三个人,正在看着自己,楼下已经聚集了很多人,都在叫嚷着:"快打110!""马上通知警察!"

能不能冲出人群逃走呢?悠介犹豫着。现在就算没有把握,也不能再耽搁了。"不管了,先冲吧!"悠介下定决心,猛地向楼梯口冲去。

"他冲过来了!""这家伙想逃跑!"人们纷纷害怕地侧过身子让开道路,悠介就在女人们的尖叫声中冲了过去。照这个样子应该能逃掉,悠介想。

他的想法太乐观了,就在他大踏步地下楼梯的时候,看到前方有个人影晃了一下,然后就一脚踏空,滚了下去。他都不知道自己是怎么下去的,只感觉天旋地转,大脑都停止思考了,接着就看到了明亮的路灯。

当手指碰到了冰冷的水泥地面时,悠介才反应过来自己已经到了楼下。精神恍惚之中,悠介看到有几个男人向自己跑了过来。他知道现在必须得逃走,怎奈身体忽然变得很重,在他挣扎着想站起来的时候,一阵刺痛从背部一直传到腰部,他一下子又坐到了地上。

"别动!"

"把他绑起来!"

那几个男人围了上来,还有不少人正向这边跑来。

"他可能有刀!""注意安全啊!"人们七嘴八舌地说。

这时一个块头比较大的男人向悠介走了过来。反正也跑不掉了,任由他们处置吧。这样想着,悠介闭上了眼睛。

只听那个男人说:"别动啊,否则你会受更多的苦!"

他好像学过柔道,双手交叉,摆了个格斗的姿势。不过他立刻就发现面前这人并没有抵抗的意图,于是捉住悠介的右手顺势扭到背后,"哎哟……"悠介疼得惨叫了一声,可是那个男人无动于衷,把他的双手交叉扭到一起,对旁边的人说:"快拿绳子来!"

接下来发生的事情,对悠介来说是他想都想不到的屈辱。自己已经疼得连抵抗能力都没有了,却还被绑着,又被推搡了好几次,然后还要被那个男人教训:"你是绝对逃不掉的!年纪轻轻的,为什么不好好工作呢?"悠介什么都没有回答,在这样的情况下唯一的反抗就是保持沉默。

"真没见过这样的人!""他是想爬进隔壁的那家吧?"

女人们的窃窃私语不断地传到悠介的耳朵里,不过他始终缄口不语。

现在被围追堵截,出尽了洋相,但是悠介一直在等着裕子的出现。只要她出面的话,自己小偷、强盗的罪名就可以沉冤得雪了。但是裕子一直都没有出现,反倒是开着巡逻车的警察来了。

接着发生的事情更是悠介从未经历过的。

首先,他被两个警察押到了青山警察署。在简单地问过姓名、住所和砸玻璃的动机之后,就被关进了拘留室。拘留室是一个八张榻榻米大小的木板房,屋里没有桌子也没有床,只有一个马桶放在角落里。

这时悠介才发现自己的身上有多处受伤了。第一个地方是右手在他砸玻璃的时候被割了一下,血正从指甲根部往外流;从楼梯上摔下来的时候,背部、腰部以及右膝盖都摔伤了,一动就疼,小腿和脚脖子好像也擦伤了,肋骨可能也被撞到了,一呼吸右腹部就疼。

这时,一个和悠介差不多年龄的警察给他拿来一个急救箱说:"今天太晚了,你就将就一下吧。"

于是悠介用消毒液给伤口消了毒,接着在纱布上涂些软膏将伤口包好,然后在腰部和膝盖处贴上膏药。

"动作真熟练啊!"警察讽刺地说。

悠介本来就是一个外科医生,他没有理会警察的讽刺,默默地涂着药膏,又在疼痛的右腹上贴了一块药膏。

"明天审讯,今晚你就老实待着吧。"警察说着,扔给悠介两条旧得掉毛的毯子。

虽然九月末还不怎么冷,但是躺在地板上睡觉的话,两条毯子还是有些薄。没有办法,悠介只好铺一条在地上,然后披着一条坐在上面。以前曾见过路边的流浪汉就是这副模样,现在自己和他们也没有什么区别了。

更可悲的是为了防止自杀,自己的腰带也被拿走了,想移动一下就得提着裤子,真是狼狈。本来没犯多大的罪,但受到这么悲惨的待遇之后,悠介觉得一点底气都没有了。

接下来到底会怎么样呢？虽然明天就审讯,但是自己什么时候才能出去呢？一切对悠介来说都是第一次,根本就无法想象会发生什么样的事情。本想抛开一切好好休息,但是由于背靠着墙,再加上各个伤口都疼得厉害,悠介怎么也睡不着。

从楼梯上摔下来的时候,由于当时神经比较紧张,再加上醉意,根本就没有感觉到疼。现在冷静下来以后,痛感越来越强烈了。按照现在的状态,明天一定会疼得更厉害,尤其是肋骨,得拍个 X 光片看看才行。

更不幸的是,悠介明天得去医院上班。看这样子明天肯定是去不了了,必须得打电话请假,还不能告诉院长自己被拘留的事。

真伤脑筋!

此外还有稿件的事情。这个月就到截止日期了,之前已经和那个编辑约好了让他到家里来拿稿件,现在怎么办？如果再有人有事打电话到家里的话,又怎么跟他们联络呢？自己在这里是很难打电话的,怎么办才好呀？

悠介深深地体会到了失去自由的感觉。自己如今的这副模样,不要说医院的那些人,就算裕子和雅子,也不能让她们看到。

直到现在悠介才意识到自己的祸闯大了,他后悔地闭上了眼睛。

第二天吃过早饭以后,悠介就接受了审讯。早饭吃的是盖浇饭和菜汤,还有两个小菜,不过悠介只喝了点汤。倒不是因为难吃,主要是一夜没睡好,没有食欲。

审讯他的是一个四十五岁左右的小个子警官。

他问悠介:"你就是那个试图爬进别人家里的人？"话音带着东北的口音,这让悠介产生了少许亲切感,虽然不全是因为这一点,但是悠介对这个警官的问话都是实话实说。

当警官知道悠介是山根医院的医生时,很是吃惊:"既然你是个医生,为什么还要做那样的事情呢?"

于是悠介就将自己为了让一个离开自己的女人回心转意而到公寓去找她,但是她没有开门,所以自己就想爬进去,结果错砸了隔壁人家的窗户一事原原本本地讲了出来。

"看来你很在乎她啊。"警官微笑着递给悠介一根烟,"但是最终还是没有见到她吧?"

"……"

"不过,你能确定她在屋里吗?"

经过警官一问,悠介才反应过来,自己到目前为止一直认为裕子就在屋里。"难道她不在?"悠介说出自己的疑惑。

"这个得调查以后才能知道啊。"警官说。

虽然按下门铃之后好像听到屋里有动静,但是并没有确凿的证据啊。如果听错的话,那自己的行为就是敲无人的门,进无人的家了。

"看来那个女人对你很重要啊。"可能认为这件事情并不严重,警官和悠介开起了玩笑。他最后告诉悠介,只要能找到一个证明人的话就可以把他保释出去。

"当然有了。"悠介立刻回答。不过一时却确定不了找谁。

裕子当然是首选,但是却不知道她新住址的电话;至于医院的人,院长很忙,请他的话有些不太好,其他的医生护士也够呛;要是请杂志社的编辑来的话,必须得向他解释很多事情。

悠介想了半天,还是决定让裕子来,只要她来的话,所有的事情都会真相大白了,而且不会让其他人知道。于是悠介说了裕子的名字,由于不知道电话,只能请警官派人去找。

警官答应以后,悠介又向他借了电话打给医院。这时已经九点多了,医院正在为悠介的缺勤而头疼呢。

"您现在在哪里啊？刚才给您家里打电话了，可是没有人接。"工作人员急着问。

"不好意思，今天我有急事，去不了了。"

"您忽然请假，我们很为难啊。晚一点您也过不来吗？"

"我真的有急事，麻烦你向院长说一声。"说完悠介就把电话挂了，长长地舒了口气。

现在只要裕子来了自己就得救了。昨晚被关进来的时候还在想，这得什么时候才能重见天日啊，吓得一晚上都没睡好。照现在这个形势，自己应该很快就能离开这个地方了。

但问题是，裕子会来吗？一个因为讨厌自己而离开的女人，会来保释一个闯下大祸的男人吗？如果她说不认识自己那可怎么办啊？真是那样的话就只能请院长来了。悠介蹲在拘留室中看着从窗户里射进来的阳光，一直等到中午都没消息。

不一会儿，一个年轻的警察给他送来了午饭。就在悠介犹豫着吃不吃的时候，警察向他招了招手，让他出去。悠介于是跟着他来到了审讯室，看到了身着牛仔裤和白色薄毛衣的裕子。

"是他吗？"早上的那个警官问。裕子点点头。

"那么请你在这里签字盖章吧。"

在裕子签字的时候，警官对悠介说："由于她刚搬过去，为查她的电话可是大费周折啊。"

"真不好意思！"悠介微微鞠了个躬。

签完字以后，警官看了一下那张表，对悠介说："你可以走了，涉及赔偿和其他事情的时候，我们还会找你的，到时候请你予以配合。"

"好的。"

能被释放已是万幸了，悠介给警官深深地鞠了个躬，和裕子一道出了警察署。到了外面，悠介才感觉到阳光照在身上是多么幸福，他抬起手遮住眼睛。

"怎么了?"裕子很奇怪。

"没什么,昨晚没睡好。"说着,悠介看了一下太阳,让眼睛适应一下,然后向裕子微微鞠了个躬,"谢谢!"

裕子双手插兜,慢慢地走着。

"我明明不在家,你为什么那么做?"

"你真的不在啊?"

"当然了,要不能不开门吗?"

当时真应该冷静一点,悠介想,可惜那时已经被怒火冲昏了头脑。

"你真糊涂……"裕子笑着说。

看着裕子的侧面,悠介感觉已经有机会了,不禁面向天空深深地呼了一口气。

"哎哟……"

从肋骨忽然传来的一阵剧痛,让他连忙屏住呼吸,但是疼痛仍然在持续。于是悠介按住右胸口,脚步也放缓了。

由于午休时间快结束了,许多上班族纷纷从路边的餐馆中拥出。青山只是一条购物街,所以工作日的时候人不是很多。看着路边的情景,悠介忽然想到,已经很久没有在这个时间和裕子一起逛街了。就是住在一起的时候,由于起得晚,一般也很少出去。

"你去哪里?"裕子问。悠介倒还没有想过这个问题。

裕子接到警察的电话,过来把悠介保释出来了,她的事情就算完成了,但是悠介还想和裕子一起再待一会儿。反正今天也不用去医院了,稿件的事情暂时也不急,再加上在拘留室里蹲了一夜,身体早就疲惫不堪了,而且身上的伤口一动就疼,于是悠介说:"找个地方休息一下吧。"

"你的伤口没事吧?"

"回去得好好检查一下。"

本来悠介想趁此机会去裕子那里,不过裕子好像觉察到了他的意图,提前表态说:"你还是不要去我那里比较好。"

"我……"

"如果被昨晚那些人看到就麻烦了。"

的确,被发现的话,人们一定会认为罪犯返回犯罪现场了。

"那我等天黑了再去吧?"悠介开玩笑地问。

裕子笑了笑,没有说话,不过态度温和了许多。

这些天以来她一直把悠介扔在一边,不让他靠近自己一步,今天的态度却大不一样,很容易让人以为她已经同意让悠介去她那里了。可能是悠介深夜为了去找她而错砸了别人家窗户的这份心意,把她那颗固执的心给融化了吧。

"去哪家餐馆坐坐吧?"悠介问。

"你饿了?"

"嗯,我早上就吃了一点。"

"那里的饭菜很难吃吧?"

"那个倒无所谓,关键是没有食欲。"

"那家怎么样?"

顺着裕子手指的方向,悠介看到一家餐馆门口的招牌上写着"吃饭""喝茶",于是点点头。

推开深蓝色的玻璃门,就看到餐馆内空间呈一个长方形,左边是吧台,右边是并排放着的桌子,里面还有少许的客人。于是两人来到窗边的桌子旁面对面坐下。

餐馆不大,入口处放着一个大花篮,桌子上铺着白色的桌布,花瓶中插着一支漂亮的波斯菊。拿着菜单过来的服务员穿着一套浅茶色的秋装,长长的头发,大大的眼睛。悠介要了啤酒和意大利面条,裕子则要了一份蔬菜沙拉。

"果然不一样啊。"悠介观察了一下周围喃喃地说。

虽然在下町也有不少类似的饮食场所,但是都没有这里这样精致。虽然不能说这里有多么高级,却让人感觉神清气爽。

"你喜欢这里吗?"悠介问。

"还好啊……"

裕子回答得模棱两可,不过她以前确实说过想到青山或者涩谷一带来住的话。虽然悠介说下町历史悠久,从江户时期就有了,在整个东京都很有名,但是裕子还是很喜欢这里。这里的道路比下町的宽,鳞次栉比的店面很高档,也很脱俗。

"住在这里感觉身价都变高了,"悠介说,"不过物价和房价也很高吧?"

午后的阳光穿过花边的窗帘,照在裕子的身上。她正在看着窗子,似乎已经熟悉了山手的这些店面。

"去银座的话,是这里近还是下町近?"

"差不多,不过我的那些客人大多住在这一片,下班的时候他们可以送我回来,而且就算坐电车或者地铁也不用换乘……"

看来裕子是不可能回下町去了。

意大利面上来以后,两人先干了杯啤酒。

"恭喜你出来!"裕子说。

"我真的没想到今天中午还能在这里喝酒。"

"在拘留室里是什么感觉?"

"只有进去过的人才能体会到。"

悠介接着把经过讲了一遍。当他讲到自己连腰带都被收走的时候,裕子咯咯地笑了起来:"把腰带收走,真是个不错的惩罚。"

"没有那么好笑吧?"

想起昨晚的可怜样,悠介是又羞又气,差点连眼泪都出来了。

"后来公寓那边的情况怎么样了?"

喝了酒以后,悠介终于鼓起勇气询问昨晚的事情。

"昨晚我回去得很晚,什么都不知道,不过今天早上很早就被住在楼下的房东给喊起来了。"

"然后呢?"

"隔壁家的大嫂也来了,他们告诉我,昨晚有个男人想爬进我的屋子,问我知不知道什么线索。"

昨晚那让人极力想忘记的回忆,又一幕幕地出现在悠介的脑海中。

"你知道那个人是我?"

"当然知道了,那么鲁莽的事情除了你还有谁能干得出来啊?"

悠介去之前是将事情考虑周全了的,结果发生了这样的事,被裕子说也是没办法。

"那你没说是我吧?"

"他们那么害怕地看着我,如果我说认识你的话他们岂不是要疯了?"

"哦。后来呢?"

"他们说最近变态的男人很多,让我小心点。"

"变态的男人?"

"当然就是你啦。深更半夜的去砸人家的玻璃,还不变态啊?"裕子说。

"但是那又不怪我,我怎么知道哪个窗户是哪家的啊?"

悠介说完开始吃面,自由以后胃口忽然变好了。

"你以前干过那样的事情?"

"当然没有啦。我也没想到事情会变成那样,还得赔人家玻璃钱……"

"我已经赔过了。"

"真的?"

"是啊!我可不喜欢他们整天唠唠叨叨的。"

悠介无言以对,继续吃面。这时就听裕子说:"你已经老大不小了,不要再干那些愚蠢的事情了。"

这些听起来就像是母亲在教育孩子似的,尤其是那句"你已经老大不小了",尤其让人刻骨铭心。

悠介赌气似的喝光了杯中的啤酒,却看到裕子盘中的沙拉一点都没有动。

"你不吃吗?"悠介问。

"我还不饿。"

裕子上午确实不怎么吃东西,不过她的脸色看起来很差。于是悠介问:"你不舒服?"

"嗯……"

是不是因为自己的事情很早就被吵起来,睡眠不足所致呢?

裕子的脸色很苍白,精神也不太好,于是悠介又问了一次:"你生病了吧?"

"我……怀孕了……"过了一会儿裕子才小声地说。

"怀孕?"悠介差点叫了出来,接着他赶紧看了看周围,有三个人正准备离开,不过他们好像并没有听到。

"你是说,你有孩子了?"悠介又问了一遍,裕子点点头。

"是……我的?"

"当然啦!除了你以外我还跟过谁啊?"

虽然不知道裕子离开自己的这段时间干什么了,不过在这之前她确实一直和自己在一起。

"你去医院查过了?"

"嗯,三天前去的。"

"医生怎么说?"

"医生说已经有三个月了。"

"哦……"

悠介盯着裕子的脸,发现她好像有些生气了。自己居然连这件事情都不知道,看来自己就和喝多了砸玻璃时一样混账。

"那怎么办?"

"你问我怎么办?"

"你想把孩子生下来?"

"你不想生是吧?"裕子反问道。

悠介不说话,如果把孩子生下来的话,事情就变得复杂了。

"算了!"裕子好像看出了悠介的困惑,"我自己处理,不用操心!"

"但是……"

刚从拘留室里出来的悠介忽然听到这样的事情,头脑有些混乱,必须得等到平静下来以后好好考虑一下才行。至少,这个话题不应在中午吃饭的餐馆里谈论。

悠介放下面条,又倒了杯酒喝了,然后问裕子:"你打算一直住在这里?"

"是啊,怎么了?"

"如果可以的话,我想让你回去住。"

"我?"

看到悠介点头,裕子一字一顿地说:"不——行——"

"是吗?"

"当然是啦!"

"但是你搬到这里不过是为了出行方便啊,你就别再做这样的事情了,行吗?"悠介忽然说不下去了。

这时裕子扑哧一声笑了出来:"你在干吗?这也太不像你了!"

"不像我?"

"你还是去和各种女人往来,整天玩世不恭的好。"

"你说什么?"

"就是说,还是给你自由为好。"

她的话是什么意思呢?是说自己从来就是一个玩世不恭的人,因此她已经不抱希望了,还是真的劝自己和更多的女人交往呢?不过不管她怎么说,自己绝对不能对一个怀了自己孩子的女人置之不理。

"我们好好考虑一下吧?"悠介说。

"以后的事情啊。"

"有用吗?"

"怎么没用?"

悠介对裕子这种随意的态度有些不满,不过的确错在自己,只好继续求她:"你就不能给我一个改过自新的机会吗?"

"你怎么了?"裕子很奇怪。

"没怎么,我就是这么想的。"

"别胡思乱想!我们现在这样不好吗?"

"现在这样?哪里好了?"

"现在这样就省得你每天还要想办法来欺骗我了。"

"你在讽刺我?"

"我是说真的啊。我们还是保持一段距离比较好。"

"但是我们一直这样的话……"

"这样不好吗?"裕子说着将吃了一半的沙拉推到一边,站起来说,"我们走吧。"

"但是你……"

"我自己的事情自己会处理的,不用你担心!"

说着裕子拿起账单去付账了,留下一脸疑惑的悠介。

不管是谁,只要吃过苦头就会反省,悠介也是如此。在醉酒砸了别人家的玻璃,被警察抓住以后,他对自己的行为感到很吃惊。快到四十的人了,这究竟是在干什么啊?

裕子怀孕的事也让悠介很吃惊。两人住在一起发生这样的事情很正常,不过,悠介不知道为什么,自己好像一直认为裕子不会怀孕。当然,这个念头没有办法跟裕子讲,但他也并不是毫无根据的。

首先,他们同居了两年,一直相安无事。悠介一直认为要么裕子是那种不容易怀孕的体质,要么就是她事先做了防护措施。事实上,裕子有时候也会以"今天不行"为由来拒绝悠介。

其次,裕子不喜欢悠介在做爱时戴避孕套,她总说那样很别扭。虽然不采取措施会加大怀孕的概率,但是悠介反而认为裕子会把握好,所以根本就不担心。但是他们没有想到的是,计算安全期也不能保证百分之百准确。

当悠介知道裕子怀孕时很慌张,可裕子却意外地很冷静。她可能认为当初是自己反对采取措施的,原因都在自己身上,所以让悠介不要担心。但是悠介怎么能不担心呢?裕子怀孕这件事情他也有一半的责任,裕子越是让他不用管,他越是放心不下。至少应该让自己担负必要的费用啊,但是裕子却只字不提。她的冷静,甚至让悠介怀疑她是否真的怀孕了。

一周以后,裕子在青山医院接受了流产手术。她仍然没有事先告诉悠介,直到悠介由于担心,给她打电话的时候,才知道她在当天上午刚做了手术。悠介赶紧去看她。

这次裕子给他开了门,让他进去了。房间不大,从门口往里分别是一间八张榻榻米大的西式房间和一间六张榻榻米大的日式房间。虽然比两国的房间小多了,但是裕子一个人住是足够了。

裕子现在正盖着毛毯躺在日式房间的床上。屋里并排放着裕子离开时带走的沙发和衣柜等家具。这就是自己想进却没进去的房间。悠介感慨地想。

他随即将这个想法抛到一边,问裕子:"你没事吧?"

脸色苍白的裕子摇摇头说:"没事,休息一下就好了。"

悠介给裕子泡了杯茶,又倒了杯水给她吃药。药袋上的确写着"青山妇产科医院"。照料怀了自己的孩子却不得不打掉的女人,悠介有一种很奇怪的感觉,不过作为男人,他能做的也只有这些了。

"有事跟我说。"悠介坐在一边对裕子说。

可是,裕子一直迷迷糊糊地躺着。太阳快下山的时候,裕子说饿了,于是悠介叫外卖送了寿司过来,和裕子一起吃,然后他看看晚报和电视,忽然产生了一种仍然和裕子住在一起的错觉。

"真安静啊……"悠介忽然冒出一句话。

这时裕子起来了:"现在头脑清醒多了。"说着慢慢地向洗手间走去,回来以后又躺下了。

"你工作不忙吗?"裕子问。

"没什么事情。"说不忙是假话,可悠介想一直陪在裕子的身旁。

"如果忙的话你就回去吧。"不知道是好强还是性格淡漠,反正裕子经常用这种冷淡的口气说话。

"我待在这里也可以,是吧?"

"当然可以,只要你愿意。"

一直到四点,只有一个女人打过电话来,屋里也看不出来有男人存在的迹象,悠介终于放心了,问裕子:"你真的打算一直住在这里?"

"我不是说过了吗,我们还是保持一定距离比较好。"

"那我能经常来你这里吗?"

"你来得太频繁的话,周围的人就会知道的。"

一想起自己被这里的人围攻的情景,悠介就泄气了,但他还是不放弃:"那我晚上来,他们不就不知道了?"

"如果你再进错门不是更糟?"

"我不会再干那样的蠢事了,你就不能给我一把钥匙吗?"

裕子绾了绾头发说:"我考虑考虑。"

"我也给你一把钥匙。"悠介说。

"不要,我不想再回去那里了。"

"你别这样好不好……"

"我已经决定了,你就别再劝我了。"

裕子近来一直很固执。

"那我偶尔过来可以吧?"

"但是你不能碰到这里的人。"

悠介答应了。虽然没有办法住在一起,但是只要能进裕子的房间,对悠介来说也是很大的收获。

"你什么时候去夜总会上班?"

"明天。"

"这么快?你身体能行吗?"

"再休息两天就吃不上饭了。"虽然是玩笑话,但是从中也可以看出裕子的坚强。

"给你泡杯茶吧?"悠介说。

"你只有这个时候才显得亲切。"

不管怎么说,对一个怀了自己的孩子却不得不打掉的女人好是理所应当的,其实这也是因为悠介在心底对裕子产生了愧疚。

和裕子和好以后,悠介再次燃起了工作的欲望。

在裕子离开的时候,悠介坐在书桌边,怎么也静不下心来,虽然想写作,但就是动不了笔。就算动笔写了,不到一个小时精神就会分散,等反应过来的时候,要么在抽烟,要么就在看电视了。

虽然悠介坐在书桌边的时间没有减少,但是情绪始终稳定不下来,根本就没有办法写作。他不想承认这是由于裕子的离开所致,可事实就是在裕子离开以后他才变成这样的,不想承认也没有用。有时候悠介对这样的自己也很生气,不就是一个女人走了嘛,怎么会连稿子都写不了了呢?这两件事情之间根本没有什么关系啊。

乍一看是这样,但是事实却并不是如此。

不仅是写作,一个男人要想专心地工作,充足的干劲和顺畅的心情是必不可少的。非常辛苦的工作就不用说了,就像写作这样需要集中精力的工作,只要心中有一点烦心的事情,就不可能静下心来,只有一切都很顺利才能全心全意地去投入其中。

近来悠介终于想通了,不管是写作还是追女人,其实都一样,不管遇到什么困难,都得勇往直前。

就说女人的事情吧,只有把她们的问题都解决了,才能有心思去干别的事情。想到这些,悠介产生了自己是为了女人才变成这样的想法。因为女人而振作的是男人,而当自己的女人离开以后一点都不惊慌的,恐怕就不能算是男人了吧。

虽然这只是悠介的一家之言,但是这样想可以让他高兴起来。自己为了找裕子,跑到夜总会,甚至由于错砸了别人家的玻璃而被警察抓了起来。不过这些都是按照自己的决定做的,先不管这么做的好与坏,总之自己的确是尽了最大的努力了。

幸运的是,裕子终于认可了自己的努力。虽然她还是不肯回来,但是至少自己的诚意被她接受了。

从九月末到十月份,悠介的写作热情高涨。

裕子离开的时候,自己整天情绪低落,什么工作都干不下去,现在两人和好以后,工作兴致立刻高涨起来。虽然这多少受到了"大义""使命感"等高尚情愫的影响,但同时也受到是否和一个女人相处融洽等简单因素的左右。

让悠介更加惊讶的是,随着时间的推移,当初由于裕子的离开而变得麻烦的一些事情渐渐不再烦心了。

裕子刚离开的时候,泡茶、煮咖啡、熨衣服等事情对悠介来说都很烦琐,但是现在已经习惯了,自己一个人也干得来了。还有,裕子不在的时候,悠介自己想干什么就干什么。虽然裕子把家具都拉走了,但是悠介又买了新的,屋里的东西都很齐备,完全可以过日子。

和裕子同居的时候,为了等她回家,悠介每天都工作到很晚,早上早起的话还要担心吵到裕子。在她下班回来的时候,自己很远就听到动静了,进门以后还得停下手头的工作和她打招呼。而现在就不用做这些事情了。当然,也不用再担心裕子有没有变心,晚上和什么样的客人出去之类的事情了。

而且,自己一个人的话,不管白天给谁打电话,不论哪个女人来信都没关系。以前,给札幌的家里打电话还得等到她不在的时候,而现在想什么时候打就什么时候打。对那些编辑和护士也可以光明正大地说自己是单身了,有人来自己家里的话也不用藏这个藏那个了。

说实话,悠介还从来没想过单身生活原来这么快乐。虽然裕子只是偶然说过"保持一定的距离比较好",但事实上的确如此。一个人的时候精神也是自由的,这一点是最重要的。虽然有乐也有苦,但是万事都有两面性嘛。

一个人生活,最大的问题就是扫除和洗刷,随着时间的推移,家里开始变脏变乱了。只要是手稍微巧一点的男人,一般都能解决这些问题,不过悠介好像不在行。虽然请个保姆就可以了,但是请保姆也有请保姆的不便之处。

想到这些,悠介再次想起了雅子。当她知道自己和裕子的事情以后,对自己的态度一下子冷淡了。不过最近好像稍好了一些。以前在医院里碰到的时候,雅子既不和自己说话也不看自己,最近开始和自己打招呼了,当自己和她说话时她有时也会笑着回答了。

她是不是刚开始的时候很怨恨自己,当知道裕子离开以后又原谅自己了?如果真是这样的话,那自己和雅子说不定也能和好呢。

想到这里悠介摇摇头说:"不能这样!不能这样!"好不容易追到了裕子,能进她的屋子了,如果再和雅子来往的话,这些努力就都白费了。

第五章　混沌

一

和北方的秋天相比,东京的秋天很明快、很舒适,甚至可以说是过于明快和舒适了。

东京的秋天从九月初开始一直持续到十一月末,就算进入十二月份也依然是秋意盎然,气温也不怎么下降。虽然树叶都已经变红或者凋落了,但是大地上仍然是一片红花绿草。

与北国的秋天相比最大的不同就是:东京的秋天结束以后迎来的冬天,并不是万物凋零的季节,虽然从十二月份到一月份的气温很低,但是持续晴朗的天气,一点也不逊色于秋天,这也使得原本应该是萧索的秋天变得不那么让人感伤。

比起北方来,东京的秋天得尽了自然的恩惠,让人几乎感觉不到萧瑟和哀怨的气息。从北方来到东京,最让人迷惑的,就是这秋天的天高云远和神清气爽。夏天的酷热和梅雨期间的阴郁也让人很惊讶,但是由于早有心理准备,所以还接受得了。

不过最让人感觉不可思议的，还是东京秋天的漫长。

在酷热渐消，刚开始持续阴雨的时候，秋天来了，紧接着阴雨就被明朗的太阳取而代之，在晴朗温暖的天气中人们刚感觉到有点秋意，一不小心就已经到十月末了。

对在北方长大的悠介来说，如果早晚感觉不到刺骨的寒意，看不到萧索的苍穹的话，是感觉不到深秋的到来的，因此当他无意中看到日历，知道这一年只剩下两个月的时候，着实吃了一惊。

其实这半年以来，悠介一直在不停地干着自己的工作，虽然期间与裕子和雅子发生过不愉快，甚至还进过警察局，但是他总算是努力地走到了今天。这期间他写了七篇小说，以前接手的长篇小说也已经写了一半，还新结交了几位编辑。

经过这段时间的磨炼，刚到东京时的那些不安和焦虑已经消失了，不过，悠介还没有写出能让自己满意的作品。

为了发掘文学新人，在每年夏初和秋末左右，都会举行新人文学作品的评奖活动，因此悠介在每年的这两个时间段都会回顾一下自己写过的作品。

这次在回顾自己是否有作品可以去参评的时候，他忽然感觉很不安。虽然写了多篇小说，可是有信心拿出手的却没有一篇。尽管有些作品得到了编辑们的认可和好评，但是这些作品的水准也就是能够刊载到杂志上，并不能获得什么奖项。虽然凭借这些作品可以谋生，但是如果一直是这样，自己就无法接受了。当初放弃了大学医院的工作来到东京，为的就是能以作家的身份来写作，并且得奖。

更糟糕的是，现在已经是十月末了，想参加本次评奖的话有些太迟了。虽说只要是在十一月底之前发表的作品都能参加评奖，但是考虑到从排版到印刷这个流程，即便是现在写出一篇好的小说来也有些来不及了。

"这次可能要错过了……"悠介看着晴朗的天空,喃喃地说。

上次参评的那篇作品虽然自己并不满意,但是却入围了,这次本想再努力一把拿奖的,谁知道连入围都难了。

自己四月份来到东京,然后找兼职,找房子,一切安顿好以后才开始了在东京的新生活,后来又和裕子发生了矛盾,赶不上评奖也难怪。

不过这半年来自己已经习惯了东京的生活,写作的状态也调整好了,应该知足了。可是扪心自问,居然连参评的作品都没有,还是倍感失落。接下来到年底看到报纸上刊登入围作品的时候,自己一定会感觉被别人远远地甩在后面了。悠介坐在书桌边想道。

悠介抬起头,看到了对面的鸡形风向仪。在它旁边有个烟囱,从里面冒出来的烟随风而逝。虽然天气不错,但是风好像很大。看着秋空中缥缈的云朵,悠介想起了深秋时节的北方。从那里来到东京这个大都市,这个选择对吗?自己这条人生道路的选择没有错吗?

就在不久之前自己还在不顾一切地追着一个女人,现在居然能安静下来回顾自己走过的路,可能正是秋天的缘故吧。

在十月的最后一个周六的晚上,悠介遇到了大学时同一届的同学千野和昭,并一起吃了饭。千野的专业是脑外科,曾经去美国留了两年学,一年前回到了学校。这次是来东京参加一个学术会议,顺道来看看悠介。由于两人在银座碰面,所以悠介把他带到了某个编辑曾经告诉他的一家料理店。

"好久不见,你看起来还不错嘛。"两人坐下以后,千野看着悠介说,"最近看报纸经常能看到你的名字,真是让人高兴。前阵子你又有新作品刊登了吧?"他好像看到了几天前在报纸上登载的杂志出版的广告了,继续说,"真努力啊。"

"我也就是乱写,连自己都不知道写了些什么。"悠介谦虚地说。

"别这么谦虚嘛,我很期待哦。"

虽然这么说,但是现实并不是想怎么样就能怎么样的。悠介忍住没有把这句话说出来,喝了一口酒。

"不过写小说很难吧?"千野间。

"是很难,但是我是不会放弃的。"

谈起工作的事情,气氛有些太沉闷,于是悠介改变话题,问起同届那些同学的消息来。刚毕业的时候他们有一半留在了学校的附属医院,可是十年以后的现在,听说这些留下来的人中有一半以上都辞职去了地方医院,还有自己开医院的。

"大谷怎么样了?"

悠介问起了一个胸部外科的同学。千野好像忽然想到什么,说:"对了,我上次遇到他了,那个家伙对你很不满啊。"

"为什么?"

"你的小说中写了很多移植手术的事情吧?"

悠介确实问过大谷关于手术的情况用来作为写作的参考。

千野继续说:"他可能没想到你会把那些写到小说里。"

"但是我没有写他的名字啊,再说场景也不同啊。我只不过是把他告诉我的那些作为参考而已。"

"我也是这么想的。可能他认为之所以告诉你那些内部资料是因为你们俩关系好,谁知道你居然给写出来了。"

"他被教授骂了?"

"我也不太清楚,估计是被怀疑了吧。"

悠介本想写一些通过自己调查确定是正确的知识,没想到却给大谷带来了麻烦,心中很是内疚。

"你前不久是不是写过一篇关于植物人的小说?"千野又问。

"那是以我在你们科实习的时候学到的知识为参考写的啊。"

"是那样的话就没关系,不过还是有人抱怨。"

"抱怨我?"

"是啊。他们说你是乱说一通,根本不知所云。"

听了千野的话,悠介开始郁闷起来。自己确实以在大学医院时的所见所闻为参考写过几篇小说,但是并没有把谁的名字给写出来,而且自己所写的都是正确的医学知识,他们没有理由说三道四。但是像大学医院这样的地方,对自身被媒体关注的事情是很敏感的,不管好坏,总之他们就是不愿意成为一般人好奇的对象。

"你以后最好还是不要写这些了。"千野说。

"但是……"

悠介至今一直有自信写下去主要就是凭着自己十年以来在医院工作的经验。这些经验让他对一些内情相当了解,而且写出来的作品容易成为剧本。让他不要写这些,就等于是让他放弃自己擅长的东西。

"我没想过要伤害谁啊。"悠介很委屈地说。

"我理解你。"千野安慰他说。

不过悠介却难以释怀。没想到连自己的好朋友大谷都这么说,这让悠介心生一种被朋友疏远的孤独感。

"没关系,他们只是提醒一下而已,又没有直接来质问我。"

悠介稍稍放宽了心:"以后我也不去问他们了。"

写医学和医院的一些事情凭自己一个人就足够了。其实自己至今写的那些小说只是以自己的经历为基础的,其他都是自己的想象。

"他们爱怎么想就怎么想吧。"

千野干了杯中的酒,对悠介说:"我这次被评上讲师了。"

"你吗?"

"是啊,这个月刚评上。现在我还沉浸在喜悦中呢。"

"哦……恭喜恭喜!"

悠介说着也干了自己杯中的酒。听了悠介的话,千野脸上露出了笑容。

"你现在已经向教授的目标迈出了第一步啊。"悠介接着说。

"哪里哪里,我还没想过呢。"

"但是在你之上不就只有一个副教授吗?"

"不过,和我一起并且比我早一届的三上君也升为讲师了啊。"

"那就是一个副教授和两个讲师一起竞争教授的位置了?"

"可我不想和他们争,如果有合适的地方,我想到外面去。"

"别说这样的话,你只身留在大学医院不就是想成为教授吗?"

"以后的事情谁知道呢!"

千野漫不经心地说,不过话语中却充满了自信。

"不过,这样也好。"

听了悠介的话,千野立即问:"什么?"

忽然被这么一问,悠介感到很难回答。对医学专业毕业的人来说,留在大学的医院里,边做科研边等待升为教授一职,就是最好的出路了。

于是悠介干脆不回答,继续问道:"还有谁也是讲师了?"

"内科的中村、耳鼻科的浦上、放射科的森山,还有麻醉科的坂进也应该是了。"

"他们当中应该有几个能成为教授吧?"

"你要是留下来的话,肯定也是佼佼者啊。"

"怎么可能?"悠介端着酒杯摇了摇头,"比我强的人太多了,再说我也不会留在学校。"

"不是不会留在学校,而是你故意不留吧?"

听千野这么一说,悠介确实感觉如此,不过他并没有后悔。

"我就适合走这种不上路子的道路吧。"

悠介这句话有一半是说给自己听的,他还是感到一种很强的失落感。

确切地说,到目前为止,他所做的一切都是半途而废的。

工作上,三十五岁的时候换工作,虽然还算顺利,但是并不能算成功,而他原本医生的工作还没有完全放弃,每周还得去医院工作三天;女人方面,他和裕子的同居生活以失败告终,不过目前两人还在往来,而他的妻子和孩子还在老家,名副其实的两地分居,但是不会离婚。总之,所有的事情都不完整。

如今必须回过头来好好整理一下自己的思绪,专心致志地干好工作。虽然他这么想,也下了决心,但是事情还是越来越混乱。

二

十月末的时候,悠介又迎来了一位新的女人。虽说是迎,但并不是他叫来的,而是对方主动找来的。

她叫中原贵子,以前是札幌剧团的一名演员。不过在地方上的剧团演戏很难维持生活,因此她实际上也在广播局工作,主持一下节目什么的,有时还会为自己的剧团卖卖票。

她比悠介大一岁,他们是在自称为"地方艺术家"的画家、诗人等经常去的酒吧里认识的。贵子长得不怎么样,不过身材很好,举止之间带着一些妖艳,于是悠介对她产生了兴趣,两人见过几次以后就开始交往了。此后他们就经常幽会,有时候悠介也会在贵子那里过夜。

虽然不知道贵子的想法,但是悠介的打算就是只和她保持这样的关系,不会再深入下去了。悠介在决定来东京的时候曾告诉过她,她没有反对。

这次贵子难得休息,去京都、大阪转了一圈以后,打算在东京待一段时间看看电影和戏剧。悠介是通过贵子的电话和新宿一家叫"紫丁香"的酒吧的老板娘丽子知道这个消息的。丽子和贵子一样,当过演员。当时她们一起在札幌的剧团里演出,两人关系很好。

"这次小贵来东京,我们一起吃个饭吧?"丽子对悠介说,她的眼神好像在说我知道你们俩的关系。不过悠介并没想过要隐瞒他和贵子的关系,也没感觉到丽子眼神中的含义有什么大不了的。

说到喜欢,他更喜欢的还是裕子,所以才带着裕子一起来东京。虽然贵子也不错,但是她身上的艺术气息太重,和她住在一起有些郁闷。不过能在东京和她久别重逢,也是件很不错的事情。当三个人一起吃饭的时候,丽子识趣地先离开了,只剩下他们俩喝酒逛街。最后贵子就住到了悠介那里。

两人干柴烈火般一番激情以后,贵子对悠介说:"真没有想到你在这里一直是一个人。"

不用贵子说,悠介自己也不想一个人。但是由于种种原因,没有必要把一切都告诉贵子。

"你很寂寞吧?"贵子又问。

"嗯……有点……"

悠介在激情过后总会煮杯咖啡,这时贵子又说话了:"能让我住在这里吗?"

悠介一惊,连忙回头,却看到贵子在坏笑。

"住旅馆要花钱的,住在这里就不用了啊,难道我住这里不方便?"

"那倒不是……"悠介连忙解释。

如今裕子搬出去了,没有必要担心。最近虽然想和雅子和好如初,但是只要自己不邀请,她是不会来这里的。所以贵子住在这里不会碰到她们两人。

"你愿意的话,我想在你这里住一个礼拜。"贵子说。

时间长了不太好说,但是就一周时间的话,和她住在一起也不错啊。悠介心中又生出新的冒险的想法,同意了贵子的要求。虽然这样对裕子和雅子不好,但是和贵子这么妖艳的女人住在一起也挺有意思的。尽管有点不检点,但是这种散漫自由的生活对悠介来说过得很洒脱。

贵子当初为了争取一部新剧的角色来过东京,所以现在即便没有人领着她,也能自己逛街。而且白天丽子也有空,她们两人可以一起看看戏剧、电影什么的。

傍晚,当悠介从医院下班的时候,贵子也看完戏剧回来了。接下来她会把一天来的见闻说给悠介听。虽然她说的都是一些带着个人观点的话,但是有人和自己聊天也很不错,而且贵子意外地像在家里一样开始做饭、打扫,这让悠介原本孤独的生活一下子变得丰富起来。他和贵子每天晚饭后都会边喝酒边聊天,然后两人带着醉意云雨一番。

贵子总是将大众化的戏剧否定掉,去肯定一些晦涩难懂的艺术性很强的戏剧。她动辄就说"东京太堕落了"。

"话虽这么说,但是没有人看的戏剧怎么能演得下去呢?"悠介反驳说。

这时贵子像演戏似的摆了一个很夸张的姿势,然后长叹一口气,深沉地说:"你到东京以后整个人都变了,满脑子尽想着得奖和在重要杂志上刊登作品,我没的说错吧?"

一下子被戳到痛处,悠介说不出话来。

贵子用她那纤细的手指端着酒杯说:"东京太过繁杂,庸俗的人太多了。"

"那乡下有什么伟大的人啊?"

"虽然没有伟大的人,但是乡下人都很单纯啊。"

"是,他们都很单纯,都没有私心杂念,可相互间连个竞争都没有,这样的生活有什么意思啊?"虽然知道和贵子这种艺术至上主义者争论没有用,但是悠介还是忍不住反驳,"更何况这只是你这个乡下理想主义者的个人意见而已。"

"那么你呢?"

被这么一问,悠介又说不出话来了。身在乡下空有理想也是没有办法的事情,关键是这种理想能给人带来什么。

"在乡下,人们确实总是说一些好听的,但是实际上他们是借此来舔舐自己的伤口吧?"悠介想了想又说。

"东京才是这样的呢!"

"开什么玩笑?在东京可以接触到各种各样的人,这里的生活充满了刺激,就连写小说的同行之间都充满了竞争。"

说到这里,悠介想起了每个月都会在有津先生家举办的"石头会"。每次都会有二十个左右想成为作家的人聚集到那里,在融洽的气氛中也充斥着竞争和嫉妒的味道。从这种紧张感和竞争意识的激烈程度来看,乡下的同行们实在是太温和了。

"写作也是一场战争啊!"悠介感慨地说。

"这场战争也许会让人迷失自我吧?"

贵子说着,不紧不慢地点了支烟。看着她这种悠闲得让人窒息的态度,悠介有点火了。

"不管怎么说,乡下就是乡下!"

"那东京就是一个物欲横流的地方!"贵子不甘示弱。

"不管怎么样,只要按照自己的方式生活就行!"

说完,悠介想起伊织老师曾告诉他"首先得出名"的话来,于是又接着说:"你太天真了,居然说这里庸俗。"

"不管你怎么说,我就是不喜欢这里!"

"就算你现在不喜欢,以前也曾经向往过这里吧?"

贵子二十岁的时候,为了成为一部新剧的角色曾经来过东京,好像在一家小剧团里学习过。后来她又回到了札幌,因为她并未能出演那部新剧,好像是被剧团里的一个男人给甩了的缘故。这些是悠介后来从丽子和贵子的老朋友那里陆续听说来的,并没有问过她本人。可能贵子当时是想留在东京,却没有容身之处,所以只好又回到乡下了吧。

悠介忍着询问的欲望,给自己倒了杯酒。这时贵子轻声地说:"因为我看够了东京的那些龌龊的事情……"

听到她这感慨万分的话,悠介忽然想起她屁股上的那块伤痕来。

那是他们相恋后的半个月,悠介发现在贵子的屁股中央有一块小孩巴掌大的伤疤。刚开始见到时并没有太在意,但是见的次数多了就开始注意了。当悠介问起时,贵子叹了口气说:"还是被你看到了。"

"是烫伤?"

"你是医生,自己看不出来吗?"

"不会是褥疮吧?"

"就是的。"贵子笑了一下,对悠介坦白说,"这是我在东京试图自杀留下的。"

悠介感觉再问下去有些不好,所以就打住了。

他想起十多年前贵子在东京曾和一个男人交往的事情来。她那时可能是过于烦恼,所以才想到自杀的吧?

不知道那个男的是官员还是演员，抑或是制片人，总之和现在的自己没有什么关系，而贵子好像也想把那个男人彻底忘掉。不过让悠介吃惊的是贵子吃安眠药自杀的那种强烈的决心。

在悠介第一次遇到贵子时，她就像是一只躲在暗处的猫一样，给人一种很固执的感觉，有时很犀利，有时又很执着。她的自杀，应该是出于她把所有的心思都放在了那个男人身上的原因。

她屁股上的那块褥疮，就是她吃药自杀后昏迷了若干天的证明。当时她根本就感觉不到自己臀部的皮肤已经溃烂。这块像恐怖女鬼面部的伤疤背后，凝聚了贵子所有的愤怒、悲伤和诅咒。当她熬过来以后，就毅然决然地将那个男人和东京都忘记了。

看到悠介在沉思，贵子轻声地问："在想什么呢？"

"没什么……"

"觉得挺可笑的吧？"贵子的敏感让悠介感觉不舒服。

"我知道你在想我的事情。"贵子目不转睛地盯着悠介看。

在贵子的注视下，悠介忽然特别想看看她屁股上的那块伤疤。自己之前时常会想起贵子，但是想贵子的时候想到的肯定不是她的脸，而是她屁股上的疤痕。虽然那块疤看起来有些恐怖，但是悠介还是故意采用过从后面进入的方式和贵子交欢。

"我们休息吧？"悠介说。

"还早呢。"

书架上的时钟指向十一点。那个组合式的书架是为了填补裕子搬走的衣橱的空间而买的。

"曾有女人和你一起住在这里吧？"贵子忽然问道。

"没有啊，我一直像现在这样一个人啊。"悠介慌忙摇头。

"不可能！这里一定住过女人！她把你甩了，是吧？"贵子看了看四周，肯定地说。

"你怎么知道?"

"这间屋子看起来很不协调,就像破了个洞似的。"

听贵子这么一说,悠介才注意到确实如此,屋子太大,家具太少,很多地方都空着,很不自然。

"我就是想问问,不会生气的,你就告诉我吧。"贵子说。

悠介没办法,只好告诉她自己曾和一个女人同居过一段时间,不过现在两人已经彻底分手了。

"没关系,我只住一周就回去了。"贵子笑着说。

她笑起来的时候鼻子上就会出现一个小褶,这个小褶把悠介的心撩得很痒。

"我们睡觉吧?"悠介又问了一次。

"我还想再喝点酒。"说着贵子给自己倒了一杯威士忌,然后问悠介,"你要不要?"

"我不喝了。"悠介摇头说。

贵子点点头,用纤细的手指端起杯子,慢慢地将酒倒入嘴中。和以前一样,她总是很擅长把人逗得心急火燎的。

第二天,悠介上班的时候,贵子说了句"路上注意安全",这让悠介产生一种久违的亲切感。

虽然他和裕子同居过一段时间,但是那时裕子每天都回来得很晚,第二天早上悠介上班的时候她总是在睡觉,于是悠介逐渐习惯了一个人出门的生活。但是今天贵子的这句话让悠介感觉很亲切。而且贵子总是将闹钟放在枕边,早上早早地就起来给悠介煎荷包蛋、煮咖啡。虽然只在悠介那里住了四天,但是贵子已经熟悉了屋里的一切,所作所为就像一个新婚妻子。

"今天几点下班?"贵子问。

"医院是下午五点下班,这里离医院不远,我五点多一点就能到家。"

"那我五点做好饭等你啊。我做饭可是很拿手的哦。"

贵子如果一直不走就是个问题了,但是现在悠介还是感觉很开心。他也像个丈夫似的说了句:"那我走了。"然后向一条路之隔的医院走去。

医院的会计仍然是雅子,她好像还不知道贵子的事情,但是悠介这几天一直没有和她说话,她可能有些怀疑。今天当她碰到悠介,两人四目相交时,雅子好像要说些什么,可是周围有护士和病人,所以又放弃了。而悠介也装作没注意的样子进了治疗室。

今天的病人出奇多,悠介从九点半一直忙到十一点左右,几乎没有休息。

下午的时候,救护车送来了一个发生交通事故的伤者。

伤者是个二十岁左右的青年,他是骑着摩托车经过医院附近的藏前桥时被汽车撞倒的。不仅腰部受伤,右腿的小腿也骨折了,必须马上动手术。

悠介已经很久没有给病人做过手术了。虽然他在大学医院工作时曾给人做过大手术,现在也不是做不了,但是在私人医院里,医生动手术的话,从麻醉到助手都得自己一个人来干。加上自己是隔天上班,也不能很好地照顾术后的病人。

这也只是表面上的理由,说心里话,悠介本身就不愿意在医生这一职业里陷得太深。一旦发现做手术要比写作有趣,那自己当作家的梦想就要泡汤了。总之这种心情一两句话很难说得清楚。因为有了这种不安,所以一直以来悠介都只接诊轻伤的病人。

但是不知为什么,当看到小腿以下三分之一的地方折成两段的X光照片时,悠介忽然产生了一种给伤者动手术的欲望。本来他完全可以说这里动不了这么大的手术,让伤者去别的医院,但是他并没有这么做,可能是折断的腿骨让作为外科医生的悠介产生了一种使命感吧。

决定以后,悠介就立刻安排伤者住院,又让护士给手术器械消毒,进行术前的准备。虽然感觉做得有些过火,但事到如今已经没有退路了。

可是,做这个手术引起的后果却是现在的悠介根本想不到的。

手术在下午三点进行,由悠介一个人主刀。好在小腿骨折的手术只要在腰椎进行麻醉就可以了。

由于手术过程中临时指定的作为助手的护士不太会干,所以颇费了一番工夫。两个小时以后,悠介总算将伤者的骨头固定住了,安全地完成了手术。

手术中悠介既是主刀医师又是麻醉师,还要进行伤者全身状态的监测,一个人干了几个人的活,所以结束以后他很是劳累,不过更多的还是做完手术后的轻松感。

奇怪的是,这种感觉和写完小说之后的感觉完全不同,写作的时候感觉头脑越来越僵化,而动手术的时候就感觉在别人的身体内不停地活跃着。虽然都需要细心,但是写作的时候就像在受虐,而给别人做手术却像是在施虐。如果在动手术的时候写作的话就能平衡了,悠介坐在治疗室里边抽烟边想。

这时院长出现了。

"很累吧?辛苦了!"

院长特意为说这句话而过来真的很少见。不过做这样的手术,包括住院费在内,医院可以得到很大的收益,院长应该是因为这个才过来的吧。

"明天你再过来看看吧?"院长又说。

虽然明天悠介应该休息,但是作为手术的操刀者,他有责任关注病人术后的情况。

院长走后,悠介看了看时钟,已经六点多了。这时他才想起来贵子正在等他回家吃饭呢。身上有些出汗,悠介本想洗个澡再回去,可有些不放心,他对正在收拾手术器械的护士说了句"辛苦了",就离开了医院。

写作完成以后,大脑有种堵塞的感觉,但是手术完成以后却有种做了运动出完汗的爽快感。悠介忍住想吹口哨的冲动,穿过马路向家里走去。

这四天以来,贵子总是在悠介下班前回到家里,等悠介回家的时候给他开门,迎接他回家。今天也应该是这样的,悠介想着。

到门口以后,他按下了内线电话的按钮,但是没有回应。贵子可能在厕所,要不就是出去买菜还没回来吧,悠介想着,自己掏出钥匙开了门。

"我回来了!"悠介大声说,可还是没有回应。

贵子的低跟皮鞋在门口整齐地放着,那她应该没有出门,她在干什么呢?悠介疑惑地换鞋进了屋。突然他有一种不祥的预感,不禁屏住呼吸。

房间里静得出奇,似乎有谁在这儿吵过架,非常零乱。

悠介往里走,打开了间隔西式房间和里面日式卧室的拉门。迎面而来的景象把他吓了一跳,连连后退。他马上又走上前睁大眼睛仔细观看,只见在八张榻榻米大小的日式房间中央,贵子脸朝下趴地上。悠介慌忙打开灯,看见贵子身穿白色T恤,上套粉红色开襟毛线衣,下穿深蓝色牛仔裤,长长的头发斜披在右肩上,左手垫在额头下,右手前伸,仿佛要抓榻榻米似的,两只脚却被悠介睡衣上的带子绑着。

"喂!"悠介半天才反应过来,艰难地喊了一声,慢慢地挪到贵子身边。

虽然贵子现在是趴着的,但是从她的头发和裤子上的褶皱来看,之前应该是仰卧的。她的右手仍然握着,前面不远处倒着两个小瓶,周围散落着五六片药片。悠介连忙捡起药瓶,只见上面的标签上写着"溴米那制剂"。

悠介感觉就像是做梦一样,以前只在电视或电影中看到过这样的情节。面前的这件事情让悠介产生的不仅是不安,更多的是被卷入意料之外的事件中的恐慌。

倒在他面前的的确是那个早上还笑着送自己出门的贵子,她身上穿的还是早上的毛衣和T恤,不同的是下身的裙子变成了裤子。

"怎么会这样?"悠介很疑惑,不过当务之急是赶紧救贵子。灯光下的贵子一动不动,微侧的面颊上还有些许血色。

悠介一边让自己平静下来,一边将贵子翻过身来,察看地的脉搏。脉搏还在跳动,人也还有呼吸,就像是深度睡眠,还没有到最坏的地步。但接下来该怎么办呢?

一瓶安眠药五十片,两瓶就是一百片,去掉散落在地上的几片,贵子总共吞服了八九十片药,是常用量的四五十倍。

安眠药只是作为睡眠的辅助药品,吃下一两片的话,毒性不是很强,但是吃那么多可是会要人命的啊。当前得想办法让贵子把服下的药吐出来,可怎样才能让她吐出来呢?悠介从没有接诊过服用安眠药自杀的病人,一点经验都没有。

"怎么办才好呢?"悠介着急地想,但是他最想知道的还是贵子自杀的原因。

她为什么要自杀呢?她为什么要在这里自杀呢?越想越乱,焦躁和不安同时涌向悠介的心头,让他感到口干舌燥,于是去厨房倒水喝。这时悠介看到拉门旁边的地上扔着两件敞领衬衫。

刚进屋的时候只感觉屋里很乱，再加上进屋后看到的情景让自己很震惊，并没有注意到扔在地上的衣服。为什么衬衫会在地上呢？悠介疑惑地捡起来看了看，忽然吃惊地叫了出来："啊！"

这两件衣服在裕子搬家时被她混在行李中一起带走了，后来两人和好以后才发现有悠介的衣服，悠介虽然说好去拿回来，但是一直没有拿，为什么现在会出现在这里呢？唯一合理的解释就是：裕子来过了。她是不是有什么事来这里找我？想到这里悠介倒吸了口凉气，难道她们在这里决斗了？

贵子看到来访的裕子一定很吃惊，两个素不相识的女人在这里遇上肯定会相互质问对方是谁，接下来肯定就是一场大战。"完了……"悠介一下子蒙了。

如果当时自己在家的话，或许就不会弄成这样了。平日总是在下午休息的时候溜回家一趟看看的，今天因为给病人动手术没回去，而且晚上也回来得这么晚，真是屋漏偏逢连夜雨。

现在当务之急是先把贵子救过来，再这么拖下去的话，一旦药性发作就危险了。虽然不知道她服药的具体时间，但是现在给她洗胃的话或许还来得及。

悠介很着急，可他一次都没有接诊过这样的病人，根本就不知道该怎么办，凭他自己是没有办法救治贵子的。

悠介倏地想起了院长。半个小时前院长还去看望过他，现在应该还在医院里。不过拿起电话时悠介又犹豫了：如果把院长喊来的话，自己房间里有个女人自杀的事情就曝光了，而且请他来帮忙就欠他很大一个人情，这辈子都抬不起头了。但是现在已经顾不上考虑这些了，如果贵子死在这里的话，自己又得进警察局了。于是悠介拿定主意给医院打电话，幸运的是院长还没走。

"我有件事情想麻烦您……"悠介本打算稳定一下情绪,但是声音还是很大,"有个女人吞了很多安眠药,就在我这里,您能过来一下吗?"

"在你那里?"

忽然听说这种事情,院长没有明白过来。没办法,悠介只好实话实说:"我回来的时候就看到她躺在地上,应该是自杀。"

"自杀?"

"应该刚吞下不久。"

"好,我马上过去。你确定她吃的是安眠药?"

"是的,叫溴米那制剂。"

"好的,在那里等我。"

"嗯,拜托了!"

放下话筒,悠介立即将绑在贵子脚上的带子解开。她可能是担心穿着裙子自杀的话,一旦挣扎起来样子会很难看,所以刻意换上了裤子,又将自己的双脚绑了起来。从这些迹象上看,悠介感觉到了贵子的用心之深,也体会到了她自杀的决心。

就在悠介要给贵子解开胸前毛衣的时候,敲门声响了起来。

"我进来了。"说着院长就推门而入,看到了倒在地上的贵子。

"她还有呼吸吧?"院长问。

"嗯,她吃的就是这个。"

悠介把药瓶递给院长看。院长点点头,又看了看四周说:"这里没有办法洗胃,得把她抱到浴室或者铺着木地板的房间。"

院长右手拿着洗胃用的吸管和软管。虽然他平日里热衷于政治活动,已经没有心思当医生了,但是再怎么说他也是个行家里手,救治这样的病人还是很有经验的。

悠介按照他的吩咐,费力地将贵子抱到了浴室。不知道是不是药性发作了,整个过程中贵子毫无意识,头和四肢都软绵绵地耷拉着。

院长卷起袖子,拿起软管对悠介说:"现在我要给她洗胃了,你把她能脱的衣服都脱了。"由于洗胃是将水从人的口中灌到胃中再吐出来,所以会很脏。

于是悠介将贵子的毛衣脱了,他透过T恤的领口看到了贵子丰满的胸部,由于吞服了大量的安眠药,贵子胸口的皮肤也很苍白。接着悠介犹豫了一下,拉开了贵子裤子的拉链。

"现在你坐在凳子上,从后面抱着她。"院长又说。

悠介按照院长的指示,抱着贵子坐到了浴室中央的圆凳子上。院长站在悠介的旁边,将软管的一端从贵子的口中强行插入食道,然后将另一端放入装满水的水桶中。这样一来,只要将水桶提高,就能通过压强差将水灌到胃里,将胃冲洗一遍以后水就会再从口中吐出来。悠介只是从急救书上看过洗胃的示意图,而院长则是身经百战的老手了。

"尽量伸展她的胸口,最好铺上毛巾。"院长说。

于是悠介拿起身边不远处的毛巾,按住贵子的胸口和肩膀,将她的上半身舒展开。

"现在开始了。"院长说着将水桶提高,水顺着软管一直灌到贵子的胃中。

长长的软管一直被插入胃中,又有水不停地灌入,贵子痛苦地开始挣扎。刚开始是上半身在乱动,接着开始摇头,不一会儿又发出怪鸟叫声一样的呻吟,口鼻中都有水不断地流出。

看到这些,悠介有些于心不忍,但是院长仍然在不停地灌水,这让贵子更加激烈地扭动身体。虽然她在昏迷之中毫无意识,但是她的身体却在表达着自身无尽的痛苦。悠介感觉这样有些残忍,但他现在能做的只有用力地抱着不停挣扎的贵子。

被强行灌水的贵子也已经顾不上女人的矜持和羞耻了,她只是闭着眼睛,脸部在不停地抽搐。水从她的口鼻中流出,经过下颚,顺着脖子、胸口和腹部,一直流到悠介的腿上。贵子不停地呻吟,从肺腑中被逼出的呻吟声包含了她的诅咒和怨愤。

这样到底能把胃洗到多干净呢?一个小时前吃的东西应该都和水一起被吐出来了,可是那些药片是不是都已经被胃液溶化吸收掉了?怎么吐出来的都是水呢?

一定要把她救过来啊!悠介一边拼命抱着不停挣扎的贵子,一边暗自祈祷。

如果贵子死了的话,一定会被视为离奇死亡,自己肯定会被警察带去问话。虽然自己并不是直接凶手,不用承担相关的罪名,但是道义上的责任是逃不掉的。

想到这里,悠介脑中忽然掠过"某女在新人作家房中自杀""感情纠纷导致自杀"等字样。尽管现在自己还不怎么有名,没有在报纸杂志上露过面,但是如果被这样一报道的话,自己肯定就成流言蜚语的主人公了。倒不至于会因此丢了工作,不过肯定是到哪里都会有人追问的。更让人头疼的是,由于自己的率意行为而导致一个人死亡,这种悔意和接踵而来的痛苦会跟随自己一辈子。

与陷入不安和恐惧的悠介相比,院长就冷静多了。

可能认为洗一次不够,他在桶中装上水,调整好软管以后又开始了第二次洗胃。这样一来不仅是贵子,就连悠介的长袖T恤和裤子也都湿了。但是院长还在一个劲儿地往贵子胃中灌水。贵子被从口鼻中吐出的水弄得全身脏兮兮的,十分凄惨。

接着院长开始抽她的耳光。虽然说这是为了刺激她那被大量安眠药麻醉的大脑,但还是让人觉得有些过分。

对悠介来说,贵子是和自己很亲近的,甚至是有肉体关系的女人,但是对院长来说她只不过是个病人,没有任何关系,所以他能毫不手软地采取那些措施吧。

两次洗胃以后,贵子已经奄奄一息了,这时院长终于放下了水桶。

贵子一直在向外吐水,当把软管拔出来的瞬间,她又忽然开始剧烈地咳嗽起来,应该是有一部分水呛到气管里了。于是院长又用吸管将这部分残液给吸了出来,止住了她的咳嗽。

"现在让我来看看。"院长说。悠介点点头。

"把她的身体擦一擦,换件衣服吧。"院长诊断完了以后说。

确实,这样满身是水根本就没有办法把她放到床上。

悠介将贵子的双腿放到地上,用毛巾给她擦掉身上的水,然后把她湿淋淋的裤子也脱了。洗胃前悠介给贵子脱毛衣时还感觉她的胸部白晃晃的,现在她的身体已是一片惨白,一点都看不到原来的娇艳了。

"接下来你打算怎么办?"院长问。

"怎么办才好呢?"悠介反问道,他现在只能依赖院长了。

"这样放着不行,还是让她住院吧。医院里应该还有空床位。"院长说。

"那就全拜托您了。"悠介给院长微微鞠了个躬,接着问,"现在她不会有事了吧?"

"如果她吞下的只是安眠药的话就没事了。不过也只能这样了。"

确实,也只有这一种方法才能让人把吃下去的东西吐出来。

"这种安眠药的药性不强吧?"悠介问。

"还是比较强的,但是如果一次性吞服太多的话反而会吐出来。你看榻榻米附近,不是有一些被吐出来的药片吗?"

还是院长眼光犀利,悠介也是第一次知道安眠药吃多了会吐出来的事情。

"那她不会有生命危险吧?"

"不会的,放心好了。"

听了院长的话,悠介终于可以放心了。

"虽然对胃、肾等内脏有些伤害,但是绝不会危及生命的。"院长又补充了一句。

"真是太谢谢您了!"对于悠介来说院长就是救命的仙人。

"那我就先走了,病房的事情一会儿我让护士给你打电话。"院长说。

"我就这样带她过去住院?"悠介还是有些疑惑。

"你一个人当然不行,我找个事务室的男职员过来帮你。"

"好的,真是太感谢了!"

悠介深深地给院长鞠了个躬。而院长就像什么事情都没发生过一样,拿起软管和吸管就走了。

院长走后,悠介将耳朵贴在贵子的胸口,感觉到她的身体已经暖和多了,心脏的跳动也正常了。最坏的结果最终没有出现。悠介从贵子的行李中找出睡衣给她换上,然后将她的头和脸又擦了一遍。这样去住院的话自己也能安心了。

悠介歇了一下,看了一眼书架上的时钟,已经七点半了。下班回家发现贵子出事的时候刚六点多一点,已经过了一个多小时。漫长的一天终于快要结束了。悠介看着窗外的暮色,长长地叹了口气。

给贵子洗胃、换睡衣,折腾了好一阵,贵子一直没有意识地昏睡着。

怎么把她送到医院去呢?看来只能这样背下去了。

悠介正打算把贵子抱起来,过来帮忙的事务室的户田对悠介说:

"我来背吧!"户田确实年轻有力,不过,背着一个吃了安眠药的女人往医院跑,确实不怎么好看。

"不好意思。那么,拜托了!"

户田会怎么想呢?他平日里是个沉默的年轻人,不太爱说话,也许正吃惊于这种夸张的事情吧。但是现在悠介没有时间去考虑别人的心思了。他拿着波士顿小提包和毛巾,跟在背着贵子的户田身后。

很幸运,在楼梯上没有碰到熟人,外边很黑。

从公寓到医院只隔着一条马路,穿过马路,沿着医院的围墙走五十米就可以到大门了。中途碰到了两个路人,他们惊讶地回过头来看看,似乎在猜测有人受伤了吧。

一到医院,值班的护士就把贵子转移到运送车上,推着她乘电梯上了三楼。在电梯里,两名值班的护士、户田、悠介和沉睡着的贵子都缄默不言。

到底院长是怎么向户田和护士说明事情的呢?"有位女士在相木医生的房间里昏倒了,请立即让她住院",是这么说的吗?可是即便想要隐瞒,护士们还是迟早会知道的。不,或许她们已经知道了。大家都不说话,一副困惑的表情就表明了这一点。

悠介做什么都不是。他想三言两语地尽量解释一下这件事情,但是说得不好的话反而会自寻烦恼。

气氛依旧令人不愉快,电梯到了三楼,贵子被推着来到了三〇三病房前面,悠介不由得停住了脚步。这是一间双人病房,其中一张床上住着一位六十二岁的风湿病患者,令人尴尬的是她正好是悠介的病人。

"这间病房吗……"

"只有这儿还空着一张床。"

突然间住院,也没法抱怨,但是这名患者是个特别爱说人是非的女人。让贵子住在她的旁边,指不定会被她说什么呢!实际上,她正津津有味地从布帘的一端往外窥视着,猜想着这么晚了被急急忙忙抬进来的是个什么样的人。

悠介慌忙在病房前将手中拿着的包和毛巾递给护士。这样做好像有点不负责任,但是即便进了病房也没事可做,与治疗相关的事宜院长应该会有指示,所以还是交给医院好了。

"那么,拜托了,我回家了……"

悠介小声地又对护士长说了一声,然后逃出了病房,快步回到了公寓。

刚才出去的时候并没有注意,贵子穿过的开襟毛线衣掉在了日式卧室和客厅之间,绑脚踝的带子在里屋的灯光下卷作一团。悠介将它们拾起来,塞进壁橱里,然后坐在椅子上。

总算告一段落了。当初和贵子在一起的时候,怎么也没有想到她会寻死。

悠介取出白兰地,倒进杯子里一口气喝了下去。无论如何,没有酿成大祸,就是不幸中的万幸了。可是贵子为什么要自杀呢?

自己不在家的时候,裕子确实是来过,她们之间到底发生了什么呢?现在这个情形,没法问贵子,但裕子一定知道。悠介又一口气喝干了一杯白兰地,然后就往裕子的住所打电话,没人接,往店里一打,她立即来接电话了:"喂、喂……"

裕子的声音开朗得令人吃惊。

"是我,我……"

悠介压低了声音,用询问似的声调说道:"今天你来过我的公寓吧?"

"干吗把一个奇怪的女人带回屋里?"

突然间被这么不分青红皂白地一问,悠介握紧了听筒。

"挺会随机应变嘛,说什么一直一个人住,那个女人,从札幌来的吧!"

裕子的话在耳边隆隆作响。

"已经住在一起好几天了吧?她的表情就像是你老婆似的。"

"……"

"那女人,比你大吧!你经常和那螳螂似的女人在一起呀!"

贵子确实挺瘦,但称她是螳螂,有点过分。

"你做的事情大家很清楚,所以我以后再也不想见到你了!"

"稍微等一下!"

"尽量去跟她和好吧。"

"她自杀了。"

"不挺好吗?"

话说出口后,裕子好像注意到了事情的严重性,问道:"你说她自杀了?"

"六点多的时候,我从医院回来,她吃了安眠药正躺在屋里。"

一下子裕子不说话了,隔了一会儿她又问道:"死了?"

"没,虽然没死,但没有意识,现在刚把她送进医院。"

"那,有救的吧?"

"还不知道,但院长说大概没事。"

"你说的院长是山根医院的院长吗?"

"嗯,院长急急忙忙地过来帮她洗胃,她被水给浸透了,很痛苦。"

"真痛快!"

贵子自杀,居然让她觉得很痛快,裕子真是太过冷血了。

"差一点就死了呀!"

"那要怪那个女人自己太任性吧!"

"见到她时,你对她说什么了?"

"没说什么啊！因为她一副很了不起的样子,所以我对她说相木来东京的时候我就和他在一起了,现在也被他追求着,很难办啊！仅此而已！"

"就这些吗？"

"我告诉她说,反正你是被那个男人耍了,还是早点回去吧！"

"这么说我……"

"那女人很瘦弱,但是很厉害呀！我还没见过这么好强的女人呢！"

就好强来说,裕子也很厉害。

"但是,她承受不了了……"

悠介拉着电话线坐到沙发上。

"今天,什么时候过来的？"

"去店里之前,五点左右吧。"

平常,自己五点的时候就快要到家了,只要没有下午的手术就赶得上,真是倒霉啊。

"为什么过来……"

"因为到那附近收一笔欠款,加之要还你的衬衫,我的电饭煲也忘在你那儿了。"

"来拿电饭煲？"

"我一直想抽个空去拿一下,已经拖了很长时间了……"

确实,电饭煲是裕子买的,她过来取也是理所应当,但是事到如今也没有必要特地过来取吧！就一个旧电饭煲,想买的话随时都能买到,真搞不懂她的用意。

"那你拿走了吗？"

"拿走了呀！因为那是我的东西。"

把自己家中的女人往死里骂,然后拿回了电饭煲。说裕子小气是小气,不过事情好像并非如此单纯。

"事情居然是这样……"

"不过,发生这些都是因为你不好。"

悠介无话可说,人们初次见面的时候大概没有那样大吵大闹的吧!

"你经常撒谎蒙人,所以受到惩罚呀!"

"但是……"

开始和贵子住在一起仅仅是四天前的事,那也是她主动要住过来的,而且过几天贵子就要回去了,觉得没必要特别地向裕子通报,所以就一直没说。

"不是特意隐瞒的。"

"那你打算怎样?"

"总之,她仅仅是小住几天。"

"或许你是那样想的,但她似乎打算一直住下去啊!"

"没那回事儿,她也有工作的呀……"

"可那女人说了以后一直和你住在一起。"

大概是唇枪舌剑吧,总之女人们争吵了些什么,悠介无法想象。

"那女人是干什么的?"

"在札幌的剧团演戏剧。"

"原来如此,我明白了。那是一场戏。"

"喝药是……?"

"是的,为了吓你,喝了药装死。"

"怎么会,要是开玩笑的话,不可能吃下那么多的药吧!幸亏发现得及时,稍晚些的话也许就死了呀!"

"你被骗了。"裕子沉着地断言。

"不对,她是一个认真的、一心一意的女人,所以……"

"你对她着迷了啊!"

"不是那样的,但是你说她演戏什么的,那她也太可怜了吧!"

"那么,我来问你,哪儿有那么多的安眠药?"

"你问哪儿……从店里买来的吧……"

"那么,就是说我回去之后,她为了寻死特地到药店去买的,是这样的吗? 虽然不知道是哪家药店,但是他们不会卖给没见过又不认识的人那么多的安眠药吧?"

听裕子这么一说,悠介觉得是有点不对劲。

"药是她一开始就有的呀。"

"是吗……"

"不会是安眠药中毒吧?"

这么说的话,贵子是说过她睡不着的时候经常吃安眠药。

"可是,若是演戏的话,不会吃这么多吃得要死了吧!"

"那以前她发生过自杀未遂的事情吗?"

"说什么呢……" 悠介不禁反问道。

裕子宣布结论似的说道:"那女的是个老狐狸,你被她的戏给迷住了。"

悠介想说绝对不是这样的,但是贵子确实有过自杀未遂的经历。

"那个女人很可怕……眼中有邪气吧! 你总是呆呆的,所以没察觉,这可不行啊!"

听了裕子的话,悠介觉得贵子像是另外一个女人似的。他挂断了电话,发现自己对女人越来越搞不明白了。

当然,也并非要理解女人的本质,但是之前一直亲密交往的女人,有时候会突然不明白她的所作所为。

悠介认为女人是用和男人不一样的思路来思考问题、来行动的,所以他对有些事并不吃惊,但是这次的自杀事件已经远远超出了他所能理解的范围。

首先,最令悠介吃惊的是仅仅因为和裕子激烈的争吵,贵子就着手自杀。自己一直信任着的男人有别的女人,并且突然被那个女人狠狠地骂了一通,贵子受到了打击,这点悠介明白;因为孤身一人生活在这个陌生的大城市里,所以一下子不安起来,这点悠介也明白。但是这样也不至于要自杀吧!受打击的话,马上和自己联系,就算联系不上,等着自己回来解决也不迟啊。

只能把贵子的行为理解成她认为活着没意思,所以才吃了大量的安眠药。是浅识短见,还是太大胆了?不管是什么,贵子的行为对于作为男人的悠介来说是怎么也无法理解的。

说到无法理解,裕子的行为他也不太明白。

说是到附近有事,就顺便过来一趟,但是没有必要因为那儿偶尔有别的女人,就把那女人欺负得想寻短见吧!

原本是裕子自己嫌弃悠介搬走的,悠介几番邀请和劝说,她也不想回来。

"你和我分手,一个人自由地生活会更好!"

裕子曾说过如此冷淡的话,但是又仅仅因为一个陌生女人一个人待在自己屋里就破口大骂。

更令人费解的是在那样激烈地争吵之后,还紧紧地把电饭煲抱了回去。并非困难得买不起电饭煲,而是像抱着唯一的战利品似的把电饭煲抱走了。

"还是,搞不懂女人啊……"悠介不由得嘟囔道。

看了看表,八点半了。贵子进病房已经一个小时了。后来怎么样了?没有任何联系,是不是还在昏睡着?悠介再次拿起话筒,给医院打电话。晚上有事的话直接和护士中心联系,所以马上有护士来接了电话。

"我是相木……怎么样？"

悠介马上改口道："请问怎么样了？"

平常的话，询问病人的情况是不用敬语的，但是一想到自己的女友在受人帮助，就自然地客气起来。

"没什么事，安静地睡着。"

"院长呢？"

"刚刚来过，告诉我怎么用药。"

"就这些？"

"是的。"

就这样没事了吗？悠介还想问问相关的一些情况，但是一看院长都没说什么，心想应该没什么事吧。于是道："那拜托你了！"

这么说已经非常礼貌了，不过悠介还是朝着见不着面的对方鞠了一躬，然后放下了听筒。

贵子正安静地睡着的话，或许可以放心了。悠介稍稍宽了宽心，忽然觉得肚子很饿，一想，晚饭还没吃呢。做完手术后回到公寓，以为马上能吃到饭，却发生了这么意想不到的事，哪还想得起来吃饭呀。

悠介巡视了一遍房间，厨房里放着肉，塑料袋里还装着青椒。这是贵子特意买来做晚饭的。事到如今悠介没心情用这些做饭了，去医院吃饭也晚了。他想了想，决定到附近的烧烤店去吃。

在那儿喝着酒，吃着烤鸡，悠介的心情渐渐平静下来，不久精神也恢复了。

"今天喝得挺快的嘛！"穿着半截式外褂的男人对熟识的悠介叫嚷道。

"因为发生了一些事呀！"

"发生事情了？不会是这个吧！"

男人竖起小拇指[①]给悠介看，悠介坦率地点了点头。

或许是救了试图自杀的女人的缘故吧,现在不论别人说什么自己都不会吃惊了。经历了一次重大的事件以后,胆量似乎自然而然地也大了。

"就是那样,不是明摆着的嘛。"

"唉……"

悠介一边看着苦笑着的男人,一边喝了口酒。总之他想现在就醉了,忘记所有的一切。

因为喝得很快,而且是空腹,过了一个小时悠介就醉醺醺的了。他陶醉着,慢慢地勇气也有了,不把刚刚的吵闹当回事了。

"不就是两个女人争风吃醋嘛!"

嘴里说着那样的话,悠介回到了公寓。一进屋,贵子躺倒在地板上的情景再次活生生地重现在眼前,他的心情又跌回了底谷。

这之后有没有什么事呀……

悠介立刻想给病房打个电话,但是既然对方没有打过来,自己也就不用打过去了吧,他放弃了询问的念头。

他打开壁橱,想要拿被子,脚边的小瓶子倒在地上。这是装溴米那制剂的瓶子,把贵子抬走的时候好像滚到壁橱的一边去了。

悠介捡起瓶子,看着标签思考着。到底这药是从什么地方弄到手的呢?傍晚,裕子来了,两人争吵了一番,紧接着贵子就试图自杀。由此观之,不是她特意去买的。如果是这样的话,就像裕子所说的那样,是贵子将事先放在包中或其他地方的药拿出来一块儿吃了下去。

贵子说过她太瘦了,有神经质,时常要吃安眠药。那她应该知道溴米那制剂的强度和合适的用量。可她为什么要吃那么多呢?

悠介的脑海中浮现出裕子的话:"那是演戏呀!"

---

①在日本,小拇指是指情人。——译者注

演戏的话怎么会吃下去那么多的药量？悠介觉得不可思议,但是他也没有自信断言那不是演戏。要是真的是演戏的话,她是要质问男人的真心,还是要惩罚男人呢？不论是何原因,都是个令人头疼的女人啊。

悠介变得不安起来,他想到了在札幌行医的朋友。安眠药的话,也许问一问在内科或急救中心工作的医生比较好吧!

悠介想起一个叫平山的同届同学在急救中心工作,他从旧的通讯录上找出了他家的电话号码,试着拨了过去。

已经十一点了,也许睡了吧,悠介这么想着,不过平山马上接了电话。

"怎么,是你啊？有什么事呀？"

突然接到老同学的电话,平山似乎吃了一惊。

"现在在东京吧？常常读到你的小说啊!"

"谢谢……"

冷不丁地说起安眠药的事,会显得奇怪,因而说了些彼此的近况之后,悠介才切入正题。

"实际上,我是想向你咨询安眠药的事。"

悠介将自己工作的医院送来一个吃安眠药企图自杀的患者,不知道如何处置的情况说了一遍。他把贵子的事说成了别人的事。

"洗过胃了,但是好像吃了很多安眠药。"

"溴米那制剂的话,就没关系!"平山平淡地回答道。

悠介有些失望:"好像吃了八十或九十片呢!"

"不管吃了多少,都一样!"

"为什么？"

"因为那药一次吃下去很多的话,反而会吐出来。我想那个患者大概也吐了吧!"

确实，院长也说过同样的话。

平山继续说道："暂时会持续昏睡，但是醒过来后就恢复正常了。"

"胃肠受损方面呢？"

"多少会有些溃烂，但是不用管它也会好的。"

"肾脏和肝脏呢？"

"那些暂时不用担心。"

平山的意思好像是溴米那制剂不管吃多少都没关系。

"可是一直在昏睡着。"

"确实，吃了很多的话会睡很久，但是不会因为这个而有生命危险的，所以，偶尔会被用来骗人。"

"骗人？"

"是啊，演戏嘛！就是用来假装自杀呀！"

"不过，那药的这个特性一般人不会知道吧！"

"当然不知道了，但是常年服用的人大体上都知道。"

和裕子说的很相似，悠介沉默了。

平山继续说道："以前好像发生过这样的事，一个女的假装自杀吃了溴米那制剂，被送到医院来了。"

"为什么要那样做？"

"不是明摆着的吗？为了惩罚用情不专的男人呗！"

"那……"

"那男的慌得要死，片刻不离地在身边看护着，可以说效果立竿见影。"

悠介感觉平山是在说自己似的，一下子从醉意中清醒过来。

"但是，就算知道了不会有生命危险，可是一次吃下去近百片呀！"

"那女的也是吃下去一百片呢。事后问她，她坦诚地说知道即便吃下去很多也没事。"

"即便是知道,有个万一的话,也是有可能死的呀!"

悠介怎么也不愿相信这是贵子设计好的。

"要是一个身体特弱的人,或小孩的话就危险了,但患者是大人吧!"

"三十六岁,女的。"

"这样的话,有可能是假装的。"

"但感觉她不是那种人……"

"你是不了解女人啊!没留遗书什么的吧?"

"没有,但是她试图在男人的屋里自杀。"

"那越来越奇怪了,光听你现在说的还不好判断,那个男人现在在干什么?"

"嗯……马上追着那女的来了。"悠介战战兢兢地回答,就像自己在被询问似的。

"吓得坐立不安吧?"

悠介已经没有了回答的力气,手里拿着听筒沉默着。

平山下结论似的说道:"大概,那男的是一个四处拈花惹草的花花公子吧!"

"……"

"嗯,这是对付男人的良药,所以病情稍微重一点比较好。"

"这么晚了,真不好意思……"

悠介道谢的声音小得跟蚊子一般,他像要逃跑似的匆匆挂断了电话。

过了一晚,悠介的心绪大致镇静下来了。

昨天夜里,悠介有些亢奋,为两个女人不可理解的行为而吃惊和生气,但是现在他坦率地认可了,并反省所有的一切都是由于自己的任性而引起的,总之发生了的事情已经无可挽回了,现在只有祈祷贵子早一天康复。

早上七点,悠介先给护士中心打去了电话。护士还是昨晚值班的那位护上,她说贵子仍在昏睡着,不过已不像昨晚那样的深度昏睡,手脚稍稍开始动了,头也微微左右摇晃。大概是药效减弱,意识渐渐恢复过来了吧。

等到九点医院上班了,悠介去了医院。

今天是悠介休息的日子,看到他这么早地来到医院,护士们都很惊讶。

"我想看一看病房……"

悠介这么一说,护士们点了点头,护士长和年轻的准护士跟了过来,她们好像在早上换班的时候,听说了悠介屋里有女人服安眠药企图自杀的事儿。

悠介先去了昨天接受手术的患者的病房,询问了病情,吩咐了打针的事,然后把绷带牢牢地固定好,看似没有什么问题了。

到此为止悠介还保持着医生的权威,光明正大地行动,但是随着慢慢靠近贵子入住的病房,他把头低了下去。几人默不作声地在走廊里向前走,来到三〇三病房前,病房门的右上方悬挂着患者的姓名牌。

小杉秋　中原贵子

悠介注视了一下两个并排放着的姓名牌,这时护士长打开门先走了进去。

眼前有一张床,贵子正仰面躺在上面。住在里面病床的小杉秋头上夹杂着白发,她正从遮掩着的布帘的一端好奇地看过来。悠介和那样的眼神相会,一时不知所措。

同一个病房中有两个病人,一个是自己治疗的患者,一个是自己的女友。对这两个人做些什么好呢?大概是觉察到了悠介的不知所措,护士长马上把布帘拉了起来,挡住了小杉秋的眼睛,然后来到贵子的枕边。

"中原小姐,中原小姐!"

护士长蹲着,在贵子耳边呼唤,但贵子没有应答。

贵子依然昏睡着,但和昨天相比,脸上有了血色,呼吸也稳定了。

悠介慢慢地给贵子号脉,确定正常之后,又用手指按了按两个太阳穴,一下子,贵子蹙起眉头,头左右摇摆,像是很难受似的——疼痛反应也正常。

"下面的情况呢?"

"还在疏导尿液,截至今天早上好像疏导出了 500 毫升的尿液。"

虽然一直昏睡着,但是肾脏功能似乎没有异常。

看着静静沉睡的贵子,悠介突然间有种想要跟她打招呼的冲动。"累了吧!"想这样安慰安慰她,摸摸她的肩膀。

大概是痛苦的洗胃残留的痕迹吧,贵子的眼圈上还有泪痕,悠介也想帮她把这些泪痕拭去,但是护士们站在身边看着,布帘里边,小杉秋也正在屏息窥视着,只好作罢。

悠介把号脉的手放回原处,把被子的一端盖到贵子的下颚处。

"那位也看看吗?"护士长小声问道,指了指布帘的方向。

昨天查过病房,因而今天可以不看,但是仅仅看了旁边的贵子就回去的话,悠介觉得说不过去。而且贵子恢复意识以后,也许会因为同室之谊受到她的照顾,所以得罪她也不合适。

悠介点点头,护士长拉开布帘,和小杉秋打招呼。

"早上好,还好吧!"

小杉秋寒暄了一下之后便抬头看着悠介。

"医生今天真早啊!"

"昨晚,一个急诊病人住在了你旁边,医生来看看呀!"护士长替悠介回答道。

小杉秋紧接着问道:"是什么病,是吃药自杀吗?"

"没什么大不了的,所以不要担心。"

"她吃了什么?"小杉秋咬住不放,"不会是殉情吧?"

"具体的我也不知道。"

"不过她很可怜啊,昨晚起就没人来看过她。"

听到这刺耳的话,悠介的目光盯向了地面。

护士长责备道:"那些到此为止,说说你怎么样了。"

"我还是老样子,像今天阴天的话,还是觉得关节疼痛……"

"知道了,过会儿把药给你,请好好地吃下去!"

悠介想离开了,但小杉秋追着说道:"那个人时常说胡话。就刚才还在喊着'小悠,小悠'呢,大概是她男朋友的名字吧。"

护士长瞟了悠介一眼,然后安抚她道:"她的病情快稳定了,请再忍耐一下。"

悠介甩开还想讲下去的小杉秋,走到走廊上。

护士长满脸歉意地说道:"真是个唠叨的人,对不起!"

"没什么……"

要道歉的是悠介,而非护士长。

"她恢复意识的话,请通知我!"

说完,悠介便从医院回到了住处。

悠介一个人斟茶自饮着,发觉还有必须要做的事,是不是应该把贵子自杀未遂的事通知她在札幌的家人?

悠介自昨夜起就很为此事为难,但照今天的情形来看,似乎可以不用通知她家人了。说得不好反而会让他们担心,而且也很难开口对贵子的父母说"您女儿在我的住处自杀"这样的话。

悠介想了想,决定把这件事告诉贵子的好友——"紫丁香"酒吧的老板娘丽子。

"实际上昨晚,在我那儿……"

悠介叽叽咕咕地,尽量简短地说了一下事情的经过。

刚开始丽子很吃惊,不久后似乎明白过来是怎么一回事了。

"身体方面没事吧?"

"那是当然,刚去过医院,我想她的意识马上就会恢复了。"

"可以的话,我今天下午去看看吧!"

丽子来探望的话,自己在小杉秋的面前也有些面子了。

"不好意思了!"悠介低下了头。

老板娘带着讽刺的语气说道:"你也不容易啊!"

"……"

"不过,你们都一样……"

也许丽子知道贵子古怪的性格以及她经常服用安眠药的习惯。

"总之就拜托你了!"

说了这些,丽子挂断了电话。

外边乌云密布,马上就要下雨了。这是一个安静的上午。

悠介坐在沙发上稍事休息。总之,压在心头的事大致结束了。

再次想起昨夜发生的事情,悠介觉得贵子有点可怜。

起初自己很惊慌,头脑里一片空白。每个人都只有一条命,为什么要做出这样的事来呢?一想起这个就很生气。听说有可能是假装自杀时,更是觉得贵子不可原谅。但是冷静下来想一想,觉得贵子也挺可怜的。即便是假装,吃下那么多的药也是需要相当大的勇气的。持续昏睡十二个小时以上一定很难受,而且洗胃也很痛苦,贵子还在无意识的状态下接受了导尿,真是可怜啊。

假如让悠介去做同样的事,胆小的他是怎么也做不到的。贵子的动机暂且不说,首先不得不敬佩她那大胆的行为。是不是应该说这女人很可怕,或是很厉害呢?总之这些已经超出了男人的思考界限。

悠介钦佩于贵子的这种魄力,他叹了口气,这时电话铃响了。悠介伸手拿起听筒,是护士长打来的电话。

"她恢复意识了。"

"谢谢!"悠介不由得感谢道,又鞠了一躬。

"还不是完全恢复,但叫她的名字会答应。她问这是什么地方,告诉她是医院后,她点了点头。"

"好的,我马上过去……"

"嗯,不过她想要点东西。"

"想要什么?"

"馒头……"

一下子不知道是什么意思,悠介不知道怎么回答。

护士长解释说:"或许是想要吃甜的东西。"

"……"

"她一直没有进食,持续昏睡,把精力都耗光了。从沉睡中苏醒过来的时候,吃点甜的东西是最好的。"

"也就是说现在她想吃馒头?"

"医院有的话就好了,但是医院里没有,所以……"

"那……我去买吧!"

"这样可以吗?"

护士长正在上班,但悠介今天休息,所以他说道:"嗯,什么馒头都可以吗?"

"甜的,方便吃的都可以,拜托了!"

悠介放下话筒,将钱包放进口袋便出了家门。

没有打听一下哪儿有馒头店就贸然跑了出来,悠介有些后悔,不过沿着电车轨道的方向往浅草那边走,应该有点心店,自己曾看到过那儿有"莺饼""樱饼"等字样的招牌悬挂着。

天下起雨来,慌忙中悠介没有带伞,他冒着小雨快步往点心店赶去。

悠介突然觉得这是个很奇怪的任务。到了点心店,有个老太婆一个人守着店铺。

"我想要甜馒头。"

"馒头都是甜的,您要哪一种?"

悠介从玻璃橱窗中指了指白色和茶色的两种。

"要几个?"

悠介一下难以回答。

老婆子又问道:"是送礼用还是自家吃啊?"

哪个都不是,是给一位自杀未遂、被救过来的女人吃的,但不能那么说。

"随便……"

"各十个怎么样?"

悠介觉得有点太多了,但是可以把剩下的给护士们吃。

"就这样,拜托了!"

老婆子点点头,一边慢慢地往点心盒里装馒头一边说道:"最近吃馒头的人少多了,特别是像客人您这样的来买馒头的更是少啊!客人您是位男士,可您爱吃甜的啊?"

"嗯,是……"

"我都贴上了礼签纸,您和大家一块儿尝尝。"

悠介冒着小雨,抱着装有馒头的小点心盒,一个人边走边思忖着。

就在昨天夜里,一个女人因为男人和另一个女人争执吵架,甚至于吃药企图自杀,这样一根筋的女人,一从昏睡中苏醒过来,就说想吃馒头。本以为死而复生的话,醒来后会在第一时间里想要见到自己爱恋的男人,没想到她说的却是想吃甜食。

即便是很饿很累,身体上有需求,也该说点动人的话吧? 为了活下去,与男人相比,首选馒头,是这样的吗……

刚才还觉得很可怜的贵子,突然又成了一个顽强不息、充满生命力的人,悠介的脑袋再次混乱起来。

悠介买好馒头回到医院时是十一点,正好是门诊病人来看病的高峰时间,医院门口的病人摩肩接踵。悠介在拥挤的入口处前面思量着:这馒头怎样让贵子吃呢?

简单来说,就这样走进病房,把馒头拿给贵子就完了。但是突然就这样给她,贵子能吃吗? 贵子刚从昏睡中苏醒过来,身体的活动还不灵活,也许还要喝点茶水什么的。支起贵子的上身喂她吃馒头、喝茶,这些并不是不能做,但是被旁边的病人看到的话,会觉得奇怪:这个医生在做什么呢? 而且这样也会成为护士们的话柄。

想了半天,悠介决定去三楼的护士中心,直接把馒头盒子交给护士长。

"太多了吧?"

护士长仅仅看到盒子,就猜到里面装了多少东西了。

"多了的话,请大家也尝尝。"

护士长一边苦笑着,一边指了指病房的方向,说道:"去见她吗?"

"还没有完全苏醒吧?"

"我想她已经能听明白我们的话了,但是她自己还不能讲话……"

"那么,稍微过会儿我再来。"

悠介看了一下护士长,眼神中流露出"拜托了"的意思。

走出护士中心后,悠介突然感到后面有一双锐利的眼睛在盯着他,他停下了脚步,回头一看,雅子正站在护士中心的中央。

刚才在和护士长交谈,并没有觉察到,雅子好像一直站在斜后方看着自己。悠介感到很不可思议,为什么雅子会在护士中心呢?

刚要过去打招呼,雅子哧溜转过身去,像松鼠一样从护士之间挤过去,离开了。

这是一瞬间的事。为何会计科的雅子会来病房这边呢?也许是偶然来查住院病人的病历吧。因为是在同一家医院,所以雅子来护士中心也没什么奇怪的,不过,那眼神如射箭般,令人不寒而栗。而自己刚看到她,她就像逃跑似的离开了。

最近一段时间,悠介一直没有和雅子见过面。总想找个机会两人单独谈谈,跟她老老实实地说说发生的事情,缓和一下雅子不愉快的心情,但是贵子来了东京,这件事就一直耽搁了下来。

这次,雅子一定听说贵子在自己住处自杀未遂的事情了。这样的话,和雅子的关系似乎是渐行渐远了。

真是失败,不过这也是自己自作自受。本来身边就有雅子,却又让贵子留宿,这就是错误的根源。以为就一个星期,总能蒙混过去,自己想得太简单了啊。

事到如今,悠介反思过往种种,发现与此相同的错误不久前也犯过。有了裕子却去接近雅子,结果两个女人都离开了自己,为此吃尽了苦头,可是现在却又犯了相同的错误。

是不会汲取教训吧,曾经犯下的错误并没有给悠介带来什么收获。

悠介回到房间,还在为自己的不负责任感到吃惊,忽然意识到自己从早上起就没有吃东西,于是向医院的食堂走去。贵子从长时间的睡眠中苏醒过来,吃了馒头的话,那自己也可以放下心来多吃点了。

但是到了食堂,悠介发现那些打饭阿姨的态度和平常不一样了。

以前的话,一见面她们就会大声地跟悠介打招呼:"早上好!"

但是今天,自己跟她们说"早……",她们却只是微微行了个注目礼,然后偷偷地看着自己,拿来了饭菜。

好像这儿的人也知道了昨晚上发生的事情,都用充满好奇的目光看着悠介。

医院很小,消息传开也是没办法的事,看来不能悠闲地吃饭了。悠介想快点吃完赶快走,这时病房的护士迎了过来。

"您在这儿啊!护士长叫您呢。"

悠介点了点头,站了起来。打饭的阿姨们谁都不说话,默默地看着他离开。

"好像医院里都在说我的事情啊。"

悠介的心情变得有些沉重,他再次向护士中心走去。

贵子刚刚吃完馒头,听护士长说她吃掉了两个,这对饭量很小的贵子来说是很少见的。

"意识已经清醒了,去看一下吗?"

悠介当然很想见,但是一想到旁边的病人就有点犹豫。

护士长小声说道:"小杉那边,我会把布帘拉上的。"

"那就去看看吧!"

周围的护士不知有没有听到两人的讲话,都装作毫不关心的样子。

悠介并不理会她们若有若无的目光,跟着护士长来到病房。护士长先走了进去,将隔在两张床中间的布帘拉上,然后用目光向悠介示意了一下,便留下他和贵子两人,点头离开了。

悠介走近病床,贵子慢慢地把脸转了过来,长时间沉睡的眼睛终于抓住了他。悠介停下来,凑近枕边。

贵子的脸瘦了一圈,颊骨突出,眼睛凹陷,潜藏其中的瞳孔一直盯着悠介,一动也不动。这个人是我的情人吗,抑或是另外一个人?悠介一边追溯着记忆,一边确认着。

"是我呀……"

悠介跟贵子打招呼,贵子的瞳孔立刻发出了光泽,随之微微点了点头。

"知道我是谁吗?"

"想起来了吗?"

悠介再一次呼唤贵子,贵子的表情渐渐地变得柔和起来,轻轻地伸出手。

她的手很瘦,手指纤细,悠介紧紧地握住了它。可是贵子柔和的脸慢慢又僵硬起来,不一会儿,泪水就渗出了双眼。

"喂,喂……"

刚才她的神志已经恢复过来了,为何突然又哭起来了呢?悠介不知所措,忙想喊"贵子",但是想起旁边还有病人,所以只好忍住了。

他趴在贵子的耳边,小声说道:"很难受吧!"

大概能明白悠介说的话,贵子用满是泪水的双眼盯着他。

迷失于生与死之间,贵子的情绪还不是很稳定。

"已经没事了呀!"

床边的桌子上放着悠介买来的馒头。

"加油哟!"

这回,贵子微微点了点头。

"我会再来的……"

悠介说完,再次握了握贵子的手,然后离开了病房。

总算是恢复意识了,体力慢慢也会恢复,不久一定会精神起来的。只是因为一次服下了太多的药片,所以大脑的机能一时还没有恢复,还不怎么灵光。

悠介一回到护士中心,护士长马上就走过来,问道:"怎么样?"

"她好像知道我是谁,但是突然哭起来了。"

"那是她高兴呀!"护士长莞尔一笑,继续说道,"旁边的小杉老太太没说什么吧?"

"布帘一直拉着,所以……"

"好像她一直在问护士'这位是医生的朋友吗'。"

"那……"

"没事,我会告诉她们说是您朋友的女朋友。"

护士长把事情考虑得很周全,所以在此坦率地向她致谢也没什么。

"不好意思……"

说完,悠介走出了病房,没有去门诊,直接回到了公寓。

三

悠介想起从昨天起还没写过一页书稿。实际上,发生了那样的麻烦事,也不可能写得出来什么。

悠介坐在书桌旁,前面放着稿纸,他拿起一支烟抽了起来。很快到月底了,A杂志社约的短篇小说快要交稿了。

到昨天为止,悠介都一直在困惑写什么好,也许这次的事件对于写小说来说是个绝好的题材。有位编辑曾对自己说过,可以的话,写一写男人和女人恋爱的故事,这次的事件也挺适合这个主题的。

但是,一想动笔,却感到出乎意料地麻烦。

首先,仅作为事件来看是很有趣,但是事情刚刚发生,自己能不能去客观地看待它还不知道;再者,将自己的丑事当众公开,能不能做到极度的冷静,自己也没有信心。当然,可以更改人物的名字和情况,但是读者一看就会明白的,所以将之写入小说有很多的阻碍。

悠介正反复思考着这些事情,电话铃响了。又是医院打来的吧,要不然就是编辑。他拿起电话一听,却是裕子的声音。

"那个人,怎么样了?"裕子像往常一样直接切入主题。

"怎么样了?刚刚恢复意识了,但是……"

"那她得救了啊?"

"已经醒了,所以我想不会有生命危险了。"

"果然如此……"裕子好像重重地点了点头,她接着说道,"我一开始就说过了吧,那是演戏,是假装的,所以不要担心。"

"但是吃下了将近一百片呢,差点就死了。"

悠介说得比较严重,但是裕子仍然无动于衷。

"没事的呀!那女的都计算好的,我第一次见到她就知道她是这种人。"

"不过,即使有何用意也不会吃那么多的药吧!"

"你还在偏袒她吗?"

"也不是在偏袒她,她吃了这么大的苦头,真的很辛苦。"

"是吗?是那女人太任性了吧!"

悠介越是说同情的话,裕子的措辞就越严厉。

"她总是一副迷人的表情,不知道又会做出什么样的事情来。"

"她不会再做什么事了,即使想做,也没那样的体力啊。"

"可是,狼吞虎咽地吃一通后就马上又有力气了呀!"

贵子苏醒后,吃下了两个馒头,如果将这个说给裕子听,她肯定会高兴不已,觉得自己又猜中阴谋了。

"不管怎么说,现在她还住着院……"

"准备让她住到什么时候啊?"

"虽然意识是恢复了,但是还没什么体力,胃和尿液也必须要进行检查,所以也许还要住个四五天吧。"

"出院后马上回去吗?"

悠介想说"当然",但是他沉默了下来,老实说,悠介还没想到这么远。

"那样给人找麻烦的女人,还是马上让她回去比较好吧,总是放在医院里的话,你的处境也会变糟吧!"

这点确实如裕子所说。

"不会再让她住在你的房间了吧?"

"那种事……不会的。"

"假如,你又让她住到了你那儿,我会再去的,明白了吗?"

裕子突然间打来电话,说完了想说的话,就毫不犹豫地将之挂断了。

裕子到底是出于什么目的打来电话的呢?起初,她好像是担心贵子的病情,但是说到一半,言语开始过激起来,最后下命令让贵子早早回去。不,与其说是命令,还不如说是恐吓。

正因为和贵子激烈地争吵过,所以一听到贵子意识恢复了,争斗的念头又起来了吧!女人真是执拗啊……

悠介一边想着裕子的话,一边吃惊于女人的严厉和苛刻,同时也对此甚感佩服。

贵子意识恢复之后,康复得很快。

那天下午她喝了点粥,第二天就可以自己洗脸了,到了第三天能吃一些普通的食物了。本以为胃和肠会因为大量的安眠药和洗胃而遭受损坏,但似乎并没有什么大碍。

刚苏醒的时候还有些呆呆的,反应有点迟钝,但是过了一个晚上之后贵子就可以清楚地发出声音来,表情看上去也明朗了许多。

第二天巡诊的时候,贵子对着悠介慢慢地点了点头。当悠介问她"有什么想要的吗",贵子居然可以回答说"我想要冰淇淋",但是似乎还不能更进一步说出心里的话来。

也许是病房里还有别人在的原因吧,贵子并没有很明显地表现出死而复生后的喜悦之情。悠介一边给贵子把脉,一边紧紧地握着她的手,但是贵子就这么让悠介握着,并不主动地去回握他——也许服药前和裕子的冲突成了贵子的心病,还留存在她的心里吧。

老实说,悠介有很多事想问贵子。她和裕子之间到底有过怎样的对峙?为什么突然想要吃药?那些药从何而来?知道吃下这些药会有什么样的后果吗?可是在病房里很难问这些问题,即便问了贵子也不会回答。

悠介决定找机会再问,现在先冷静下来,做好医生的角色。

到了第三天,护士们的态度也平静了,与悠介的接触方式变得自然起来。但是因为此次事件,她们改变了对悠介的看法,这似乎是不可避免的。

以前的话,即便是知道了他和裕子同居,她们也只会认为悠介是个放荡不羁的有点花心的医生,但是现在在护士们的眼中,悠介似乎成了一个有着各种问题的危险人物。

与她们相比,院长的态度始终未变。

刚开始求救的时候,就是他一个人不慌不忙地给贵子洗胃,后来从准备病床到配药都做得很麻利。

贵子的病情稳定下来之后,悠介向院长表示谢意说:"多亏了您,她可以吃饭了。"院长只是点了点头,若无其事地说:"啊,是吗?"好像什么都没发生过似的。

本来院长就是个大忙人,无暇去顾及别人的女人,但是即便如此他也做得丝毫不露痕迹。也许他是老手,已经习惯了这种事情,但真的仅仅是这样吗?或许院长对悠介还抱有如同武士般的惺惺相惜之情吧。

洗胃结束后,院长对悠介说了一句"很不好受吧",这就是证据。当时没空回答,现在想来,院长是在同情自己。

或许这些都只是猜测,院长也和各色各样的女性有着千丝万缕的关系,因此看到自己为女人而烦恼,就不把其看作是旁人的事了吧。

悠介随意地想了些说得通的理由,但是院长一直以来的淡泊态度确确实实救了他。

另外挂在悠介心头的一件事就是病人们的态度。"那女人是相木医生朋友的女朋友",尽管用这样的话稳住了他们,但是旁边的小杉秋却一直在怀疑他和贵子的关系。她似乎问了贵子很多话,好在贵子并没有跟她说什么。没有明确的证据,就是爱说人闲话的小杉秋也不好说什么,但是她一直向自己投来好奇的目光。

表面上很平稳,可是大家都在背后屏息观察着,这点是毋庸置疑的。

意识恢复后的第三天下午,贵子说想出院。

悠介通过护士长知道了这件事。对于贵子不直接告诉自己,悠介感到有点不能理解,但对出院这件事本身表示赞成。

悠介赶快到病房去看贵子,贵子跟他说想尽早出院。

"那,去我住处吧。"

贵子出院后当然要回自己的住处,悠介这么想,但是贵子摇了摇头。

"我去丽子那儿。"

确实,在"紫丁香"酒吧的老板娘那儿是能够安心养病的,作为贵子来说不愿回到自己企图自杀的地方也是合情合理的。

"已经可以出院了吧?"

昨天悠介问过院长贵子的病情,院长回答说,肾脏、肝脏等内脏的检查结果都没有异常,只要精神恢复了的话,就可以出院了。

"可以了,但是最好不要太勉强。"

自己还没和贵子两个人好好地谈一谈,悠介一直将这事记挂在心上。要是回自己住处的话就能好好地说说话了,但是如果这样出院去了丽子那儿,似乎两人就没有说话的机会了。

"准备什么时候回札幌呢?"

"还没决定。"

"那,明天几点出院?"

"丽子两点左右来接我,所以她来了之后吧!"

贵子的眼神稍稍温润起来,她接着说道:"我可以就这样从这儿离开吗?"

"当然,没关系呀!"

悠介从一开始就没有打算让贵子付医疗费。虽然吃安眠药是贵子的任性而为,但是把她逼到那种地步的是自己,所以由自己来负担医疗费用是天经地义的事。

"知道了。"

贵子说完,很累似的闭上了眼睛。

悠介从侧面看着贵子的脸,心里觉得少了点什么。

并不是想让贵子感谢自己什么,但希望她能对自己说些类似于"谢谢""对不起"之类的话,只要听到贵子说出这样的只言片语,自己的心境就会平静许多。但是贵子好像忘记了说话似的,一言不发。

想想看,自从意识恢复以后,贵子就对自己疏远了很多,虽谈不上冷淡,但是总觉得和自己有了距离。

悠介心想,贵子醒来后应该会有一种生离死别之后很感怀的表情,但是她只是说想吃馒头,之后,眼里微微泛起了泪花。可那以后贵子就一直很冷漠,这种冷漠甚至让人怀疑这不是一个企图自杀的女人。

在寻死的那一瞬间,似乎耗尽了她所有的力量,现在已无任何力气,虚脱了。如今的贵子,精力耗尽之后的贵子,如同昆虫蜕下的皮一般。

悠介这么想着,离开了闭着眼睛的贵子,走出了病房。

贵子出院两天之后,悠介接到了丽子打来的电话。悠介心里挂念着贵子,因而马上询问她出院后的情况。

"都挺好的。"丽子回答道。

她告诉悠介,贵子出院后,今天第一次外出散步了。

丽子说完贵子的近况之后接着说道:"那个,关于小贵的事,我希望她在东京再静养一段时间……"

刚在东京自杀未遂,或许很难马上就回札幌。即便身体恢复到和以前一模一样,心理创伤的愈合也要花一些时间吧,所以在东京待一段时间也并不坏。

"这不很好吗?"悠介点点头。

丽子问道:"你也赞成吗?"

"当然,如果她能请到假的话。"

"这个我已经跟剧团和她打工的地方联系过了,他们都同意了。"

这样的话应该没有问题了,但丽子稍稍压低声音又说道:"那,我有一事相求,实际上她说想在东京待一个月左右……"

"时间挺长呀!"

"机会难得,所以她想去看看各种戏剧和电影。"

"难得"这个词听起来有些奇怪,好像是在利用自杀未遂得来的机会。

发生了那样的事情之后,悠介觉得贵子会想快点回家,但好像贵子并不想如此。悠介很难理解她的这种心情,不过既然贵子本人想留下来,自己也不好说这说那的。

"那么,求我什么事?"

"我的地方有点小,一个月的话,我想住在旅馆比较好。"

确实,这样好一些,悠介点点头。

丽子继续说道:"那你能负担贵子在东京的费用吗?"

"我吗?"

"旅馆的住宿费和生活费,不知道多少能够……"

没想到是这样一个要求,悠介拿着话筒说不出话来。

"这么大一个东京,你是她唯一的依靠。"

这也许说得没错,但是为什么自己还得承担她的生活费和住宿费呢?

"这真的是她提出的吗?"

"她是个特别怯懦的人,所以希望我来说……"

"但是……"

"她是因为喜欢你才寻死的。被号称是你女朋友的女人狠狠地欺负了一顿,悲伤难受之下吃了安眠药。她为了你才遭遇了那样的不幸,所以我希望你能为她想想。"

悠介不是不懂丽子的话,可是她这么说不是有点厚脸皮吗?

男女之间的矛盾冲突有各种各样的原因,不可以一概归结为哪方好哪方不好。当然,对于这次事件,自己需要反省,但是把责任全归咎在自己一个人身上那不是太片面了吗?

"待在东京也不错,可在这之前还是最好先回札幌一趟吧!"

"可她现在不想回去啊!"

"当然,待在东京也没什么不行,但是让我负担所有的费用就……"

"那你是说不行了?"

"不是不行,不过一个月,这全部的费用……"

"那,对你来说多少钱没问题呢?"

"现在突然这么问我,我也不好回答……"

"那明天我再打电话给你。"

和丽子说着说着,悠介的态度也严肃起来。

"请转告贵子,我希望她最好早点回去。"

"没想到你会说出这种话。"

悠介也没想到贵子会向自己提出这种要求。

"这事太突然了。"

"你和贵子好好谈一谈再作决定吧!"

"可是,我很吃惊。"

"我会转告小贵你所说的话的。"

丽子突然挂断了电话。悠介抓着还在低声鸣响的话筒,叹了口气。

总之,自己搞不懂女人。她们在想什么,想要做什么,都难以预料,而去追这样的女人的自己,究竟又算什么呢?

悠介脑子里一片混乱,他深深地叹了口气,放下了话筒。

第六章　寒风

一

贵子离开了东京，悠介终于重新镇定下来。

但是，悠介并不知道贵子是何时离开东京的。贵子出院一星期后，悠介给丽子打电话，才知道了贵子离开东京的事。

从贵子不声不响地离开东京来看，她对悠介确实没有太深的感情。这一点，可以从丽子"小贵已经回札幌去了"这样冷淡的回答中察觉得到。

但是，贵子为什么要不辞而别呢？

是因为觉得发生了自杀事件，事到如今害怕与悠介联系了呢，还是因为自知很难让悠介为自己在东京的费用买单，便萌生了赶快离开东京的想法呢？不管怎样，离开东京的时候，也应该打一个电话吧。

悠介和贵子之间出现了初期无法想象的不愉快，让他倍感惊愕。

当初，贵子来到东京的时候，除了恋人般的亲近，还有久别重逢的怀念。他们住在一起,贵子还为悠介做饭洗衣。

两人如此亲密无间的关系,自从贵子试图自杀之后就完全改变了。虽然很幸运地保住了一条性命,但是自此以后,贵子对悠介的态度变得很见外,总有让人感觉生硬的地方,曾经关系密切得要为对方自杀,但在自杀未遂后,双方的自我便立即暴露无遗,相互之间似乎已经趣味全无。

说实在的,与其说是悠介因为这事变得不懂女人了,还不如说是他变得不懂男女关系了。

男人和女人的关系无论如何亲密,如何牢固,要是顺序有一点不对的话,转眼之间就会解体崩溃。知道了这一点,悠介感觉自己发现了一个大秘密,可同时也觉得有些许的寂寞。

回首一看,悠介发现,今年夏天到秋天,自己身边麻烦不断。

首先是裕子突然离去,想把她追回来,却出了纰漏进了警察局;之后,和雅子闹得不愉快,终于有了要和好的苗头时,贵子来了,发展到了闹自杀的地步。和女人的关系方面,纠缠不清的事情真是一桩接着一桩。

可是,出乎意料的是麻烦虽然很多,但是工作似乎做得好起来了。

悠介自己算了一下,感到很吃惊,今年夏天到秋末自己写完了七篇小说。虽说全是五十页到一百页的短篇小说,可加起来七月至十一月的五个月间写了四百四五十页的稿子。当然,单从写作的量上来说的话,远远超过这些的人很多,但是,作为一个新人写了这么多,已经可以说做得很好了。

虽然还没有获得心仪已久的文学奖项,但是悠介好像在杂志读者中开始一点点为人熟知起来。

不过,说到是否对这段时间的工作感到满意,也不能说得太死。

确确实实,悠介写出了数量可观的稿件,并且全部被登载,无一落选。但是,要说悠介更优秀了,写出的作品成了文学奖的有力争夺者,就有些令人捧腹了。

就产量而言已经驾轻就熟,在内容方面就不能断言自己充满信心。

说实在的,每半年一次的评奖对悠介来说等得太久了,同时,也有些郁闷。错过一次评奖的话,得到半年后才能再有机会。

虽然心想目前为止作为一个不安分的新人作家不得不甘心于此,另一方面,心中也有暂时远离评奖这个话题的闲适。

这就是只有成为授奖候选人才明白的矛盾心态。

很想成为候选人,但是一旦落选就会非常痛苦。谁要是得了奖,就感觉只有此人是被放在阳光之下的,自己则被抛弃在黑暗的阴影里。其实得奖并不是全部,因为有的人即便没得奖也风光无限,也有的人得了奖之后却悄无声息。虽是这么想,可一到现实中还是挺挂心。

"这次,我就放弃了吧……"腊月就在眼前,悠介对自己说。

如果心怀希望,那么没选上候选人的话就会感到失望。与其这样,还不如一开始就干脆放弃来得爽快。

"拿奖很困难,但是这半年还是很有意义的。"悠介嘟囔道,安慰着自己。

首先,连自己也想不到,半年内写了那么多稿子,而且还出版了两本单行本。虽然都是短篇小说,但是都来自大出版社。并且,明年应该可以请这些出版社再出版几本。作为一个新人作家,说得过去了。

这些作品都是在与女人的纠葛麻烦中写成的。并非有麻烦就好,但是因为是在最为混乱的时候写成的,所以感觉目前获得了一种特别的自信。

今后,即便身边生出一些麻烦,自己仍然可以写出作品。

不,或许,有了麻烦更能写出好作品来。

确实在最麻烦的时候卷了进去,头脑混乱,浪费了大量的时间,但那段时间结束后,自己会反思为何浪费时光,急急忙忙地重新投入工作,集中精力埋头于其中。

这未必称得上是理想的状态,但有的时候麻烦刺激着悠介,头脑中会涌现出新的写作灵感。

虽是这么说,这也只是事后回想而已,并不是要去追求麻烦和纷争。身处纷争之中的时候,悠介常常独自一人扼腕悔恨:要是没有这些事儿,就能平平静静地写出好作品了。

结果,得出了多亏了这些麻烦事的结论,也可以说是悠介说给自己听的一番说辞吧。

秋天过去了,贵子也离开了,终于可以下一番真功夫写作了,可还没开始,悠介就听闻雅子辞去了在医院的工作。

对这件事,悠介并不是直接听雅子本人说的,而是其他护士告诉他的。

"齐田为什么要辞职呢……"

突然被外地来的护士问了一句,悠介慌忙反问道:"齐田辞职了?"

"你不知道吗?干完今年她就要走了。"

裕子搬家以来,悠介就没有和雅子好好约会过。

自从雅子知道悠介和裕子住在一起之后,两人关系就一直不好。后来又发生了贵子自杀事件,怎么说也不适合两个人单独约会。悠介心想:找时间好好谈谈的话雅子总能够理解自己,可在这段时间里,雅子却坚定了离开医院的决心。

悠介马上给雅子打了电话,两人约定第二天晚上见面。约会地点定在离上野很近的宾馆,两人曾在那里约会过好几次。

两人来到宾馆里的法国餐馆喝酒。悠介要了瓶香槟酒,也没有什么特别的原因,只是为了让雅子感受到自己对她的珍惜而勉强为之。

以前的雅子穿着拘谨保守,可如今完全变了,她穿上了鲜花文饰的毛衣和一条蓝色的宽松长裤。

"从医院辞职的事为什么不告诉我呢?"悠介的话不知不觉变得抱怨起来。

雅子干脆地回答道:"因为这是我自己的事情。"

"已经和院长谈过了吗?"

"院长先生已经理解了。"

不知道的似乎就只有悠介一人了。

"那你要去什么地方?"

"我考虑暂时休息一段时间,然后去千叶的医院工作。"

如果去那么远的地方,以后就见不着面了。

"改去一个稍微近点的地方怎么样?这一带有很多医院呢。"

听事务长说过雅子不是护士,她在处理保险事务方面的能力很突出。

"对工资不满意吗,或者是因为别的?"

"有很多。"

"或许,对我也……"

"不,和您没有关系。"

雅子细细的脖子从开襟毛衣里直挺挺地伸出来,看起来就像白鹤的脖子一般。

看着雅子装作若无其事的表情,悠介充满了想要抱紧她的冲动。

"再重新考虑考虑,怎么样? 如果实在是讨厌这里的话,我帮你去找家条件好的医院。"

"虽然挺费劲的,但我已经决定了。"

"不过,还是能够改变的吧?"

雅子的心情大概很兴奋吧,眼皮周围隐约带着红色,胸口从毛衣中显露出来,异常地白皙妖艳。

这么好的女孩,为什么之前悠介不下手呢? 不,并非没有下手,而是不久前收手了。知道雅子要离去的消息之后,悠介渐渐为对雅子放手感到可惜起来。

"总之并非是慌忙辞职啊,我一定会找个好地方的……"

吃着饭,悠介挽留了好几次,但雅子的态度非常坚定。晚饭过后两人一起喝咖啡,悠介再次说道:"还是在这儿最好啊。"雅子听后倏地从椅子上站了起来。

"我回去了。"

"为什么?"

雅子没有回答,径直向付账柜台走去。

悠介连忙从座位上站起来:"喂……"

叫雅子的时候,餐馆的服务生一齐朝这边看过来,悠介不知如何是好,而雅子快步从玻璃门走了出去,消失不见了。

二

进入腊月,街上一下子变得热闹起来,然而悠介的心情一点都不好。

贵子回到北海道之后,雅子也宛如变了一个人般冷漠了,环顾周围,只剩下了裕子一个人。

本来裕子就是最佳人选,不过与裕子的关系也不像以前那么亲密了。曾经拉着手从札幌走出来的两个人,如今各自过着各自的活,只是偶尔碰碰面。这样的约会也基本上是悠介约的裕子,吃吃饭、聊聊天,仅此而已。想更近一步邀请裕子到住处来,裕子则会以各种理由巧妙地躲掉。想去裕子的住处坐坐,但是也不容易进得去。

　　之前和好的时候,让悠介进房间,还允许他与自己同床共枕,但是,贵子的事发生之后,裕子的态度似乎又僵硬了。

　　悠介这是自作自受,被裕子厌恶也是理所应当的,现在,自己确实是孤单一人了。说是无所牵挂有些怪,但是没有其他女人这点可是千真万确的事实。

　　"最后,我只有你裕子一个人了啊。"约裕子来到银座的餐馆,听着《铃儿响叮当》的旋律,悠介喃喃自语道。

　　裕子浅浅一笑:"就我一个人傻呀!"

　　"没有啊! 不过是回到该回去的地方嘛!"

　　"说起来挺得意嘛!"裕子蹙着美丽的眉毛,继续说道,"你并不是因为想成为单身才变成单身的吧。"

　　"不是啊,我本来就想这样。"

　　"你在撒谎哦。医院里装天真的女人,北海道歇斯底里的女人都把你甩了,你才成为孤家寡人的吧!"

　　在裕子的话中,纯情的雅子成了假装天真的女人,悲伤过度服药自尽的贵子则成了癔症患者。

　　"北海道的女人比较无情,医院的那个是她自己要辞职的。"

　　"虽这么说,她们留下来的话,你还是会像以前一样和她们交往的。"裕子好像洞察了一切。

　　这时若胆怯畏缩的话就会失去一切,悠介连忙说道:"真的,我最喜欢的是裕子你。"

"最喜欢我,其次是医院的女人,第三是北海道女人,是这样的吧!"

那样理解"最喜欢"这个词的话就麻烦了,虽然裕子说得也挺对的。

"这个……这些事儿男人多多少少是有的,可是……"

"你不是多多少少的问题,你全部都是那样。"

被看透到如此,悠介只有苦苦哀求了。

"我以前确实很坏,做了太多随心所欲的事情,但我心里有你这可是千真万确的啊。不,因为心里有了你这样一个确确实实的存在,所以才对其他女人见异思迁……"

"你,不会是把我错当作你的老婆了吧?"

突然说出老婆什么的,悠介有些疑惑不解。

裕子训教道:"我要是你老婆的话,移情别恋一个两个也许会原谅你,不过我可不是你老婆啊!我是因为喜欢你才和你一块儿出来的啊!你是我走出来的唯一依靠。可这样的人对我做了那种事,我还有什么脸面呢?"

如果是妻子的话就无所谓,可是情人的话男人就不能花心,不能再有第四者。裕子的话似乎是这个意思。

"那么只要我俩结了婚,你就不会介意我花心了,是这样的吗?"

"也不是这样,情况不一样嘛!"

话虽这么说,悠介还是难以下决心与安置在北海道的妻子离婚,和裕子在一起。

"明白了……"

"明白什么了?"

"对不起。"

再次低下头看裕子,裕子穿着灰色的蝉翼纱连衣裙,挂着珍珠项链,有着银座女人一般的华贵文雅。

周围有很多银座女招待和她们的男伴,可是裕子的美丽最光彩夺目,男士们时常把视线转向裕子这边。

悠介并不愿意自夸,就目前的情形来说,很难说裕子是自己的女朋友。

"我不会再做那种蠢事了。"

为什么对这么好的女孩视而不见,而要向贵子和雅子下手呢?现在想来有点不可思议。不过那时裕子经常陪在身边,悠介认定她是不会离开自己的,而且现在的裕子是去店里之前打扮得最美的时候,住在一块儿时,则从没有打扮得如此漂亮给自己看过。

再说,雅子和贵子也是那样美丽动人。

现在回过头来看,悠介是被各个女性不同的美丽所吸引而摇摆不定的,但这似乎是为裕子所不容的。如果再容忍我一点就好了,悠介这样想。可如果这样的事发生在裕子身上,悠介也一定无法忍受她对自己心猿意马。

"总之,在这儿言归于好吧!"

"……"

"你再考虑一下吧!"

裕子确实对悠介与一系列女性的关系很生气,不过今天悠介约她,她就出来了。暂时还发展不到上床的地步,但是就约会的情形来看,裕子似乎已经不讨厌悠介了。虽说感情淡薄了许多,但是还残留着同居时爱情的三分之一吧。

"今晚,店打烊之后,能见面吗?"

"不行啊!已经有约了。"

"和店里的客人吗?"

要是对走红的银座女招待去陪客人喝酒耿耿于怀的话,那么就别当她男朋友了。

"那么,周六如何?"

"要外出办事。"

"这样的话,周日呢?"

"……"

"周日总可以吧!"悠介追问道,裕子可能在享受着优越感吧,没有回答。

"不会是有别的男人了吧?"悠介玩笑似的问了一句。

裕子用淘气的目光看着悠介,反问道:"看起来像吗?"

刚来东京的时候裕子可没有这么傲慢过,不知何时两人的立场已经对调了。

"当然不像了。"

"反正你也不知道!"

如果从同居时裕子对自己很专一的情形来看,应该没有男人,但是看到她笑得那么神秘,悠介开始不安起来。

"你给我说清楚啊。"悠介不愿意被裕子捉弄了,接着说道,"反正,周日我要去趟你那儿,下午两点或者三点的话,总可以吧!"

裕子像在思考什么似的,看着窗边的观赏植物。过了会儿,她慢慢地把视线转了回来,说道:"我已经不住在那个公寓了呀!"

"搬走了吗?"悠介慌忙又补充道,"可我这个星期天给你打电话的时候不是还在吗?"

"嗯,第二天搬的。"

"搬到哪儿去了?"

"九段。"

"为什么?"

周日打电话仅仅是三天前的事,第二天裕子就搬了家,悠介感到非常意外。

"那里是你匆忙找的吧!"

"原来的房子太小了,而且你还闹了那样的麻烦事儿。"裕子似乎是想说:为了从你的身边逃走才匆忙租借的。

对悠介来讲,对那个公寓的印象确实也不好。

"这回在九段,离银座很近,而且是钢筋结构的,很牢固。"

"那租金很贵吧?"

"嗯,几乎贵一倍呢。"

不愧是银座走红的女招待,神宫前的公寓租金就将近三万,这回一定有五六万了。

"是自己一个人付的钱吗?"

"请你付不成?"

悠介当场难以回答,但裕子的生活正变得奢华这一点是可以肯定的。

"那,告诉我你新的电话号码吧!"

"你要打过来吗?"

"不方便吗?"

"没有不方便,不过……"裕子的态度有些矫揉造作,"还谁都没告诉呢!"

裕子用一副勉强的表情,把电话告诉了悠介。

"住址呢?"

"这也要知道吗?"

"我一定要去看一次。"

虽然很不情愿,裕子还是把住址告诉了悠介。

"今天我要是不问的话,什么都不知道,还会往以前的地方打电话呢。"

"给店里打电话不就什么都知道了嘛!"

"为什么不早点告诉我呢?"

"早点告诉你又能怎样?反正你都在追其他女人。"

"那个和这个不一样吧!"

"哪儿不一样了?"

"不管你去哪儿,都得如实地告诉我。"

"那么,你把你的全部告诉我了吗?"

"当然,我要是有什么事,肯定会和你联系的。"

"我没法相信啊!"

"早晚你会明白我的心!"

"现在不明白也无所谓了。"

裕子看了看手表,说:"我要走了。"

她晚上八点之前必须回到店里。

"你会陪我去吧?"

现在裕子工作的店价格很贵,可也不能临阵脱逃啊。最近正好写了一点稿子,有了稿费收入,偶尔为裕子花一些也不错。

悠介想了想,果断地说:"当然,走吧。"

"这次,可以不用我垫付了吧?"

"我也稍微挣点钱了。"

裕子站了起来,周围的男士们一齐回过头来。悠介感觉自己是一个了不起的护花使者一般,两手插在口袋里,朝收银台走去。

悠介再次和裕子变得亲近,是圣诞节前一个星期的一个晚上。

那天,悠介出了第三本单行本,和负责的编辑们一起吃饭以示祝贺,然后去了银座。

起初悠介是打算去裕子的店里坐坐的,所以在和编辑们吃饭的文坛酒吧里找了个机会给裕子拨了个电话。悠介想,如果店里没什么人的话就绕道过去,可是正值忘年会的旺季,店里好像挤满了人。

近来,裕子的人气直线上升,在店里的生意也是数一数二的。本来裕子的容貌和身材就很好,加之作为札幌人的淡薄性情,不拘泥于俗事,这一点也许为客人们所喜欢。

这样的话,即便是打烊之后,也无法见面了吧?走红的银座女招待每天晚上都会有客人邀请,所以可能约不到她了吧?悠介这么想。没想到裕子轻而易举地答应说:"可以啊!"

"那,我等你。"

十二点之后,悠介和编辑们告了别,去了约好的酒吧喝酒,正喝着,裕子出现了。她穿着很少见的淡紫色的大岛绸子衣服,上面系着黑色带子,肩上披着光泽很好的水貂披肩,一切都是悠介从未见到过的。

"我以为你晚一点才会来。"

因为是生意最火的腊月,悠介原本觉得得过了一点裕子才能来,没想到刚过十二点半她就到了。

"店里还有客人,我没理他们就出来了。"

"这样可以吗?"

"没事!兴许我会辞掉现在的工作。"

裕子五个月前刚从初次工作的店跳槽到这边,要是再换的话一年内就换两次工作了。

"你之前不是挺喜欢这儿的嘛。"

"这地方太烦人了。愚蠢的女人和我大吵大闹,说什么我把她的客人抢走了。"

在最初工作的店里,裕子只是个服务员,因为收入有限而离开了,这次似乎是因为抢客人和店里的其他女人有了矛盾。

"有点厌烦了呀！"

裕子露出疲惫的样子，将手插入带子里，深深地叹了一口气，接着说："但是，好不容易才走到了这一步，所以……"

依照裕子的年龄，想要获得这么高的收入，应该还有其他道路吧。

"是不是觉得有点太受欢迎了？"

"是那样的啊！"本想开个玩笑，裕子却淡定地点了点头。

"是客人们点的名啊，也不能怪我！"

"不过，被抢了客人的话，她们会生气吧？"

"那是她们太小心眼了。"

好像是裕子觉得店里没什么乐趣，正寻思着早点回去，恰好这个时候悠介打来了电话。

"唉……你怎么样呢？"

"我出新书了。今天庆祝新书出版，和编辑们一直喝到刚才呢。"

"给我一本看看吗？"

"当然给啦！下次我就带过来。"

"那，拿到梦寐以求的奖了吗？"

几天前，本届直木奖和芥川奖的候选作品公布了，其中并没有悠介的名字。这是预料之中的事，所以也没受什么打击。可是"石头会"的早坂昂被推举为候选人了。说实在的，悠介心情很复杂，既希望早坂获奖，又不希望他获奖。如果早坂获奖的话，就会觉得自己的梦想已近在咫尺，但同时不可否认自己会有被人拉开距离的沮丧感。

"奖总能拿到的。"现在的悠介只好这么闪烁其词地回答。

"年底回札幌吗？"

"圣诞节过后想回去一趟。"

"我也这么想啊！"

提到家乡，两人顿生怀念之情，一起说了一阵札幌的事。裕子喝多了,话也多了起来,最后还跟酒吧老板娘说了自己怎么和悠介好上的那段札幌往事。

"这个人啊!装腔作势,说他不想看那种色情电影,一个人把脸扭过去了。看起来很不同寻常,于是我就上当了。"

裕子说出了三年前两人在定山溪温泉初次见面的情形。

老板娘是个很好的听众,在她的引导下,裕子甚至连两人走夜路时被强盗袭击,悠介一人先逃走的事也说了。

"相木先生也有这样的时候啊!"

"很懦弱啊,这个人!"

"但是,你并不想离开相木先生,因为他有他的可爱之处吧!"

老板娘安慰着裕子,裕子又呷了一大口啤酒。

"唉,你们没有在一起住过吗?"老板娘毫不客气地问。

裕子非常坦白地回答道:"根本没法和这种人住啊!老板娘你听着啊……"

眼看着裕子又要说出无聊的事来,悠介慌忙堵住她的嘴巴。

"刚开始的时候是住一块儿的,不过,现在各过各的。"

"总之,是你不对。"

"别说了……"悠介试图阻止。

老板娘笑着说道:"她说了这么多随心所欲的话,是因为她还是喜欢你的呀!"

果真是这样吗?现在悠介对裕子的真实想法一点儿都不了解,但唯一可以肯定的是,他们彼此并不讨厌,也不怨恨。

"彼此能随心所欲地说说话,最好不过了。"

老板娘虽然只比悠介年长五六岁,但是这一席话确实很有说服力。

那天晚上,悠介送裕子去了九段的公寓,在那儿住了一宿。

但是,并不是裕子劝悠介留宿的。

悠介是第一次把裕子送回到这间公寓里,想着确认一下新公寓的位置后就走,但是裕子醉醺醺的,进了房间就跌跌撞撞地趴在了沙发上,连和服都没脱。

"这么好的和服,全弄皱了。"悠介担心道。

裕子起身将和服脱下,把它挂在衣架上,然后直接穿着长衬衣躺在了床上,对悠介说想喝水。

"本来就不行了,还一个劲儿地猛喝!"

悠介立刻倒了一杯水递给裕子,裕子坐起来喝水。

"好难受啊……"

喝完水,她松开了长衬衣上的伊达狭腰带,敞开胸口,仰躺在床上。

白底的长衬衫上散落着粉红色的小花儿,从衬衫下摆到小腿都光光的,脚上穿着短布袜,妖艳又显风骚。

悠介凝视了一会儿之后,帮裕子解开搭扣,脱下了短布袜,裕子依然闭着双眼没有任何反应。悠介也喝了不少,倒是还没有醉。

环顾房间,一进门就是近十张榻榻米大的客厅,再往里有卧室和一间六张榻榻米大小的日式房间,这是一套两室一厅的房子,公寓位于靖国神社的后面,非常幽静。整座建筑一共有九层,入口处还有一个宽敞的大厅,相当豪华。裕子说过这儿的租金很昂贵,和悠介住的连电梯都没有的两居室相比确实有天壤之别。

真不愧是当红的银座女招待啊,就是不一样,但一瞬间悠介有了一个疑问:这房租到底是裕子一个人付的吗?难道是有人给了她经济上的支援?

悠介变得不安起来,重新审视了一下房间。从他那儿搬出来时带走的日式衣柜和橱柜还是老样子,但是客厅里的全套家具和床好像都是新买的。除此之外,冰箱和电视机也是新的,右边墙壁上还安了一套大型音响,这好像也是初次见到。

单是弄齐这些东西,就得花不少钱吧。悠介在屋里东瞧瞧西望望,察看是不是有其他男人的痕迹。

这般行径如入空室行窃的小偷一般,悠介有些畏缩,但是还是觉得调查清楚比较好。

在女人的房间里,经常会有一些和男性一起照的相片放在餐具柜或书架上,但是悠介并没有看到这些,也没有发现男人的衬衫和内衣之类的东西,只是在去卫生间的时候看到洗漱台上放着红、蓝两种不同颜色的牙刷。

时常会有男人过来吧!

悠介不知不觉想起,前不久裕子也做过与此相似的事来。

那是在九月份,裕子搬走之前。那天悠介在家休息,看到裕子不断地环顾房间,现在想来她应该是在寻找女人来过的痕迹。而现在自己也正做着一模一样的事情。

别再做这么丢脸的事了。悠介斥责自己,但好奇心越来越强烈。他看了一圈洗漱台周围,一把剃须刀出现在视野里。这是最近流行的外国货,也是新的,没有什么用过的痕迹。

牙刷和剃须刀!

这两样东西很奇怪,但是仅仅凭这些就说明有男人来过,也许为时过早。而且,如果真的有男人来的话,这些东西应该不会如此草率地放着。

"不管怎样,明天平心静气地问一问裕子吧!"悠介自言自语道。他决定要休息了。

当然,悠介并非得到了裕子的许可,但是他没有理由把一个醉成这样的女人一个人搁这里走人。

悠介把玻璃杯中裕子喝剩下的水喝完,然后脱掉了衣服。

老实说,悠介有一种做奸夫的感觉,但是假设夜里有男人来了也没关系。万一遇到这种事的话,他就连珠炮般地对他只说这一句话:这女人早就是我的了!

要是她付不起这儿的房租的话,我来付。不论价格多高,写上四五十页稿子总够了吧!

悠介渐渐自信起来,悄悄上了床,钻到了裕子的身旁。

三

从年末到正月,悠介回家乡探亲一周,他重新认识到自己再也不能走回头路了。在这一周时间里,他和大学时代的同学见了面,大家都专心于自己的工作,已经变得和悠介没有共同话题了,悠介也已经失去了回札幌医院工作的可能。

因为任性地把家扔下去了东京,所以,这也是理所当然的,悠介在札幌好像没有了容身之处。悠介觉得很对不起母亲和妻子,但自己仍需去东京继续努力。

回到东京之后,悠介和裕子的关系好起来了。

最大的原因是雅子和贵子的离去让悠介换了一种心情,变得更加亲近裕子。而裕子因为在店里遇到了一些麻烦,从而发现悠介是一个能放心畅谈的、不可或缺的倾诉对象。当然在这背后,也是因为两人都对这不能回头的艰辛感同身受。

不过虽说两人关系融洽,但是打电话的基本上都是悠介这一边,约会内容也只是在周末的时候碰个面吃个饭而已。

悠介觉得两人见面可以再频繁一些,但是,裕子又换了一家店,似乎很忙。

这次是一家比上次更高一个档次的夜总会,好像薪水也高出一大截。凭悠介这样的收入,是怎么也不敢进去的。在这里工作好像很严峻,每个月都得完成大额的销售量。

收入增加,相应的辛苦也就多了,但即便如此,裕子从小小的二流夜总会起步,在这不足一年的时间里就进入到了银座最高级的地方。虽说是银座女招待,但比起相貌来说,头脑灵活和对工作的渴望才是成功的决定性因素。说实在的,裕子并没有多聪明,但她的直觉似乎很敏锐。靠直觉作判断,大致都能正中要害。

这也不是风俗行业的歪理,可以这么说:客人都不喜欢耍小聪明的女人。像裕子这样的看上去有点呆呆的,而实际上却大方稳重的女人更受欢迎。总之,银座一流夜总会的知名女招待和无名作家之间明显缺乏平衡,对于悠介来说,裕子已经是一个比他优秀的女性了。

理所当然,有各种各样的男人想接近裕子,她的面前也摆着形形色色的诱惑,但没有迹象表明裕子有了特别喜欢的男人。当然因为没在一块儿住,所以细节的东西并不清楚,但是就目前来看,裕子似乎并没有想要和哪个男人同居。

"说来说去,裕子还是喜欢我的。"

悠介这样自负,并非完全没有根据。

两人现在确实是分开住的,但是彼此依然侃侃而谈,而且自己也有留宿裕子的房间同床共枕的时候。虽然没有了曾经激情似火的感觉,但是正因为彼此知根知底,所以很放心,没有多余的担心。和悠介在一起的两人时光,对于忙碌的裕子来说也是一种休憩。

悠介的自信还在于随着新年的到来,裕子把房子的钥匙给了他。素日里两人经常会在店打烊之后见面,但裕子的店关门的时间有早有迟,很不方便。有一次悠介等到了凌晨两点,非常辛苦。

"有了钥匙的话,就能在屋里等了,但是……"

悠介试着这么一说,裕子却出乎意料地把钥匙递给了悠介。

"仅仅是我俩有约的时候哟!"

裕子附上了条件,但是从把钥匙给自己这件事来看,裕子没有其他男人。即便裕子说约好的时间以外都不行,但是实际上,要是想去的话就能去,这点很重要。

悠介觉得裕子和自己更加贴近了,似乎裕子也终于明白了自己的诚意。也许有些自私自利的理由,但是"没有风雨,怎么经历彩虹"说的就是这事。悠介的心情好得想吹口哨。

不过,一件扰乱悠介心情的事紧接着发生了。

一月中旬过后,这一期直木奖获得者公布了,是早坂昂。那天晚上,九点的晚间新闻播报了此事,悠介听后深受打击,就像后脑勺突然间被揍了一拳。

朋友获奖不受任何打击,说这是喜事儿,是值得祝福的事儿,这些都是场面话。实际上,只有他坐上了荣耀的宝座,而自己被遗弃,被拉开了很大距离,不可否认悠介有强烈的失败感。

每年都会有获奖者涌现出来,但那些都不是悠介直接认识的作家,因而并不太在意,可这回是同属一个会的会员,就在自己的身边,悠介心里倍感难受,一边想着马上发贺电,一边寻思着不能往心里去,最后想了一个最容易接受的理由接受了这个事实:他比我大了将近十岁,所以按资排辈,还轮不到我啊!

虽说如此,悠介的现状并没有改变,还是一个竞争的失败者。

过了一周多,早坂昂获奖的冲击好不容易淡了。时间进入了二月。

本来,裕子身上有些大大咧咧的地方,悠介好像也是如此。发生这种情况,可以用粗心大意或愚蠢之类的词来形容,但想一想的话,这件事从正月起就已经有了征兆。

之前,周末基本上都是两个人一起过的,但是进入二月份以后,裕子时常以有事为由推辞了。

"今天有聚会""还得去陪客人啊"……裕子总有理由来拒绝。如果悠介接着说"那么等聚会结束以后吧",裕子就会说"很晚了,我也累了,今天就算了吧",就这样打发悠介,并不想跟他见面。

而且即便是周日的时候去裕子的住处,到了晚上裕子也会冷冷地拒绝他:"你回去吧。"如果毫不在意地留下不走的话也很无趣,裕子只是和打电话过来的男人聊天。

好好想想的话,这些都是可疑的地方,但悠介因为裕子给了自己钥匙,所以没有去怀疑。有了已经交付钥匙的男人,不应该和其他男人交往。

悠介对此深信不疑,不认为那是自己一厢情愿的想法。

那是二月末的一天,暖洋洋的,街上的行人很多都没有穿大衣。

九段的学校很多,星期天下午,九段一带静悄悄的,基本上没有行人往来。

阳光普照,让人觉得已经进入了春天。悠介一边漫步,一边想起一年前和裕子一起来东京的时候。一年过去了,应该说时光如梭,还是光阴缓慢呢?不管怎样,这段时间里,发生了各种各样的事情,这是真真切切的。只是没有想到一年之后,自己会走在这样的通往裕子公寓的地方。

"唉,算啦!"

现在各住各的,对这种生活也没什么不满。虽然时常觉得寂寞,但是一个人很自由,做起事来也方便。

三个穿着校服的女学生走近悠介,大概是因为某事到学校集合的学生吧。步行街很狭窄,悠介贴着神社的墙壁走,与女学生擦肩而过,之后便看到了前方耸立着的公寓楼。

大楼是一栋米黄色的九层建筑,坚固地耸立在微阴的天空中。远处传来一阵电车驶过的声响,声响消散之后,又回归了原本的寂静。

悠介在昨天的时候给裕子的住处打过电话。因为是周六,所以心想可以见面吧,但是裕子说要和朋友一块儿去伊豆旅行,所以不在家。

"那周日怎么样呢?"裕子回答他说下午回来。

虽然没有明确地约定好,但到了下午悠介还是出了家门,向裕子的公寓走去。路上悠介又打了个电话,但是没人接,琢磨着裕子还没回来,这样的话自己可以先过去等她。

悠介想见裕子不只是因为到了周末,还有一个原因是他接到了来自地方报社的约稿,要为报社写连载小说。虽然只是登在周日版上,但即便如此,能在报纸上发表连载小说是自己从没奢望过的机会。

悠介当场就想接受,但是这样的话好像显得太过急切了,所以回答他们说考虑考虑,下周一予以答复。在这之前,悠介想把这个好消息告诉裕子。

"终于,我也可以在报纸上连载小说了。"

这样的话,裕子一定很高兴。

在这感觉不到冬天的气候里,悠介很兴奋。他左手插在兜里,晃晃悠悠地进了公寓楼。一进门是个大厅,放着观赏植物和两套组合沙发,也许是周日的原因,一个人也没有。悠介穿过大厅,上了电梯,来到七楼。

裕子的房间是七〇八室,从最右端数起的第二间。悠介走出电梯,向右拐,走了二十米左右,在第三个门前停了下来。门口有块金属板,上面标着"七〇八"和"水口","水口"是裕子的姓。

悠介把耳朵贴近门,想听听里面有什么动静,没听出什么后他又按下了门铃。门铃的声音响了一阵,没有反应,似乎裕子还没有回来。

悠介看了看手表,已经过了三点了。虽说是旅行,但昨天就出去了,不会现在还没回来吧?他从口袋里掏出了钥匙。

悠介将白光熠熠的钥匙插进钥匙孔,咔嚓一声,小小的金属声音响过后,锁开了,悠介握着把手往外拉。

瞬间,一个低钝的声音响起,手感觉震了一下。悠介觉得奇怪,一看,发现锁是开了,但是里面还搭着一根锁链。

看到这些,悠介仍然不能清楚地领会它的用意。锁已经开了,但是门为什么还开不了呢?来不及考虑,悠介再一次用尽全力往外拉,内侧的锁链伸到了头,悠介看见裕子紧绷着脸站在那儿。

"喂!为什么打不开?"

透过锁链这么宽的门缝,看着裕子的脸,悠介还没有意识到事态的严重性。大概裕子挂着锁链在睡觉吧,悠介想得挺美。

"是我啊!开门呀!"悠介喊道。

裕子靠了过来,从里面把门关上了。

"做什么呢?"

并不是要做什么坏事,只是想像平常那样一起吃个晚饭,可为什么要关门呢?

"开门,开门!"

即使关了门,也可以拿钥匙开。悠介再次把钥匙插进锁孔,试图把门打开,但是似乎里面有人拉着,不容易打开。

"不要做蠢事!"

已经这样了,不管是怎么回事,都要打开它。悠介使足劲一拉,门又打开了,男人的劲总归比女人大,锁链一下子又绷紧了,悠介看到裕子慌慌张张地往屋里跑去。

悠介感到很奇怪,从开着的门缝往里一看,裕子的鞋和一双黑色的男式皮鞋并排放着。看到此景,悠介终于理解了所有的一切。说是昨天去了伊豆,实际上是和男人一起在屋里鬼混吧。

"被骗了……"

悠介全身上下怒火中烧,嘴唇颤抖起来。从没有想过自己一万个放心的裕子会把其他男人带回家。

"开门,不开我就把门砸了!"

悠介猛烈地敲门,又使劲地拉它,门的锁链几乎都要被拉断了。这次男人的脸露了出来。

"你,别太过分了!"男人尖叫道,再次从里面关上了门。

一瞬间的事儿,悠介看得不是很清楚,是一个不胖不瘦、中等身材、戴着眼镜的中年男人。

悠介感觉自己是在做梦,觉得在哪里看到过类似的情景。电影、电视,还是在小说里读到过?男的去自己亲密的女人家里约会,那里却出现了另外一个陌生男人。一直认为是属于自己的女人,却在和别的男人私通。与此相同的情景展现在自己的眼前。

悠介心想"完了",可为时已晚。是疏忽大意,还是太迟钝了呢?悠介对自己的愚蠢感到生气。

即便那样,裕子也做了很大胆的事。把钥匙给了悠介,同时又带别的男人回屋留宿,她的胆量是真够大的。

去旅店不就没事了嘛,是不是裕子不屑于此啊?或者认为可以糊弄过去?真是太小看自己了。

"不可以……"悠介叫喊道。

悠介忘了自己曾几度背叛裕子,后悔和愤怒使他变得头脑发热。现在没有台阶好下,就此放弃回家的话,等于认可了其他男人的存在,自己就输了。

悠介重新凝视着门开始思考。

纵使现在再次用钥匙开门,锁链依然挂着。再怎么猛烈地敲门,使劲地拉门,仅凭一己之力似乎无法进入。怎样才能进去呢?问题出在锁链上,只要把它弄断就能进去了。悠介突然想到了金属锯子。

"买来锯子,就可以切断这根锁链了。"

悠介决定一试,可去哪儿能弄到锯子呢?自己对这一带不熟悉,打车去找的话,兴许可以买到吧。

好吧!这就去看看。悠介朝门上吐了一口唾沫,然后坐电梯直达一楼,快步向马路走去。周日的下午车并不多,但马上有一辆出租车开了过来,悠介拦车坐了上去。

"附近有五金商店吗?"悠介马上问道。

司机一脸的惊讶,寻思着。

"想买个金属锯子,不管怎样,先开车吧。"

因为是坐车走,所以即便远一点也无所谓。也许开着开着就会发现了。

车朝市谷方向开出之后司机问道:"接下来,往哪儿开?"

"那么,右转去神乐坂吧。"

"但是,今天是星期天呀!"

司机似乎是想说,因为是休息日,所以开门的店很少,可又不能就这样空手而归呀,所以悠介说道:"一两家总还是有的吧。"

车朝着人流多的地方开。一上到神乐坂坡道,悠介就探出身子左顾右盼,但看不到哪儿有五金商店。到了神乐坂的最高处,就要转向早稻田大学方向的时候,司机嘟囔道:"那儿是不是?"

在右手边电线杆的前方,能看到一家五金商店的广告牌。

"好的,就在那儿停吧。"

店稍稍出了神乐坂的商业街,没错,好像和日用品一起,卖着金属锤、螺丝钉、螺丝刀等木匠的工具。

一下车,悠介就飞奔过去,询问道:"有金属锯子吗?"

一个年近花甲的白发男子好像是老板,他注视了悠介一会儿,然后从里面的柜子里拿出一把金属锯子。

"有没有稍微再宽一点、坚韧一点的?"

"干什么用?"

不能实实在在地说是要锯门的锁链。

"狗的,锁链……"

"锁链有很多种啊。"

"那个链子有点长,我想从中间锯断,所以……"

白发男子又从柜子里拿出一把稍大点的锯子。

"这把怎么样?"

"可以吗……"

"花点时间的话是可以锯断的呀!"白发老板满不在乎地说道。

"好的,那锯齿多给我些。"

悠介买了那把大一点的金属锯子和三根锯齿,回到车上。

"去刚才的地方……"

必须赶快回到九段,开始锯锁链。

"周末还工作,真不简单啊!"

司机好像认为悠介是个业余木匠。

"是啊……"悠介模糊地回答道,一边把锯子放在太阳之下。

我要用这个锯断那可恶的锁链。

也许他们在房间里正暗暗松气,以为自己走了,可事情不是那样的。如果认为自己就那样放弃了的话,那他们就大错特错了。

"一定要打开它。"悠介把锯子拿在手里,对自己说。

公寓周围依然幽静,没有人出现。

大概是因为这一带靠近市中心,很多地方都用作了办公事务所,所以虽说是周日,却看不到一家人在一块儿或孩子玩耍的身影。

悠介在寂静之中乘坐电梯又来到七楼,在裕子的房间前停下脚步。

已经接近下午四点了,明晃晃的太阳开始西斜。

悠介感觉自己成了一个盗贼,他靠近门,里面鸦雀无声。两人还在屋里吗,或者是警惕着不发出声音?不管怎样,这次拿着锯子这个武器,是不会输的。

悠介左手拿锯子,右手按门铃。铃声在屋里一阵又一阵地响起,但是里面没有任何反应。

悠介再次按响门铃,确认里边没有回应后把钥匙插进了锁孔,用力往右边一转,随着一声金属的声音,锁打开了,悠介握着把手往外拉。门是拉开了,但还是有链子搭着,只拉开了十厘米左右。两人似乎还躲藏在房间里。

但是,奇怪的是刚才门口放着的男式皮鞋不见了。那个男人因为害怕先回去了吗?那样的话就应该不用挂锁链了呀。

"裕子!"悠介隔着锁链向里边叫道。

"开门啊!是我呀!"

连喊了两遍都毫无回应。可是锁链是从里面挂上的,所以不应该没人。

"藏起来也没用。"

……

"因为我要切断锁链了!"悠介像是最后通牒似的叫嚷道。

悠介在拉伸到极限的锁链中间处竖起锯子开始锯了起来。

周围的人看到的话,会怎么想呢? 但幸运的是并没有人来。

锯齿啃噬着锁链,发出咯吱咯吱的声音,锯齿周围金属粉末金光熠熠。

在五金商店看到锯子的时候,还怀疑这样的锯齿能否锯断链子,现在发现它还挺实用的。正如白发老板说的那样,花点时间慢慢锯的话是可以锯断的。

"让你看看我的执着!"

现在悠介没有闲工夫考虑自己的所作所为是否合适,只是一心想消除被裕子背叛的痛苦。

门口响起了可怕的声音,裕子变得不安起来。她慢慢靠过去,发现悠介在锯锁链,连忙叫道:"你在干什么!"

受惊的裕子跑到门口,又下意识地退后了几步,再次叫道:"住手,住手啊! 你疯啦!"

当然,悠介正发着疯。正因为发疯,才会做出这种事。

"我要把它切断!"

裕子仍然紧绷着脸,看到锁链一直被锯着,突然两手捂住脸逃进房间里边去了。悠介毫不在意,继续锯着锁链。不管对方说什么,挥动锯子是自己现在不得不担负的使命。

里面再次有人出现了,一抬头,刚才露过脸的男人正站在那儿。

这回和刚才不同,悠介可以打量他一番了。那个男人仍然戴着眼镜,个子较高,好像四十五六岁的样子,上身穿着白衬衣,配着蓝色西裤,没有系领带,发型是三七分,是一个整洁的白领模样。

"你,叫你住手……住手啊!"

男人怒目而视,提高了嗓门儿,脸色铁青。他双拳紧攥,但是两肩紧张得微微颤抖。

悠介毫不理会,继续锯着,男人向前一步,说道:"你把这儿当成什么地方了？"

"那你，把这儿当成什么地方了？"绝不能认输，悠介反驳道。

"这是水口的家，她说不想让你进来，你懂吗？"

亲密地称呼裕子为"水口"，这是悠介绝不允许的。

"你不是进去了吗？"

"我是得到老板娘的许可才进来的。"

"别说混账话！她是我的女人。"

两人争吵着，裕子出现了，好像她已经忍无可忍了。

"别说了，因为那个人疯了！"

"别开玩笑！"

悠介怒喝的一瞬间，裕子胆怯地挨着那个男人，男人抱紧了裕子，悠介见状更加愤怒了。

"大白天的就抱在一起，把这个锯开后我就闯进去！"

伴随着裕子的叫苦声，两人再次回到房间里面去了，但那个男的又出来嚷道："我叫警察了，叫警察……"

悠介像没听到似的又开始挥动锯子，男人再次嚷道："我真的叫警察了啊！"

悠介突然变得严肃起来，到了这一步，一定要进去和那个男人决斗到底。互相攻击也好，扭打在一起也好，哪怕彻底地来一场男人与男人的战斗，也要看看最后裕子到底选谁。

正如男人宣称的那样，里面传来打电话的声音，好像是呼叫110了吧，悠介听到他正在描述事情的发生经过。但是悠介并不想逃走，在切断锁链之前他是不会离开的。

看着一点点被锯开的锁链，男人有点沉不住气了，他又一次出现在门口，这回他想从里边把门关上。对此，悠介憋足了全身的力气又拉了回来。

"放开吧!"裕子在里面叫道,兴许她觉悟到拙劣地反抗反而不好。

男人走开了,悠介再次站在门前开始拉锯子。拉了五六分钟,锁链断开了四分之一。照这个样子下去,再有十分钟就能把链子切断了吧!

悠介在手上使足了劲儿,努力地拉着锯子。两人似乎躲到里屋商量去了,周围突然一下子安静下来,只有锯子和锁链的相互摩擦声连续不断。

加油啊!悠介鼓励着自己,他觉得这是一件正义的事情。

不管发生什么事情,不去完成它就没有希望。除非切断眼前的这根链子,否则裕子也好,恋情也好,工作也好,所有的一切都会半途而废。

就是要切开这根链子!

现在,切断这可恶的锁链是悠介唯一的目标。

不用说裕子,待在屋里的男人的脸也紧绷着,一片苍白。对于这个男人来说,悠介是突然出现的非法闯入者,是黑社会的,还是地痞流氓?也许他一看见悠介拿着锯子的架势,心中就没底了。

男人非常害怕,慌忙叫警察也是很正常的。但是他把悠介当作是非法闯入者,那就是把裕子的房子当成是他自己的了。当然,进入裕子的房子,作为一起同居的男人,也是正当的权利。

悠介也没有想过要对那个男人怎么样,只是现在不切断锁链进去的话,作为男人的面子就没地方搁了。说实在的,他有一种被戴绿帽子的感觉。非法闯入者是那个来路不明的男人,自己才是受害者。

悠介不怕警察来。假如警察来了,把事情的经过跟警察一说,他们应该马上就会明白错在对方。警察要是询问起事情缘由的话,自己就原原本本地都告诉他们。

从一开始悠介的态度就很强硬,但那个男人好像强硬不起来。

他也许是某家公司的经理或者部长什么的吧,既然能勾搭上银座高级夜总会的女人,应该有相当的地位和金钱。他看上去干净利落,穿着整洁的衬衫,是个正经的成功白领人士。那样的男人在女人房间里惹起事端会很麻烦的。被警察带走,询问事情原委,告知公司或家人,这样的话事情就闹大了。

和那个男人相比,悠介一身轻松。

即便被现在的医院开除了,也一点关系都没有。自己一心想成为一名作家,因为写小说原本就需要一点痞气,所以这事即使公开了,也不会阻碍自己的发展。而且已经给警察添过一次麻烦了,本来就是有前科的,二进宫也没什么大不了的。

警察来后,哭鼻子的应是那个男人。

悠介不慌不忙地、悠哉悠哉地继续锯着锁链。

相当粗的锁链已经割开了约莫一半,再有五六分钟就能完全切开了。

数分钟后,警车来了。

警笛声从远处传来,不一会儿车就到了公寓前。悠介纹丝不动,继续割着锁链。

警察们应该是坐电梯上来了吧,电梯口有嘈杂的声音,紧接着有脚步声向这边靠近。

听到有人说:"在那儿,在那儿。"

"喂!"最前面的男子叫道。

"你要干什么?住手!"

悠介听到了他们的第二次喊话,回头一看,只见三名警察正弯着腰看着自己。中间戴眼镜的好像是官衔最高的,他给另外两个人使了下眼色,然后往前一步,伸出了警棍。

"不住手就开枪了。"

被枪打了,那可受不了,悠介停了下来,另外两名警察也立刻靠了上去。

"你被逮捕了!"

"老实点!"

悠介的双手一下子被抓住了,警察试图制伏他,但悠介并不打算反抗。警察要想抓就让他们抓好了,这样自己也能堂堂正正地表明理由,但是警察似乎怀疑悠介假装顺从。

"别耍花招啊!"擒住悠介双手的警察说道。

夹在锁链之间的金属锯子掉落在地板上,与此同时,悠介的双手也被戴上了手铐。

"没带家伙吗?"

在戴眼镜的警察的示意下,年轻的警察慌忙把悠介的毛衣和裤子从上到下搜索了一遍。

"好像没有。"

知道悠介没有拿凶器,警察们似乎稍许放宽了心。

"为什么要做这种事情?"戴眼镜的警察询问悠介。

悠介从门缝中看到了裕子和那个男人的脸,他一边瞪着这两个人一边努努嘴,说道:"看那儿!"

三个警察一起朝门里看。

"那个男的闯进了房间。"

"不对,是你这个家伙硬要闯进来。"里边的男人反驳道,声音高亢,与年龄极不相符。

"别胡说八道!我可是有房间钥匙的。"

"之前我就在里面的呀!"

"我在你之前,就在这里和那女人一块儿住了。"

男人吃了一惊,回头看了看裕子,立即向警察申诉道:"我和她以前就很熟。"

"我比你早得多。"

"虽然早,但是她说不想让你进来。"

"什么?"

悠介刚一嚷嚷,警察就用力拉住悠介的手腕。

"总之,跟我们到警察局走一趟吧!"

"等一下,他们怎么办?"

"他们是他们,事情原委以后慢慢问。"

"您是在开玩笑吧!"

悠介不服从警察的决定,再次对着门缝大叫:"裕子,就这样了吗?"

旋即,裕子低下了头,悠介更是怒吼道:"要把我送给警察吗?"

或许是觉得待不下去了吧,裕子消失了。年轻警察从两腋处将悠介架住,用力推着他向电梯走去。

"混账……"悠介往地板上吐了口痰。

明确地说,现在与其说憎恨那个偷偷潜入的男人,还不如说恨的是裕子。自己那样叫喊,她为什么不出来说句话呢?"那个人是我的男朋友。"哪怕就那么一句也好。

当然那个男的是不会允许裕子这么做的,但是终究是因为裕子让那个男的进了房间。只要裕子意志坚定的话,是不会发生这种闹剧的。

她才是惹起事端的始作俑者,却装作不知情,这到底是怎么回事?曾经同居,连钥匙都给了的男人被警察抓走,不应该手旁观吧!

悠介一边和那个男的争辩,一边一直期待着裕子能伸出援助之手。

当自己叫嚷道"那个女人是和我住在一块儿的"的时候,裕子要是站出来说一句"是这样的"或"对不起"这样的话,警察们对自己的印象就会大有改观,但是裕子只是一味地袖手旁观,没有提供任何援助。于是,自己留给警察的印象肯定很坏。

"那个浑蛋⋯⋯"悠介越想越后悔,生气地骂道。

"想把我怎么样?"悠介在电梯里对警察乱发脾气。

戴眼镜的警察瞪着眼回敬他:"你给我安静!"

"我可没有吵闹吧!"

仔细一看,戴眼镜的警察三十好几,似乎和自己年龄差不多。其他两个人也就二十多岁,还留有童颜的余韵。不能在这样的男人面前被羞耻地带走。

"再让我和那个女的说说话。"

"对方不一定会出来吧。"

"不,告诉她我有话对她说,她一定会出来的。"

"⋯⋯"

"我和她两人单独谈谈的话,我们的事就很明白了。"

戴眼镜的警察沉默了一会儿。电梯到了一楼,他便命令年轻的一位警察去把裕子叫过来。悠介稍稍冷静了些,被警察带着上了警车。

太阳快要下山了。或许是公寓里拖家带口的人家很少的缘故吧,警车停在那儿,但是周围并没有瞧起哄的人,只是有人从旁边经过时很奇怪地回头看看。

"你,叫什么?"戴眼镜的警察突然问道。

"相木悠介。"悠介冷淡地说道。

看到警察不知汉字怎么写,悠介便自己写了一遍。

"工作?"

"写东西。"

"东西?"

"是小说。"

警官感到意外地盯着悠介。

"但是,也当医生。"

"真的吗?"

"是一家离两国很近的医院,要是认为我撒谎的话可以打电话过去确认。"

悠介说出了医院的名称和电话号码,年轻的警察开始用无线电话和总署联络。

"没弄错吧。"

"也可以去问那个女的。"

"安静!"警察大声叫道,从四方形的箱子中取出文件。

"再说一遍你的名字是?"

悠介怄气地重复了一遍相同的话。

戴眼镜的警察在文件上写字的时候,悠介透过车玻璃往外看,公寓的出口处出现了那个年轻警察和裕子的身影。

裕子穿着蓝色的裙子,配上粉红色的开襟毛线衣,微微低着头。一看到裕子,悠介冲动得想马上跑到她的身边去。他从车窗探出身去,看见裕子站了一下,似乎是夕阳晃眼吧,她用一只手贴着额头,慢慢地朝警车走了过来。

"让我下车,我有话要和那个女人说!"

两位警察互相看了看,然后问道:"你不会乱来吧?"

"我这个样子也没法乱来吧。"悠介伸了伸戴着手铐的双手。年长的警察点点头,他便有点跟跄地下了车。

悠介本打算见到裕子第一句话就骂她竟然对自己做出这么不要

脸的事来,但话到了嘴边却成了另外一句。

"在这些人面前,希望你说句话。"

裕子站在悠介前面两米的地方,悠介稍稍镇定地对她说:"实事求是地……"

"说什么?"裕子寻思着。

"我是个医生吧?"

"……"

"现在在两国附近的山根医院工作吧?"

裕子窥视了警察一眼,之后点了点头。

"以前,我们俩在医院附近的公寓里一起住过,是吧?"

"是……"这次裕子低声应答道。

"所以,你给了我钥匙。"

悠介得意扬扬的。这时,刚才给警察总署打电话的那位年轻警察小声地向戴眼镜的警察嘀咕了几句。也许是悠介的身份确认了吧,戴眼镜的警察点了点头。

他对裕子说道:"按照这样的情况,要以毁坏器具和入侵他人住宅的罪名逮捕他,不过……"

悠介觉得他在胡说八道,试图争辩。警察用手制止悠介,继续询问裕子道:"那个锁链大部分被切开了,但是没有损坏其他东西吧。"

"嗯……"

"锁链怎么办?要是不诉求赔偿的话,就不作为事件来处理了。"

"真对不起。"裕子低下了头。

戴眼镜的警察训导似的说道:"附近是有人住的,引起麻烦的话很难办,懂吗?"

裕子再次低下头。

警察点了点头,说道:"你可以回去了!"

悠介慌忙想叫住裕子,但是裕子转过身朝公寓的方向走去。

"稍等一下!"

悠介要追上去,但被警察抓住了手腕。

"你最好不要做蠢事!"

"可是,那家伙……"

"不再追过去的话,今天就可以这样放了你。"

"本来我就什么也没做。随意地叫你们过来,吵吵闹闹的是他们啊。"

"再抱怨的话,是要去警察局吗?"

又被带进拘留所的话那可吃不消,悠介不说话了。

戴眼镜的警察郑重说道:"发誓不再做那样的事情!"

"我可没做什么……"

"别说废话!"他威胁似的对悠介大声训斥,悠介只好又闭上了嘴巴。

"切割别人的锁是做坏事,你明白了吧!"

悠介仍然心怀不满,但是要是不点头的话,警察似乎不会让自己回去。

"对不起。"

悠介低下了头,警察终于给他打开了手铐。

"别做那样愚蠢的事了!"

警察又说了他一句才让他下车,而后发动了警车的引擎。

突然,悠介被某种冲动所驱使般地大声喊道:"记住我的名字了吗?"

三名警察从车中奇怪地看着他。

"我叫相木悠介!"

他们并不理会悠介的大声叫喊,开走了汽车。悠介朝着警车驶走的方向再次大声叫嚷:"不知道的话,买本我的书读一读……"

警车像是什么也没听到似的留下发动机的余音,消失在灰色的墙壁前方,只有悠介的声音在日暮降临的天空中回荡。

四

有时候,从未见过的东西会突然一下子出现在眼前,这次的事件就是这样。

裕子偷偷地和其他男人相好,这是悠介一直认为不会有的事。而当悠介想进入房间责问她的时候,她居然看着那个男人拨打了110,叫来了警察。

裕子的不专一对悠介来说当然是个打击,但是裕子亲眼看着那个男人叫来了警察对付自己,对于悠介来说更是触动巨大。真没想到裕子会这般冷淡地对待自己。但是现在平心静气地想一想,这件事也未必能说就是一个意外。

像裕子这样的银座红人,肯定有各种各样的男人拜倒在她的石榴裙下,和其中一人相好并不奇怪。以前也在一起住过,总觉得裕子不会红杏出墙,所以悠介从不把她当回事,现在看来那只是自己盲目自信的表现。

本来裕子离去是因为悠介着迷于其他女性,悠介一直认为虽然自己用情不专,但是裕子不管什么时候都会老实本分,这样的想法真是太愚蠢了。

事已至此,悔之晚矣,应该早一点防范才对。悠介为自己的迟钝感到吃惊。不过他无论如何也不会想到,连钥匙都给自己的女人会有别的男人啊。

和其他男人相好,甚至到了留宿过夜的地步的话,应该会要求我归还钥匙吧,不然的话也应该换一把新锁。对我什么也不要求,也不换锁,就把男人带进来,也太大胆了吧,不是太厚颜无耻了吗?

而且那个男人好像不是她偶尔认识的。如果那个男人说的"我和她以前就很熟"是真的,那么自己从很早以前开始就被骗了。与其说不能原谅,还不如说是男人的面子完全丢尽了。

但是……

在以前,事情发展到这种地步,悠介一定会勃然大怒,喝酒滋事,但是现在他能够稍微沉住点气想一想了。

假如裕子想要自己还钥匙的话,任何时候都可以说,就算说不出口,换个门锁也很方便。可她什么都没做,还是让自己留着钥匙,不就是因为多多少少对自己有着留恋吗?

想到这里,悠介不安起来,自己的想法太傻了吧!

但是,之前裕子和自己相处时轻松自在,怎么也看不出她有想夺回钥匙的意思。也许裕子怀着"最好是还给我,不还也无所谓"这样的心情吧。

悠介这样想未必武断,多少也有一些根据。

事情发生两天之后的傍晚,裕子给悠介打来了电话。

悠介还在为前天的事烦恼,坐在桌旁一个劲儿地抽着烟,这时电话铃响了。

"喂……"

一听声音就知道是裕子,悠介摆好一副不管怎样都奉陪到底的架势。

裕子以轻松的语调说道:"怎么样了?"

被傻乎乎地这么一问,悠介顿时答不上话来。

裕子接着问道:"都还好吧?"

这样的话,感觉是裕子担心自己才打来的电话。悠介本该生气的，但一下子声调全乱了。

"你……怎么样？"

"一个人呀……"裕子的声音异常爽朗。

"总之，我是倒霉透顶了。"

悠介突然间这么一说，裕子轻声训诫似的说道："那是因为你胡来呀！"

"但是，我没想到你会叫警察。"

"那不是我干的呀！"

确实是那个男的打的110，可是那时裕子就站在他旁边，难道不会去阻止吗？

"不过，你没有反对吧！"

"说是这么说，但你进来的话会变得很糟糕呀！"

这话像是在说叫警察比较好。确实，那时要是进了屋的话，自己非常激动，不知道会干出什么事来。

一进屋自己肯定会和那个装腔作势的男人发生口角，然后扭打在一起，也许会有一方受伤吧！从这点看来，裕子的判断是正确的。但是就没有再稳妥一点的方法了吗？至少可以帮自己说句话吧，表明自己并不是擅闯私宅的可疑人员啊！

悠介那么一说，裕子冷淡地说道："我没说吗？"

"那是我求警察叫你过来的，我要是不求他们的话，你什么都不会说吧！"

至少在那个男人面前，裕子什么也没说。

"不过，不是马上就放你回去了嘛。"

"我什么坏事都没做，那是理所当然的。"

"那么，不是挺好的吗？"

裕子的话似乎有些跑题了，听起来很怪，但听她这么一说悠介感觉也挺有道理。

"但是,你很过分啊……"

悠介一想起从门缝中看到的裕子和那个男人的脸就妒火中烧。对于因吃闭门羹而大喊大叫的悠介来说,真恨不得撕碎那两张挨在一起的脸。

"你不觉得我很可怜吗?"

"觉得。"

"那,为什么置我于不顾?"

"因为那个人怕你……"

"那我怎么样都没关系吗?"

"我还是担心你的……"

"你和那家伙调情,现在却说担心我之类的话,说不通啊!"

悠介越发生气地说道,"因为你,我差点被警察扭送到了警察局呀!"

"对不起!"

裕子真诚地道了歉,悠介再次战意全无。好不容易挥起了紧握着的拳头,却不知道往哪儿打。

搞不懂……

想一想,裕子真是一个不可思议的女人。分明被悠介当场看到她和别的男人在一起,还把他推给了警察,现在却像是忘记了吵架这回事似的,若无其事地打电话过来,而且还担心地问自己"怎么样了",还坦率地说"对不起"。

拜其所赐,悠介的思绪被搞乱了。裕子到底在想什么呢?

"不管怎样,你明明白白地告诉我!"

悠介已经不想再被这样的女人拉着到处转了,他要确认一下裕子的真实想法,不行的话就拉倒,与她断绝关系。

"你讨厌我吧?"

"……"

"喜欢那个男的吧?"悠介进一步问道。

裕子嘟囔了一句:"可那个人说想要结婚。"

悠介拿着话筒,不知所措。

"和你吗?"

"嗯,但还没决定。"

确实,悠介还没有想过要和裕子结婚。当然,自己是很喜欢裕子,但是很难作和妻子离婚的决定,然后跟裕子在一起。

"那个男人结过婚吧?"

"是啊!"

"那他老婆怎么办?"

"会离婚,然后和我过吧!"裕子像在说别人的事似的。

悠介再次想起了从门缝中看到的那张男人的脸。确实是一个令人憎恨的对手,不过从他那脸色铁青的表情和与年龄不符的尖叫声中,似乎可以看出他是一个老实巴交的人。

"那样的话,随便你吧!"

"不过,可能不行了。"

"为什么?"

"因为发生了这种事情。"

"你是说因为我捣乱,所以就不行了,是这样的吗?"

"差不多吧。"

听裕子这么一说,悠介开始觉得自己好像做了一件很坏很坏的事。

"不管发生什么事情,如果彼此喜欢的话都会在一起的吧?"

"他害怕了。"

"你是说怕我吗?"

"你可是拿着凶器来的呀。"

对于悠介来说这只不过是没有办法的办法而已,却给那个男的留下了极其可怕的印象。

"他好像认为你是地痞流氓呢!"

"我并不是什么地痞流氓,一看就知道了吧。"

"我也说你不是了,但他不相信。"

锯锁链的那一瞬间,悠介确实感觉自己成了一个流氓,但是真被别人这么说,心里却有些空落落的。

"其实我也挺害怕的。"裕子说道。

"我们两个人过去一起努力过,所以能在一起的话,不是很好吗?即便是结婚,我也一点不在乎的。"悠介勉强而僵硬地继续说道,"你是想结婚了吧?"

"哪有啊!"

裕子冷淡地说了一句,悠介不知所措。

"你刚才不是说想结婚吗?"

"想结婚之类的话,我可一句都没有说过。"

"那……你打算怎么办?"

"不知道啊。"

"可是就这样下去好吗?"

"没办法啊。"

悠介怎么也没办法理解裕子的想法,也许这可以称之为裕子式的思考方式吧。

看看裕子目前为止的生活方式,似乎只是走到哪儿算哪儿,并没有深入思考的时候。大概,和那个男人相好也是这样。男人劝说她和自己好,并说想跟她结婚,不知不觉间裕子就答应了。

不去认真思考,而是依靠天生的感觉来行动,结果都能达到目标。而且她不争强,不好胜,自然处事,这也许就是裕子的长处。

"你说没办法?"

老实说,悠介无法那样简单地下结论。或许是年长的原因,不知不觉想得过多,把事情复杂化了。

"知道啊……"

在这次事件中,悠介以为终于了解女人了,但是看来还差得远。若把女人比作洋葱,那自己只是剥开了表层窥探了一下而已。即便越往里剥越了解女人,也有剥得泪流眼迷、头晕目眩的时候啊。

"那么,怎么办呢?"

"什么?"

"今后啊!"

既然和房间里的那个男人不能再发展下去了,那有没有打算再回到自己身边来呢? 如果裕子郑重地向自己道歉的话,自己可以考虑接受她。虽然自己也有点好色,毕竟是个男人嘛。悠介打着如意算盘,可裕子若无其事地说:"没什么特别的,和现在一样呀!"

"一样啊?"

"是啊……"

裕子突然间说道:"我得去工作了。"

"现在很忙吗?"

"今天有集会,那再见了!"

裕子根本没有谈到想和悠介和好的事,以一贯开朗的声音说道:"拜拜!"然后挂断了电话。

第七章 转变

一

阳台那头的鸡形风向仪在柔和的阳光中闪闪发光。风从微开的缝隙中悄悄溜进屋来,已经可以闻到春天的气息。突然想起今晨的天气预报上说,樱花前线①已经在九州登陆了。实际的开花时间要比樱花前线晚一些,所以可能还要再等上半个月,东京的樱花才能盛开。

悠介从午后就一直坐在书桌前,突然他停下笔,望着阴沉的天空发呆,这时候裕子打来了电话。

"喂……"

裕子总是加重这个"喂"字,听上去像是有些生气。

"是我……"

从这种连珠炮似的说话方式,就知道来电的是裕子了。

---

①这里指每年三月至五月,每十天画一次的樱花开花地点的连接线。在日本,人们将这种连接线作为气候暖和度移动的指标。——译者注

"你干吗呢？"

"没干什么。"

悠介本来是想说，昨晚喝高了，现在正发呆呢，后来也懒得跟她解释这些。

"我……想见见你。"

从裕子嘴里说出这些，倒还真是稀奇。

自从上次的门锁链事件之后，悠介既没有见过裕子，也没有去过店里。

"怎么了？"

"有事求你。"

悠介写完了一篇稿子，现在心情比较轻松。

"今天不行吗？"

裕子能这样说，看来是有挺急的事。

"那么，我就去你那儿吧。"

悠介想去裕子在九段的公寓。发生上次的事情后这还是头一次，悠介对于那门和房间现在是什么样的很感兴趣，就像个罪犯被自己的犯罪现场所吸引一样。

"九段那儿，可以吗？"

"不行，现在已经不住那儿了。"

"你又搬家了？"悠介吃了一惊，追问了一句。

裕子顿了顿，回答道："一周前搬的，发生了那种事，那地方还怎么住。"

"可你和那个男的……"

"哎呀，都说和他已经分手了。"

虽然裕子这么说，可悠介仍然将信将疑："就因为这个搬家？"

"光我一个人，可租不起那种地方。"

那间公寓确实看起来租金很高,莫非真的是那个男人出的钱。

"那,你现在单身?"

"当然了,现在谁也不敢接近我。"裕子似乎是说,全是你的错。

"你现在住哪儿?"

"麻布。"

"地方不错嘛。"

"一般啦。"

"你告诉我具体位置吧,我过去。"

悠介似乎是想去确认裕子是不是真的是一个人。

"挺麻烦的,银座见就行了。"

"我不怕麻烦……"

"行了行了,听我的,就银座吧。"

也没必要那么心急,今天姑且先在银座见一面,改天再去她在麻布的新家也不晚。悠介不紧不慢地说道:"好吧,那约在哪儿呢?"

裕子说出了在并木大道拐角处的一家咖啡店的名字。听着她说话,悠介渐渐觉得裕子又回到自己的身边来了。

约好在傍晚六点见面,悠介提前十分钟到了咖啡店前,在确认裕子还没来之后,他去逛了一家书店,大约过了十分钟,再回到咖啡店时发现裕子已经来了,正在等他。也没有什么特别的理由,迟到的悠介觉得自己处于一种稍占优势的地位。

悠介拉开入口的门进去,裕子像是一直在等他一样站了起来,朝他招招手,仿佛在说"这儿,这儿",这时候的裕子是那么温顺。

"挺精神的嘛。"裕子向悠介打招呼。

今天的裕子一袭洋装,象牙白的套装下穿着一件粉红色的丝质衬衣,给人一种贵妇的感觉。

"来这里快要一年了嘛,不精神点怎么行。"

悠介这么一说,裕子一瞬间望向了远方,喃喃自语:"都已经一年了啊。"

"是啊。时间过得真是快啊。"悠介也跟着感慨。

裕子看看表,问道:"还没吃晚饭吧。"

"当然还没吃。"

"那今晚我请客,前面有家还不错的店。"

裕子上一次请吃晚饭是很久以前的事了,难道被那个男人甩了之后,又想起了我的好来了? 悠介自顾自地这样解释,内心宽慰了不少。

裕子带着悠介去了一家小餐馆,它位于银座大街一条小岔路上一座大楼的二层。一进店门,长长的吧台便映入眼帘,旁边并排放着五张餐桌。

裕子对这里非常熟悉,像是来过多次,她向厨房里一个店长模样的男人挥挥手,说了声"拜托了"。几个女服务员也都认识裕子,两人被带到了一张靠里的餐桌。

"菜你们看着上吧。"

悠介早有耳闻,在银座,像这家店这样不贴价目单的日式餐馆都贵得出奇,所以他非常佩服裕子的那句"你们看着上吧"。

"先来一杯啤酒?"

裕子提议,悠介点点头,两人用玻璃杯干了一杯。

"感觉跟你好长时间没见面了。"悠介说道。

"是吗?"

"最近你都没怎么联系我。"

"那还不是因为你不好。"

悠介向为自己倒啤酒的裕子再一次确认:"你真的和那个男人分

手了吗?"

"那种事儿还能有假?"

"可是,因为这个事儿,他就跟你分手?"

"人家是个正经人,大概是怕了吧。"

"你是想说都是我的错吧。"

"那个人之前真的是认真的,甚至还说要和自己老婆离婚呢。"

"……"

"而且,还相当有钱。"

"是哪家的公子哥儿啊?"

"倒也不是什么公子哥儿,他是一家电缆公司的董事,另外还拥有几家公司……"

看着裕子那副恋恋不舍的样子,悠介决定反攻。

"可是跟那种人在一起可够受的。两个人好的时候还好说,一旦闹个别扭什么的就立马冷淡起来,开始跟你这呀那呀地翻旧账。"

"的确,可能会那样。"这次,裕子轻轻地点了点头,"他不是什么坏人,但是跟他在一起太无聊了,其实我也很矛盾。"

听裕子这么说,悠介心中的石头落了地。

"对了,你说有事儿,什么事儿啊?"

两人在等金枪鱼和比目鱼的生鱼片拼盘,裕子显得有些严肃。

"我不是一直都在店里卖酒水嘛。"

确实,裕子从之前那家店开始就有自己专属的老主顾。虽然不清楚每个月任务的具体数额,但只要完成定额,就能够保证一笔可观的工资,如果有更多销售额的话,还可以再得到百分之多少的回扣。在只负责招待且不卖酒水的服务员看来,卖酒水的女招待的收入要多得多。正因为如此,无论是饮食费用的垫付还是收回,都必须由自己负责来做。

"可是呢,前一阵子,有两个客人跑了。"

"跑了?"

"就是不付钱!"

"被吃'霸王餐'了?"

"哎呀……"真不愧是裕子,回答得如此暧昧。

"什么样的家伙?"

"一个开画廊,一个是房地产经纪人。"

悠介放下啤酒,换了一杯烫好的清酒,接着问道:"这帮家伙现在在哪儿?"

"开画廊的那个好像在东京,不过听说破产了,另一个失踪了。"

经常听说在夜总会和酒吧,有一些男人不付钱就跑了,没想到裕子竟也成了受害者。

"那然后呢?"

"只有我先垫上了。"

"垫了多少?"

"三百万呢!"

"三百万?怎么会那么多?"

要是换悠介垫了三百万,他现在可没有心情吃饭,在这种情形下还能如此悠然自得,也只有裕子能做得到。

"要是不垫上会怎么样?"

"那样的话,在店里就待不下去了,也别想在银座混了。"

这时悠介想起以前曾听到过的一些传闻,他听说还不上借款的女性会被黑社会威胁,甚至被卖掉。说不定裕子也会有同样的遭遇。

"这么严重。"

"是啊……"

平时很有主见的裕子这时也没了主意,两手握着玻璃杯,叹口气。

"遇上这种事儿,担保人不是应该帮帮你吗?"

"话是这么说,可是……"

之前,裕子一直在物色担保人,悠介还考虑过为她拜托一下院长。

"我的担保人就是那个人……"

"哪个人?"

"不是被你赶走了嘛。"

悠介想起了门缝里的那张男人的脸。

"你求过他没有?"

"他说他绝对不会帮我还钱。"

"可是担保协议不是还在吗?"

"他说就算到法院告他,他也不帮我。"

的确,站在男人的立场上想想,不帮裕子还钱也是可以理解的。

"打官司能赢吗?"

"按理说可以赢,但事实上打官司又花钱又浪费时间,靠这个解决问题,我可耗不起。"

"那你打算怎么办?"

"遇上这种事,也只能求你了。"

"我?"

"当然了,除了你,我还能指望谁?"

悠介心想,裕子说好久不见,出来一起吃个饭,还满心欢喜地以为裕子到底还是放不下自己,高高兴兴地出了门,而事实上裕子却似乎是遇上了麻烦,来向自己求救的。的确,是见到了裕子,而且她还请吃饭,可她似乎是想让自己替她分担这三百万的借款。

裕子说得轻巧,三百万,那可比悠介一年的收入还要多得多。

悠介现在的稿费大约是每页一千五百日元,按照写三百页来计算的话,每个月大概能挣个四五十万日元。然而,并不是每个月都有约稿,而且就算有约稿,写那么多也不是一件容易的事。再把各种各样的经费和税金考虑进去,三百万可不是一个容易凑出的数目。

"不过话说回来,你们可真够能喝的。"

两个人三百万,也就是说每个人白白喝掉了一百五十万日元的酒却没有付钱。

"你干吗啊?一直灌他们灌到三百万。"

"我哪里知道他们会赖账啊……"

"喝的时候你也应该感觉到不对劲儿呀。"

"我是觉得有点奇怪,可是那个时候已经……"

这些话虽然有放马后炮的嫌疑,但是悠介说出来仍然感觉很畅快。

"有人比这更过分呢。"

"你是说,有些人能够面不改色心不跳地喝掉一两百万,还根本不去考虑付钱的事儿?"

"是啊……"

在悠介心目中,银座原本就不是普通人去的地方,听了裕子的话,他不由得叹气。有喝掉一两百万都毫不在乎的客人,也有让这样不停赊账的客人喝酒的店。虽说陪酒女招待也有责任,可还是不得不承认这里是个疯狂的世界。

"在那个圈子里混久了,也就见怪不怪了。"

要是换了悠介,光看到账单就要发抖了。

"你也经常替其他客人垫钱吧?"

"没多久他们都把钱还了。"

"那这次不是没还吗?"

"好了好了,这次是个意外嘛。"

银座第一流的陪酒女招待,其实也是一个极其危险的职业。表面上看她们拿着高薪,过着奢华的生活,然而一大意,就会因替客人垫钱而陷自己于万劫不复之地。

"过去你有没有遇到过赖账的?"

"人家不是赖账,只不过是经营不善,倒闭了而已。"

裕子再怎么辩解,结果似乎都是一样的。

"你的那些姐妹们遇到这种事会怎么做?"

"什么怎么做?"

"就是客人吃'霸王餐',她们还不上垫款时会怎么做?"

"她们几乎都有靠山。"

"原来都是让身后的男人们还账啊。"

"姐妹们都会向自己的靠山求救的。"

悠介一声不吭地把杯子里的酒一口灌下。

裕子小声嘟囔道:"谁让我一直都是孤零零的一个人呢。"

悠介总觉得裕子说这话是在责备自己,所以不敢抬眼看她。

悠介虽然不能肯定,但他觉得之前来九段公寓的那个男人就是裕子为了防备这种不时之需而预先准备的。换句话说,他就是那种关键时候能拉出来当冤大头的男人。然而不幸的是,那个男人撞上了悠介,大吵一架后就与裕子分手了,没过多久就发生了这样的事儿。

"哎,谁能帮帮我啊……"

裕子似乎话里有话:是你把那个男人赶走的,你就得替他对我负责任。至少在悠介听来,裕子的话里有这个意思。

当然了,如果悠介有能力帮裕子的话,他自然是想帮的。毕竟,原本就是自己把裕子带到东京来的,而且裕子还跟自己有过一段时间的同床共枕之缘。

裕子还说,现在她是一个人,能指望的人只有悠介。

从过去的种种看来,悠介出手相救也是在情理之中的。

悠介的耳边仿佛萦绕着那首演歌,"男人啊,男人啊……"终于,他毫不犹豫地点点头,说道:"明白了,我来想办法。"

瞬间,裕子眼前一亮,双手合十于胸前,像在祈祷一样。

"真的?!"

"我也不知道能帮你多少……"

"没关系,车到山前必有路嘛。"

"但愿吧……"

悠介莫名其妙地想给自己找条退路,可是,既然已经把那句"我来想办法"撂出去了,也就无路可退了。

"无论如何,我尽力吧。"

"谢谢!"裕子深深地鞠了一躬,"有救了,好高兴啊,还是得靠悠介你啊。"

话都说到这个份儿上了,悠介已经跑不掉了。

"包在我身上吧。"

悠介挺起胸膛,感觉自己像一个英雄救美的骑士——尽管这种感觉只有短短的一瞬间而已。

二

男人有的时候会沉醉于一瞬间的豪言壮语,自己一个人沉浸在浪漫的气氛当中,如痴如醉,以至于不加辨别地就把重大的事情揽到了自己头上。

事实上,大多数情况下,男人们都是勉强地在做自我牺牲,而这却能够成全男人的自我满足心理。

男人们自己所说的"男人比女人浪漫的时候",指的就是这一瞬间。

总之,男人在女人的哀求和请求面前不堪一击。女人只要眼泪汪汪、可怜巴巴地那么一求,男人就会马上答应下来。是想在女人面前逞强,还是经不起女人的吹捧,总之,男人在女人面前漏洞百出。

这样看来,还是女人更加现实一些。

如果把这次的事情换一换角色,一个男人离开女人之后再次回到女人身边,并向她寻求经济上的帮助,女人可不会那么容易答应。何止不会轻易答应,大多数女性会斩钉截铁地拒绝。"我可没有钱。"就这一句。

无论是男人还是女人,都喜欢做梦,不同的是,男人做梦为女人做出牺牲,女人做梦被男人做出牺牲。说得夸张一点,悠介也过分陶醉在这种牺牲美学里面。

在裕子面前慷慨地答应下来,然而一个人静静地想想,悠介才发现自己接了一个多么烫手的山芋。

接下来该到哪儿去筹这三百万呢?不对,先得去调查一下裕子被骗的真相。

第二天,悠介就开始搜集店里开出的与那两个客人相关的账单和记有账目明细的文件,随即投入了研究。

经过两天的潜心研究,悠介发现一个名叫猿田的画廊经营者和一个名叫樫村的房地产经纪人分别欠了一百五十万和一百三十万。这其中,猿田在东银座还拥有一间画廊,而他本人因为糖尿病正在市内的某家医院住院;另一个叫樫村的房地产经纪人关闭了位于新桥的事务所,本人逃往海外失踪了。

当然,不用说裕子,就是店里也数次发出账单催款,然而对方都没有任何反应。派店里的男侍者上门去催账,结果没见着当事人,反而被画廊的工作人员态度恶劣地赶了出来。

悠介愤愤地想,你喝掉了一百五十万,还把去要账的人赶走,这算什么态度嘛。可是,本人就是不露面,一点办法都没有。

当然,报警也是一个解决问题的方法,可是对于这种拖欠餐饮费的事情,警察也不太愿意介入,即便介入,也最多是教育当事人尽快还钱而已。

那么打官司呢?考虑到那动辄一两百万的诉讼费以及所要花去的时间,即便胜诉了,似乎也没剩下什么好处。

以上都不行,也可以去找黑社会帮忙讨账。可是,请黑社会帮忙的话,他们会从收回的金额中抽取三成作为好处费。

裕子也真是糊涂,她在走投无路的情况下,曾经请黑社会去画廊要过一次账。不承想,那个开画廊的男人可不是一个好对付的主儿,他一口咬定"没钱就是没钱",黑社会一威胁他,他反而声色俱厉道:"要杀要剐随便你!"

黑社会之所以强势,是因为有些人经不起吓唬,反过来如果你声色俱厉地朝他们喊"要杀要剐随便你",黑社会的那点雕虫小技就显得捉襟见肘了。如果黑社会恼羞成怒,开始使用暴力、撕画、打人的话,那么警察一来,他们就会以现行犯的身份被警察逮捕。

黑社会成员都是些身上背着案子的人,最怕被抓。他们的惯用手法就是在还没有被捕之前恐吓对方,逼对方交出钱来。只有善良市民或者在大公司工作的正经白领会吃黑社会这一套。这些人大都很爱惜自己和自己的面子,怕被别人议论,所以稍一被威胁就害怕了,便会乖乖地交出钱来。

一流企业的那些董事和部长、科长们,之所以深受夜总会、酒吧经营者们的青睐,就是因为他们的这个弱点,他们一般不会拖欠餐饮费。

和这些"正经人"相比,裕子这次的客人看样子是一个老奸巨猾的狠角色。他不仅不害怕黑社会的威胁,反而态度恶劣,逼黑社会出手施暴,所以裕子靠黑社会讨债这一招效果很不理想。

想从这样的对手那里讨回钱来真不是一件容易的事。

"如果这笔钱就这样收不回来了会怎么样?"两人见了面,悠介向裕子报告调查结果之后这样问道。

"从协议上来说,要由我来垫付,所以店里会找我麻烦。"

"不会吧,难不成你们店也是黑社会经营的?"

"别这么说。"

虽然裕子否定了,但是悠介曾经听说过有好多家店的经营者都是跟黑社会有关的。

"最终,也许那笔钱会被当作预支给我的钱,叫我逐月还上。"

悠介想象着裕子被这笔钱缠身,每月都被扣工资的样子,突然觉得她很可怜。说不定裕子不久就会被黑社会给卖掉。

"真愁人啊,怎么办呢?"

悠介这么一问,裕子反问道:"你不是有些办法吗?"

"有倒是有一些……"

实话实说,当时答应裕子的时候心里根本没底,事到如今不得不想办法去筹钱了。

"可是这么短的时间里要筹三百万,不好办啊。"

悠介想起了辞去医院工作时得到的退休金。虽说在大学医院里干了十年,可事实上五年前才成为助手,所以那点儿退休金非常微薄,况且其中的大部分都留在了札幌的妻子那里。

悠介来东京的时候,为了防备不时之需,把一百万日元存进存折带到了东京。很幸运,悠介在东京靠着稿费和在医院按月领取的工资就够生活了,那一百万还没动过,可以自由支配。

"总之,一百万,我还是能拿得出来的。"

"你能拿出一百万啊?"

"可是,一共不是三百万吗?"

"先还一百万,店里也安心一些。什么时候能给我?"

"要是急的话,明天……"

"谢谢!"

裕子又低下头鞠了一躬,可是悠介离当初承诺"包在我身上"时的骑士风范还差得远呢。

裕子新搬的公寓,好像在麻布的仙台坂往上的一个地方。

以前住的九段一带就是高档住宅区,现在的麻布也毫不逊色。

麻布这个地方不仅毗邻市中心,离六本木、赤坂等繁华街道也很近,听说很多明星也住在这里。夜总会女招待之间的对话——"往哪儿啊?""住麻布呢。"这样的回答之中,就会带有几分洋洋得意。

女性们所向往的麻布到底是个什么样的地方? 悠介也想去见识见识。不过他并不是想去那里找裕子。即便如此,因为裕子,悠介也知道了很多以前不知道的地方。

从两国到神宫前,再从九段到现在的麻布,仅这一年之内,裕子的家就四易其所。每搬一处,都是被称为山手高档住宅区的地方,仅从给人的印象来看,就比悠介住的下町要高级得多。

但是,悠介却非常喜欢现在住的下町。

原本江户的中心就是下町,因此这里有许多历史古迹,交通也很便利。加之这一带有很多既便宜又好吃的小饭馆,在熟悉的烧烤店里喝烧酒的时候,根本不用担心钱的问题。而且最重要的是,住在下町的人们都待人亲切热情,还有像隔壁开被子铺的老爷子这样的将棋超级爱好者,就连到医院看病的病人们也都很轻松闲适。

悠介丝毫不想在山手那样气氛压抑的地方住。正因为如此,他也不怎么羡慕住在山手的裕子。

但是,情况有些不同。

一个住在下町的男人,凭什么非要替一个住在山手黄金地段的女人还钱。没有钱的话,住便宜点的地方不就行了。

悠介想发牢骚。

背后没有有钱男人做靠山,能在那种地方住下去吗?

不对,莫非裕子又有新靠山了?

这么说来,上次裕子叫自己出来见面的时候,她坚持要到银座,莫非家中有什么不可告人的内情?

去裕子家的路上,悠介心中思量万千。

可是,如果裕子真有了新靠山,她也就不会放下面子来求悠介筹钱了。而且,今天悠介告诉裕子要去她家里送那一百万的时候,裕子还把去她家的路线详详细细地说了一遍。

照这个样子来看,裕子应该不会有别的男人。

不管那么多了,今天去了那座公寓,就可以对裕子的生活有一个大体的了解了。

车从二之桥上了仙台坂之后向右拐。这一带悠介是第一次来。上仙台坂的路上以及上到尽头的地方大使馆林立,馆前还有警察在守卫着。

真不愧是传说中的麻布!豪宅与大使馆林立,中间还穿插着典雅别致的公寓楼。

照裕子所说的路线,车在第二个拐角处继续右拐,在刚刚下坡的左边有一栋贴着白瓷砖的公寓楼映入眼帘。走近一看,那是一栋三层小楼,从大路沿着刺柏丛大约往里走二十米就能看到入口。

悠介在确认了用英文书写的门牌之后,推开那扇玻璃门走了进去。

这里看起来比九段的公寓要小很多,因为只有三层,因此也没有电梯。

不知为什么,悠介突然感到轻松不少,他上了楼,摁了二楼二〇三室的对讲电话。

也许是害怕再出来个陌生男人吧,悠介心中颇为紧张,然而这一次门立刻就打开了,裕子探出头来:"欢迎欢迎,你还真找到了!"

从裕子轻松的语调中可以听出,里面确实没有别的男人。可悠介仍然往房间里面窥探了一眼后才脱了鞋,换上门口的拖鞋。

玄关台阶之上是铺着木地板的客厅,再往里似乎是卧室。

客厅相当宽敞,纵向细长,沙发成L形沿着墙壁摆放,橱柜和立体声音响则沿沙发对面的墙摆放,再往前一个分开的独立空间好像是厨房。

沙发和橱柜都一如从前,这让悠介深感亲切的同时,也放下了一颗悬着的心。

如果裕子真有了新靠山,早就应该换新的豪华家具了,而就目前所见到的状况而言,这种可能性似乎不大。再说,这栋公寓楼的外观和屋内的陈设明显比九段的公寓差一个等级,应该可以判断裕子没有别的男人了。

"你瞪着眼睛傻愣着干吗?"看到悠介忐忑不安的样子,裕子问道。

"我怕再有男人出来。"

"别说浑话……"裕子说完便去厨房泡咖啡。

悠介一路上一直把那一百万藏在夹克的内兜里。此时他坐在沙发上,在确认了那厚厚一叠钞票安然无恙之后,点燃了一支烟。

"这里比九段离银座远吧?"

"稍微远一点,但这儿便宜。"

"这儿比较让人放心啊。"对悠介而言重要的不是房间是否豪华,而是这里没有别的男人。

"你饿吗,叫点外卖吧?"

"不用,我还不饿。"

悠介要了一杯酒,然后说道:"我又找人打听过,说是很难从那两个人那儿要回钱来。"

裕子一听是关于那笔钱的重要的话,连忙坐到旁边的椅子上,表情很奇怪地点了点头。

"我还问了一位熟识的律师,他说不太可能马上要回钱来。"

悠介咨询的是他的牌友,一个叫松野的律师,他对悠介说:"你还是打消这个念头吧。"

"据那家伙介绍,这种情况下,女招待不需要全额赔偿,确实是你的生意没错,但是收回客人消费的费用说到底还是店里的责任,所以那笔钱应该算作店里的亏损。"

"那样可不行。"裕子当场予以否定,"合同上可是写着我'有责任收回客人的消费费用'呢。"

"也许是如此,可是松野说,你就像是公司的推销员,商品卖了,顾客跑了,欠款无法收回,跟你没有关系,你没有必要承担这么多责任。"

"我以前倒也听说有人以这样的理由不还店里钱,然而一旦这样做可就在银座混不下去了。"

"跳槽到别的店里不就行了吗?"

"以前的事情传到别的店里,大家都会对你小心提防的,这样可不行啊。"

"这样啊……"

"在哪家店里都混不下去的话就惨了。稍稍一打听他们就都会知道,这个人在以前的店里竟然发生过这种事。银座其实也就那么大点地方。要是不还钱就干不下去了。"

"你就那么想在银座干吗?"

"好不容易才习惯的……"

或许是因为好不容易才从札幌来到东京,又在有"花花世界"之称的银座站稳了脚跟,现如今断不想再到新宿、池袋之类的地方去了。

"只要能在银座干下去,就算吃点亏也能马上补回来,我还想再奋斗一下。"

"……"

"只要渡过眼前的难关,以后就会好起来的。"

看着裕子哀求的眼神,悠介缓缓地从夹克的内兜里拿出那一百万放在桌上。

"目前只有这么些。"

裕子对着眼前的厚厚一叠钞票出神地望了片刻,然后拿起来,问道:"真的可以给我吗?"

无论怎样,事到如今,"不行"已经无法说出口了。

"悠介,谢谢你,我有救了。"裕子郑重地把钱放进了柜子的抽屉里,接着说,"我也并不是完全筹不到钱……"

那么岂不是完全没有必要去求一个穷光蛋作家?悠介面露不悦,默默地喝了一口酒,听裕子继续说道:"可是,求别人就得和人家发生那种不清不楚的关系。"

"就不能不发生那种关系吗?"

"那怎么可能!"

"……"

305

"我……除了悠介之外,谁都不喜欢。"

裕子又说了让悠介心花怒放的话。悠介似乎就是为了听这句话才来送这一百万的。

"可是九段的那个男人又是怎么回事呢?"悠介抑制住心中的喜悦,敲打裕子道。

"那个人非常殷勤,对我非常好……"

"对你好,你就跟他在一起啊?"

"那还不是因为你不好。是你先找别的女人,我才……"

"那也就是说,你愿意跟我和好了?"

"只要你别再吃着碗里瞧着锅里,我可是想找一个全心全意为我的人。"

"知道了。"虽然嘴上没说,但悠介心里也是非常后悔。

"也许不该这么说,这次我只想求悠介你,我最喜欢的人。"

今天的裕子可真是会说话。就算是那一百万才让裕子开的口,她能这么说也算是遂了悠介的心愿了。

"剩下的钱,缓几天可以吗?"

"当然可以,没问题吧?"

"应该吧……"

悠介点点头,他突然想起了刚刚写完的一百二十页手稿。那些稿子只算稿费的话,最多也就二十万。但是如果得个奖什么的,再出版个单行本,可能就可以有近十倍的版税入账了。

悠介一面对这条筹钱的渠道充满期待,一面又在盘算着是不是该从哪儿借点钱。

"真不好意思……"也许觉察到了悠介的苦衷,裕子充满歉意地说,"也别太勉强了。"

虽说裕子让悠介不要太勉强,可是不拼命的话又如何能筹来那三百万呢?

两人都沉默了。裕子打开了房间的灯。

"我说,去哪儿吃点东西吧。"今天休息,裕子不用去店里。

"麻布十番那儿,有家相当不错的店,要不我们去那儿吧。"

刚刚到手的钱就盘算如何花掉,这正是裕子乐观的一面。

"不用,我还不饿。"

"那么,叫点外卖吧?"

"昨晚我通宵工作,现在有点累了。"

现在悠介满脑子想的都是和裕子上床。

"我想休息了。"

"你困了吗?"

"可以吗?"

裕子瞥了一眼橱柜上方的钟表。

"还早呢。"

"天都黑了。"

"那就休息会儿?"

裕子苦笑着,打开了卧室的门。

三

好不容易与裕子和好如初,两百万元筹款的压力却越发强烈地袭来。到底要怎样才能筹到这笔巨款呢?

首先浮现在悠介脑海里的便是去杂志社借些钱来。因为以前从书上看到过,前辈作家也曾告诉过自己,作家可以要求提前支付稿费或者预支版税。

同乡的前辈作家村山彻先生就曾经因为兴奋剂中毒而没能完成

稿子,在几乎毫无收入来源的时候,从 B 杂志社借到了一大笔钱。那时正是村山先生病情最严重之时,杂志社没有拒绝支付的道理,无奈地借给了他钱,似乎也不曾想过能收回这笔钱。

但是那之后,村山先生却奇迹般地康复了,还完成了原稿,取得了不错的销量。

后来村山先生仍然依靠 B 杂志社发表小说,但是在写了一篇短篇小说后,却一直没有收到他们的稿费。感到怀疑的村山太太向杂志社询问此事,他们答复说:"之前不是有一次预支过稿费给你们吗?这次当然要扣除那些钱了。"

"那么久以前的事还记得啊,记性真是好啊。"尽管村山太太苦笑着这样感叹,但仔细想想,或许还是杂志社有些吃亏吧。

为什么这么说呢?因为村山先生借钱是在战后不久,和现在相比,那时的物价要便宜很多。因为是用现在的稿费来支付那时的借款,考虑到之后的通货膨胀率,实际上先生所得到的好处可是不小。但是也许在村山太太看来,早已是五百年前的事了,早该淡忘了吧。

村山先生的事暂且放在一边,以悠介现在的状况,向杂志社提出借钱的要求是否妥当呢?

说实话,悠介现在的状况,与其说是在替杂志社写书,倒不如说是请求他们让自己写书。在这样一种状况下,要说想借钱的话,是不是有点过分呢?

而且如果只是要现在的稿费也就罢了,关键是一次索要两百万,那是一定会被拒绝的。这还不算糟,假如被当成是厚脸皮的人,以后再也不来约稿,那可就真麻烦了。

村山先生借钱的时候,不仅杂志社很随意,经理方面也没有提及十分细致的还钱环节。听说在过去,畅销作家只是坐在茶馆里写稿,负责的编辑就会把数十万的钞票送上门来。当然那也只是在那个慵懒的年代才会有的事。

悠介试着从 B 杂志社想到 S 杂志社，又想到 K 杂志社，可不管怎么想，都觉得自己还处在请求别人给自己写作机会的阶段，"请借给我钱吧"这样的话无论如何也说不出口。

既然已经不能从杂志社借钱了，那么只好向家里伸手了。在札幌的家中，把自己的退职金和以前存的钱都算上，大概能有两百万。可是想到自己从家里出来，为了偷偷同居的女人还要把珍藏的钱全部拿出来，总觉得太过分了。

或是瞒着妻子，直接从母亲那里要点钱。父亲还没有过世的时候，就是母亲在管理祖母遗留下来的遗产，问她要的话怎么说也该给的吧。

可细想之下，在现在的情况下，母亲和妻子一起生活在札幌，要想单独瞒着妻子，太难了。

杂志社和家里都不行，那剩下的唯一的办法只有……被逼得走投无路的悠介脑中浮现出了医院院长的脸庞。山根医院院长既然都有钱能够参加众议院选举，一两百万这点钱也许还是能筹到的吧。

但是说得直白点，悠介并不情愿向院长借钱。他一个礼拜只工作三天，也就是说只是打零工而已，都不是正式员工，要那么多的钱，实在很难开口。而且原本就只是抱着暂时在医院打打零工的想法，打算等能靠着稿费度日了，就尽快辞了医院的工作。如果借了这么多的钱，那以后再要辞职，于情于理都说不过去。

虽然不情不愿，但是也没有时间再去细想了。

总之，无论用什么办法，都要尽快筹到钱才行。

重新想了一遍，这三种方法中，还是向院长借钱最为现实。和院长平时能见面，又在他的手下干活，即便借钱也显得很自然，借到的可能性也大。

考虑完毕，悠介决定利用中午的空闲时间去趟院长的办公室。

"您好，院长，我有些事想跟您商量一下，可以进来吗？"悠介客套地说道，显得像是要和院长商量工作上的事。

"当然可以，请进来吧。"院长随意地回答，反而让悠介觉得有些难以开口。

"其实，我有一个十分过分的要求想拜托您……"

悠介低着头不敢看院长，毅然决然地说出了想借钱的事。

院长一时间露出了不解的表情，又马上询问悠介为什么要借那么多的钱。

"我想您知道之前和我一起的那个女人……"

因为院长都已经知道了贵子自杀未遂的事，所以现在也没有必再对他隐瞒自己的事情了。

"实在是很愚蠢的事啊……"听到原因后，院长叹着气嘟哝道，"你也实在是太不懂事了啊……"

听到这番话，悠介觉得肯定完了，没想到，接下来院长竟爽快地答应了。

"两百万的话还是可以的。"

"真的可以借吗？"

"虽然你是耽于红颜之事，那我也不能因此就不帮你吧。"

早就听说院长也是饱享艳福之人，果然他对于悠介的状况能够理解。

"红颜祸水啊，小气也不行，平庸也不行。"院长的话中充满了感慨，"但是，两百万会不会稍微多了点？"

"现在开始可以不付给我工资！"

悠介现在的日工资是六千，一个月就是七八万，悠介心里盘算着，还清欠款得两年多才行。

"如果单行本出版的话,就能拿到钱了,一定可以更早地把钱还清!"

当然,如果能得奖的话,还钱就更早了。

"那样都不行吗?"

"倒也不是说不行,这样吧,你以后每天都来医院怎么样?每天工作的话,工资也能涨些。"

"可是,那有些……"

虽说是为了借钱,但是每天在医院工作的话,那来东京到底为了什么呢?

"还是像现在这样吧,我会尽早还钱的。"

"明白了。"院长缓缓地点点头,欲言又止,"男人,真是奇怪啊……"

悠介依然低着头,可心里一下子觉得和院长亲近了许多。

也许因为是周末,又下着小雨,每条道路都很拥挤,也容易堵车。麻布名气很大,交通却很不便利,没有车哪儿都去不了。

从两国过去,悠介花了将近一个小时才终于到了二之桥,从那儿登上仙台坂,到了裕子的家。上次来的时候,在裕子开门之前都一直忐忑不安,这次就一点都不紧张了。一百万后又带着两百万过来的男人,没有理由不让进去。

按下门铃,门马上就开了,裕子蹦跳着出来。

"快进来,都淋湿了啊。"

裕子一边说着,一边用毛巾拍打着悠介的肩膀,很久没有这样高兴地欢迎过悠介了。

"喝点什么吗?"

"嗯,来杯啤酒吧。"

悠介仿佛成了这家的主人,一下子喝光了啤酒,然后从手中的包里拿出了两百万现金。

"这些,全部拿来了。"

裕子停下了倒酒的手,盯着桌上堆着的钞票。

"你真的把钱都带来了!"

"可不是,没钱就麻烦了啊。"

"是麻烦,可……"

筹到这两百万的时候,悠介突然觉得自己是个大人物,可一想到这些钱将要作为陌生人的酒钱装进别人的口袋,一下子又很生气。

但悠介一边瞪着这些钱,一边又自我安慰道:"这可不是给那些人的,是为了救裕子。"

悠介看了看窗外,好像是为了不再想那些男人的事。

裕子低下头,说道:"谢谢你。"

"……"

"我不会忘记的。"

"别说那样的话,快收起来吧。"

再这样,悠介觉得自己又要生气了。

裕子拿起钱,双手捧过头顶表示领受,转身走进了卧室,好像是去把钱放进衣柜里吧。

刚才还堆着钞票的桌子上,现在变得空无一物。悠介好像失去了关注的对象,突然觉得有些失落,一个人呆呆地望着窗外的刺柏。这时,裕子从里屋走了出来。

"但是,这么一大笔钱,是从哪儿弄来的呢?"

马上回答的话太无聊了,怀着这样的心情,悠介顿了一会儿,慢悠悠地回答:"从院长那儿借来的。"

"山根医院?"

"想了很多,除此之外没有其他办法了。"

"真的借给我们这么多钱啊?"

"是预支的。"

不知道为什么,悠介对"预支"这个词感到有些介意。

"我和你都背负了预支款的担子啊。"

"哪有……"

"我们俩都开始枯萎了啊。"悠介调侃地说道,裕子不禁露出了灿烂的微笑。

"还没有枯萎哦。"

"不,也许就这样枯萎了。"

就在两人打趣时,悠介突然感到自己就像是悲剧的主人公一般。

"这样的话,就不能随便辞职了啊。"

"借的钱,难道是你的工资吗?"

"除此之外也没有办法了吧。暂时先预支,等以后出了书……"

裕子耷拉着脑袋,好像万分抱歉的样子。看到这副情景,轮到悠介来安慰她了:"没事的,总会有办法的。"

"去喝点小酒什么的吧?"

"去吧,今天我也不去店里了。"

虽然不是特殊的日子,裕子好像也不想去店里了。

已经借到了两百万,悠介心情一下子无比的舒畅,好像怎么花钱都觉得值。就那样直接来到银座的小餐馆,又转了三家酒吧。其中有一家是悠介付的钱,之后他就身无分文了,后来去的是裕子熟悉的店,只能由裕子来结账了。

悠介说了句"对不起",转念一想,觉得也没什么不好意思的。

裕子因为得到了两百万,心情极佳,喝酒速度很快,到第三家酒吧时,两人都已经醉了,特别是那家店正好是裕子的朋友在管,所以心情就更好了。

"今天怎么了,这么早就喝醉了?"老板娘问道。

裕子回答道:"这个男人是好人,帮我把钱全还了。"

"真羡慕你啊,我也好想找个这样的作家啊。"

"不是的,老板娘。"

这一个礼拜虽然筹到了三百万,却没有一分是写小说得来的。

说是要当作家,可真正到了关键时刻,还是得靠医生的手艺,想摆脱身兼两职的生活,专心致志地写作发表,却还差得很远。

"写小说什么的,还远远不能糊口。"

"不是又出书了吗?"

的确,在年初的时候悠介又出了一本短篇小说集,这样他就已经出了四本书了,但是每本书的初版都只印刷了三千册,也没有再版。

"前段时间,有位客人来到这儿,好像说你马上就要得直木奖了。"

"是说我吗?"

"那位客人曾经在K杂志社工作,好像知道你的事。"

"真的那么说?"

悠介想起了前阵子开始写的稿子,如果能刊登出来并成为直木奖候选作品的话,那老板娘说的话也许就应验了。

"真像那个人说的那样能得奖该多好啊!"

"会怎样呢?"

"获了奖就出名了,书也能卖出去了。"

悠介突然想到了"石头会"的会员早坂昂,前不久他获得了直木奖。听传言说,他的获奖作品虽然有些无聊,但马上不断地被加印。

"从院长先生那儿借的钱也可以还了啊。"裕子说道。

"啊,这个,不一定有这么多……"

"真高兴。"

虽然还没有得到确认,但裕子还是很高兴,那种单纯也是裕子惹人喜爱的地方。

就这样一直喝到了十二点多,站起来的时候腿都麻了。裕子扶着悠介走到外面,上了出租车。

"去麻布……"裕子对司机说。

悠介问道:"可以吗?"

"啊……"

醉成这样,裕子的房间、自己的房间,还是便宜的小旅馆,都已经分不清了,悠介闭上了眼,尽情享受着现在醉醺醺的惬意,永远不想醒来。

第八章　花云

一

春意袭人,樱花初绽。四月初,"石头会"为祝贺其会员早坂昂荣获直木奖,举行了一个小小的庆功会。

B杂志社主办的正式庆功会在二月中旬已经结束了,这次的小型宴会只有"石头会"的内部会员参加而已。庆祝会的会场定在西荻洼一家名为"小芥子屋"的料理店,距离有津先生的宅邸不远。

在B杂志社的正式庆功会上悠介并未受到邀请,所以此次赴宴还是他第一次参加这种类型的聚会,悠介多少有几分期待。不过之后回想起来,这次的庆功会却有不少不可思议的地方。

宴会邀请函上写明庆功会于下午六时举行,待悠介来到料理店二楼举行宴会的包间时,看到除了主宾早坂昂和有津先生外,"石头会"的会员只来了十人左右。

"石头会"的正式会员有四十余人,悠介听说这其中半数以上的人都会来参加,可到了规定的时间,竟还有一半的人没有到场。

悠介在札幌的时候偶尔也会参加出版纪念会、荣膺地方文化类的庆功会等活动,受邀请的人基本都会出席。大家会在规定的时间之前到达,活动开始前先互相闲聊一番。在地方上像出本随笔、散文集这样的,即便只是一本书也会举办一个聚会,大家一起热热闹闹地庆祝一番。看来地方上的人际关系确实非常亲密,也可以说他们都很喜欢热闹。

与之相比,"石头会"的庆功会却缺少气氛,稍显平淡。

在悠介到场之后,又有会员陆续抵达,见到早坂他们不过是"啊……""你好……"这样招呼一声,几乎没人给他道贺、说声"恭喜"的,而早坂也只是跟他们招手点头应和一下罢了。

这若是在地方上举行荣获直木奖的庆功宴,那得引起多大的轰动啊。不过是发行一本单行本就能聚集数百个人,要是得了直木奖的话,规模肯定无法形容,搞不好市议会的议员甚至市长都会到场庆贺。

与这稍显冷场的气氛一样,庆功会比预定时间晚了二十分钟才开始也是悠介没有想到的。宴会由"石头会"的干事长田主持,首先有津先生做了简短的祝词,之后是早坂的感言。

早坂说道:"这次我意料之外的获奖,完全是因为有了有津先生及在座各位的栽培和指导,在这里我表示深深的感谢。"和以往各种感言一样,这不过是一段谦虚且极其普通的发言。

待早坂发言结束,在场没有一个人鼓掌,这也让悠介惊讶不已。在他人发言结束后鼓掌是件理所当然的事,但当悠介合起手来时,却发现周围没有一个人这么做,他只得赶紧把手塞到桌子下面。

然后开始斟酒,也没有谁倡议共同干杯为早坂祝贺什么的,大家都只是自顾自地喝了起来。

悠介也理解,大伙儿都是志同道合的朋友,不必拘泥于那些繁冗礼节,但也不至于简单到这种程度。

人们随便地喝着,谁也没有去给早坂敬酒,都是一边吃着菜一边和坐在两旁的朋友东拉西扯。这次的庆功会就好像是平时在有津先生家举行的聚会一样,只不过是把地点改到了料理店。看着庆功会的状况,悠介不禁重新审视起在场每个人的心情。

说老实话,早坂昂的获奖对他们来说并非值得庆贺。虽说大家同为"石头会"的会员,但说到底还是竞争对手,只有胜出和被胜出的关系。这些人当中有人率先跑到胜利的终点,其他人怎么也难以做到心平气和地为这个人鼓掌祝贺。早坂昂获奖对其他成员而言,就意味着自己败在了早坂的脚下。失败者为胜利者鼓掌欢呼这或许符合运动员精神吧,但这多少也背离了失败者本人的心声。从人的本性出发的话,恐怕谁都不想见胜者一面,甚至连他欢呼雀跃的声音都会变得非常刺耳。

这样看来,正是会员间这种略显冷淡的行为才更显他们的人格魅力:不受世俗和礼仪的拘束,根据内心的真实想法来行动。虽说是庆祝会,但也没必要强颜欢笑、高兴鼓掌。

这里的每个人都不会刻意隐藏自己的真实想法,而有津先生和早坂昂也好像充分理解这一点,显得非常坦然。当悠介理解了这些时,他也更能感受到在座各位的直率。

随着时间的推移,饭桌上觥筹交错,气氛也渐渐活跃起来。西餐配着葡萄酒口感甚佳,有些人来了劲头,开怀畅饮,不禁酩酊大醉。

这其中有一个叫梅泽的男人,坐在早坂昂一旁不停地说些什么。

坐在斜前方的悠介无意间听到了他们的谈话,尽是梅对早坂获奖作品的批评。什么小说的结构不够严谨,要是他来写肯定不是这个样子,等等。梅泽一边捋起耷拉下来的头发一边喋喋不休,对此早坂却是一言不发,只是附和地点点头,甚至偶尔还能看见一丝微笑挂在嘴角。

如果说在庆功会上贬低别人的获奖作品的人还算男人的话,那面对他人的贬低还能一笑泯之的人,绝对是男人中的男人。

没有得奖的人为了出口气,除了批评作品之外似乎也别无他法,而得奖的人面对批评一笑泯之,单从这两种态度中就能窥得他们之间的差距。

不论怎么说,似乎胜败早有定论了。

事到如今,不论你怎么说,胜利者就是胜利者;不管你说些什么,失败者还是失败者。失败者要想追赶,甚至赶超胜利者,只有用更优秀的作品打败他。只有写出更加出色的小说才是真正的胜利之路。

悠介明白这个简单但又严肃的事实,同样他又与庆功会上的同人们产生了共鸣,一种有别于竞争意识的共鸣。

大家都是为了按自己的意志来生活,才这样做的……

聚会变得愈加混乱了,早坂昂也面露归意,干事注意到了这些,在一个半小时以后就结束了聚会。如果让聚会继续这样下去,确实可能会围绕早坂引发争执。

结束后,悠介和冈田又顺路来到新宿商业街上一家名为 OSADA 的小店。刚刚坐下来,冈田就开始批评起早坂的作品来。

估计大致内容他已经和朋友在聚会上聊过了,所以虽然酒醉,说起来还是条理清晰、头头是道,而且他确实指出了小说中为数不多的几处不足。

冈田头脑清晰,博识多学,评论作品十分尖锐,能正中要害,似乎更适合做一名评论家,这也正是他的缺陷所在吧。

喋喋不休了好久,他突然询问般地说:"这回虽然是早坂那家伙获奖,但要说才能,我在他之上,对吧?"

悠介没说什么,只点了点头,冈田又说道:"你不也比他强啊!"

同样，悠介还是只点点头。

确实，早坂的才能说不上出类拔萃，在"石头会"里与他不相上下的大有人在。但是现在不管怎么说，早坂他已经得了奖，在这个大集体里他已经率先游到了彼岸。即便你说他没有才能，一般人听了也不会相信，最后你还落得个在背后说别人坏话的名声。

如果认为对方不怎么样，而自己更有才能的话，那就得写出一部让人信服的作品也去获奖来证明自己。

但悠介也理解冈田说这些话的意思。

就冈田而言，他只是在嘴巴上逞逞能，他或许明白自己是无法获得直木奖的，虽然不能说死，但他确实抱着这种说不清的不安的感觉。可能正因为如此，冈田才那样严厉地批评早坂的作品，甚至不愿意认同他的才能。

"是吧……"冈田似乎在寻求认同一般，不依不饶地说道。

悠介含糊地点点头"嗯"了几声。在冈田的纠缠中，悠介感到了他作为作家的执着。但是，面对追求共同目标的对手，只是一味地评价或是钦佩是毫无用处的。不管我们在心中怎么评价、佩服某个人，一旦把这些事拿到嘴上喋喋不休，或在态度上将自己的情感表露无遗，那就注定是个落伍者、旁观者，无法获得真正的成功。

现在的冈田就正在这个边缘徘徊，在不断努力地保卫自己作为一个作家的尊严。

冈田已经醉得不省人事了，相同的话语不断在嘴边重复，悠介丢下他独自去了新宿西口的一家名为"蒂罗尔"的小店。

已经是午夜一点多了，小店里也就两个半生半死趴倒在桌上的客人，老板娘清洗着盘子，似乎准备回去了。看到悠介，她惊奇地说："哟，今天难得啊，醉成这个样子。"

"啊……我被一个奇怪的家伙拖着不让走。"悠介答道。

悠介又把早坂昂的聚会告诉了老板娘,后又谈起聚会上人们的表现。

"到底还是得奖的家伙尊贵啊。"悠介小声嘟囔着。老板娘听到后用她厚实的手掌拍了拍悠介的肩膀,说:"没关系的,悠介你可是很有才能的。"

"真的假的……"悠介笑道。

"当然啊,从见你第一面起我就是这么想的。"

"谢谢了。"

老板娘再次拍拍他:"没问题的,要有点自信啊。"

每当悠介提到什么不安或者担心的事情时,她总会笑着说"没关系的",每次,将近八十千克的胖老板娘都会用她那厚实的掌心拍拍悠介的头或肩。

话虽这么说,可她毕竟没看过悠介写的小说。再怎么说"没关系"、用手抚慰悠介,也只不过是安慰罢了。但让人不可思议的是,每次老板娘这么说,都会让悠介感觉到很舒心,不管实际情况会怎样,悠介的心情都会好很多。

"是啊,没关系的。"悠介说道。

老板娘也附和说:"嗯,没关系的。"

老板娘再次拍了拍悠介的肩膀,让悠介感觉自己就是一个小有成就的作家一样。他痛快地喝起威士忌来。

二

天空中淡云密布,既不冷也不热,在和煦的微风下,暖春似乎在屋子里沉淀下来。这种天气就是所谓的"花云"天吧。

说起来,昨天在隅田川边散步时,悠介发现樱花开始开放了。

天气预报说樱花前线已经通过了首都圈,但隅田川边的樱花才刚刚要盛开。不过倒也不是因为这一带樱花开放的时间要迟一些,毕竟是电视的开花预报嘛,总是会提前个四五天的。

但不管怎么说,在这微暖的花云天气里,樱花也一定会开得更加灿烂。

说句实话,悠介多少有些不适应这个季节。

樱花要开还未开,可能也正因如此,大气里洋溢着浓密的精气,而悠介就好似被这空气中的温暖所压倒了一样,不管是脑袋还是身体都变得有些迟钝了。在这种慵懒的氛围中只有心情还无法平静下来。

不过与其把悠介的状态全归咎于季节,还不如说这与悠介上京的时间有关。去年春天,悠介就是在这花云天的时候来东京的。

午后,微风、暖阳,就连空气中也弥漫着一种懒洋洋的气氛。今后该怎么办?悠介对未来的憧憬和迷茫在这一刻交织。

第一次踏进这间屋子的时候,看到阳台对面的鸡形风向仪在阳光的照射下闪烁着微弱的光芒,那时的自己有些后悔来到东京。

一年过后,初来东京时的不安又显现出来。

回想这一年,悠介尝尽了人生百味,苦乐参半。和女人的关系也是错综复杂,特别是这半年来,纠葛不断。

先是在工作的地方认识了雅子,因此裕子离开了悠介。之后又是贵子自杀,好在被救回来了,而悠介为了挽回裕子还两度被警察逮了起来。

现在看来,发生了那么多事好像是悠介不接受教训,在女人的事情上不知道克制,可悠介并非是故意这么做的。他每次都会认真地想原因。"不管怎样,我都尽力了……"

在持续不断的纠葛中,悠介学到了不少东西。

让悠介记得最清楚的就是：女人是绝不妥协的。她们对待一件事的态度绝不会像男人那样模棱两可。

"我或许是有些花心，但我终究还是会回到你身边的。"女人是肯定不会接受这样的话的。在她们眼里，只有简单的"爱我"和"不爱我"这两种答案。

相比较而言，男人就要花心得多，总是喜欢东张西望。手里明明有一朵花，可是看见附近有别的花，总忍不住要去瞟两眼。告诉自己就看一会儿，可最后又糊里糊涂地陷进去了。而当手头的花离开时，男人又慌慌张张地去追赶、补救。

男人的花心远不止这一方面，他们就像尘土一般徘徊在天际，不知停息。

总的来看，男人是一种轻浮、暧昧的动物。得知男女在这方面的差别可能也是悠介最大的收获吧。

而且这回悠介也亲身体验了一次女人的红杏出墙。

男人嘛，在内心深处总是坚信女人不会轻易抛弃自己，另结新欢。他们觉得自己高高在上，认为妻子或是恋人肯定会对自己忠诚，对于她们的想法，男人们也总是不当回事。

但是女人可不会都像男人想象的那样，裕子就是一个鲜活的例子。

就在一年前和悠介一起如私奔似的来到东京的裕子，又和别的男人好上了，这对悠介来说确实是个打击。当悠介得知裕子甚至和那个男人走到了谈婚论嫁的地步时，他更是痛心不已。

如果仅仅看到这些，我们确实无法想象裕子这么做的原因，可我们若站在裕子的角度来看，就不难发现这是为什么了。

对一个二十好几的女人而言，自己已经不再年轻了，如果这时有个可靠的男人想和自己结婚，哪怕这个女人是集万千宠爱于一身的交际花,她也是会认真考虑这个男人的。相比而言,都已经结婚还成天糊里糊涂沉溺于玩乐之中,你也不知道他什么时候才会成熟起来,这样的男人怎么能让女人安心呢?

裕子看上去是一个无忧无虑、开朗大方的人,但她心中确实在认真考虑自己的人生和未来。对裕子而言,她也难以决定结婚的事情。确切地说,在同别的男人交往的同时,她的心中还是有悠介的。

从这个层面上来看,可以说裕子是"脚踏两只船"。

但是我们也不能责怪裕子,在漫长的人生中,谁都会面临两难的抉择。在某种意义上来说,这也是现实的生活方式。

为了裕子,悠介给了她三百万,为此悠介花光了积蓄,还从院长那儿借了钱,但这也算是悠介任性妄为、见异思迁所付出的代价,同样这也是他对裕子一直以来关爱、照顾他的一种补偿吧。

"事情也就这样了,就算是给自己上了一课吧。"悠介这样安慰自己,但问题并未就此解决。即便可以和裕子重新和好,可是自己在札幌还有家人,是将他们接来东京,还是保持现状呢?不得不认真考虑啊。

还有写作,目前对悠介来说,这是最重要的工作。

表面上悠介娴熟地周旋于裕子和雅子两个女人之间,但实际上他也时常扪心自问这样做到底对不对,这种不安一直纠缠着悠介。可当他砸裕子邻居家浴室的玻璃,或是用锯子锯门锁链的时候,他又把这种想法抛到了脑后。对悠介而言,出色完成眼前的任务是他最大的目标。

当这份对女性的执着消失,回复到一颗平常心时,悠介又会陷入新的反省和自责之中。

"也正是因为发生了这些事情,我才能一直留在东京吧。"

这么说也并非找借口,在东京近一年的时间,悠介没有虚度。

来到东京,悠介认识了很多编辑以及众多立志成为作家的朋友,最重要的是,东京的生活让悠介深刻地体会到了首都写作界竞争的激烈程度。

和此前在地方上闲适的生活相比,东京也让悠介见识到了生存的艰难。在种种艰辛刺激之下,悠介一直坚持写作,最终这些作品使自己在圈内成为一个小有名气的新人作家。不过,悠介并不满足于现状,即便目前还说得过去,可毕竟和自己的理想还有一定差距。

"我不能再这样浑浑噩噩地过下去了。"

自从半个月前参加了早坂昂的庆功会以后,悠介的这种焦虑感变得越来越强烈。

悠介又看了看阳台对面的鸡形风向仪,自言自语道:"今后,我该怎么办啊……"

自己的工作、家庭,还有身边琐碎的事情,悠介有太多必须考虑的事情,但似乎哪一件事他都没有办法立刻解决。

但有一件事悠介非常清楚,那就是和自己从前恣意、任性的生活方式告别。悠介并不清楚应该以什么方式去结束从前的生活,但他明白如果就此放任下去的话,他只会被人当成一个不负责任的男人。

"你到底是怎么了……"慵懒的午后,悠介再次自问。

悠介又想到以前的老问题:到底自己还能不能拿奖?如果还是不能获奖,自己还持续着目前的生活状态,又该怎么办呢?

"不知道啊……"不论悠介怎么想,可人生不是那么简单就可以读懂的。事实上,这个问题谁都没有弄清楚,即便偶尔有些偏离人生的轨道,人们还是可以平静地生活下去。悠介这样安慰着自己,虽然这对解决目前的困境毫无帮助。

"无论如何……"不管怎么说,悠介并没有放弃。

今后自己到底该往哪儿走?应该怎样来走自己的人生之路?在

未来的道路上,自己是会跟跟跄跄还是精神抖擞?对于这一切,悠介并没有头绪,但悠介还是不会放弃。

　　面对着闪闪发光的风向仪,悠介喃喃自语道:"不知道我以后会走向何方,但要是我自己放弃了,一切也都完了……"

图书在版编目（CIP）数据

何处是归程 /（日）渡边淳一著；沈玲译 . —青岛：青岛出版社，2018.3
ISBN 978-7-5552-6718-8

Ⅰ . ①何… Ⅱ . ①渡… ②沈… Ⅲ . ①自传体小说 – 日本 – 现代 Ⅳ . ① I313.45

中国版本图书馆 CIP 数据核字（2018）第 020703 号

何処へ by 渡辺淳一
©1992 by 渡辺淳一
This edition arranged through OH INTERNATIONAL CO.,LTD.
Simplified Chinese edition copyright: ©2018 by Qingdao
Publishing House Co.,Ltd.
All rights reserved.
简体中文版通过渡边淳一继承人经由 OH INTERNATIONAL 株式会社授权出版
山东省版权局著作权合同登记号 图字：15-2017-237 号

书　　　名	何处是归程
著　　　者	［日］渡边淳一
译　　　者	沈　玲
出版发行	青岛出版社
社　　　址	青岛市崂山区海尔路 182 号（266061）
本社网址	http://www.qdpub.com
邮购电话	0532-68068091
策　　　划	刘　咏　杨成舜
责任编辑	霍芳芳
封面插图	周悦
封面设计	末末美书
照　　　排	青岛佳文文化传播有限公司
印　　　刷	青岛国彩印刷股份有限公司
出版日期	2018 年 3 月第 1 版　2022 年 4 月第 2 次印刷
开　　　本	大 32 开（890mm×1240mm）
印　　　张	10.5
字　　　数	246 千
印　　　数	13001-16000
书　　　号	ISBN 978-7-5552-6718-8
定　　　价	39.00 元

编校印装质量、盗版监督服务电话　4006532017　0532-68068050
本书建议陈列类别：日本・畅销・小说